Darkness Visible

黑暗昭昭

William Golding
威廉・高汀——著

馮郁庭——譯

高寶書版集團

第一部　馬帝

第一章

倫敦道格斯島東邊有個特別混雜的地區，在一片片港口泊地、倉庫、鐵路和起重機之中可見兩條街道，粗陋的房屋充斥其間，其中佇立著兩間酒吧和兩家商店。巨大的貨船依傍著街上說著不同語言的一戶戶人家，然而此時幾乎聽不見人聲，整個地區的居民皆被疏散撤離，就連一艘船遭炮火擊中，燃起熊熊烈火之時，也沒什麼人圍觀。倫敦上空好似罩著一頂帳篷，這頂帳篷是由探照燈微弱的白色光束組成，還有防空氣球點綴其中。然而就算探照燈照到的只有防空氣球，炸彈卻依然無中生有般從天而降，讓地面的火勢愈發猛烈。

一旁眾人只能眼睜睜地看著火勢失控。這裡的輸水管已經破裂，只剩防火線能阻擋火勢蔓延，而之所以會有防火線，是因這區域的建物早在前幾個夜晚就被燒個精光。

在大火的北側，一群人站在毀損的機器旁凝視著這情景，即使對這些飽經戰火的人來說，這也是從未見過的景象。在探照燈的籠罩下，某個東西竄升到空中，它雖不如燈光那麼清晰，卻要明亮得多。那是一道光芒耀眼的火焰，使周圍微弱的探照燈光線顯得更加黯淡。火光中燃起團團輕煙，而這些煙霧最終也逐漸成為烈焰。街道被搖曳的火焰所圍繞，當牆壁崩倒或屋頂塌陷，就會隨著火光忽大忽小顫動著。在烈火嘶吼咆哮、轟炸機嗡嗡作響、房屋倒塌的陣陣轟鳴中，不時有延時炸彈在瓦礫堆間爆炸，發出碎片飛濺或被破瓦殘礫悶住的聲響。

那群人跟他們損壞的機器沉默地佇立在北邊一條道路的盡頭，往南邊的路已被大火吞沒。有個炸彈坑從其身後大約二十碼處一直延伸到他們左邊，這就是造成當地供水被切斷和他們機器毀壞的原因。彈坑裡仍有水泉湧出，但漸漸微弱了下來，割裂後輪的彈殼碎片落在機器旁，已經冷卻得差不多。然而這群人卻無視彈殼、噴泉、殘破景象等等這些在平時會引起圍觀的事物，他們只是直盯著道路另一頭的大火。他們選擇站在四周沒有牆壁的地方，這樣只有可能被從天而降的炸彈襲擊，而不會被倒塌的牆壁壓住。被牆壓住還只是他們可能遭遇的危險中最輕微的一種，這與搖搖欲墜的建築物、隨時可能摔入地窖、二次引爆的煤氣和燃料以及四散的毒氣相比，幾乎可說是微不足道。雖然戰爭才剛開打，但他們已經有人能分辨哪顆炸彈躲不掉、哪顆又逃得了，這人看待炸彈就好像炸彈是大自然的力量，猶如在某些時期大量墜落的隕石一般。這群人裡，有些人並非專職軍人，其中有一名音樂家已練就辨認炸彈聲音的好耳力。也因為有這樣的能力，他才能在那顆炸毀輸水管和機器的炸彈逼近時，及時找到掩護。而現在更讓大家感興趣的，是落在他們和大火之間的路上、躺在坑洞底部的棍狀物，有可能是啞彈，也可能是定時炸彈。音樂家站在機器未受損的一側，和其他人一起盯著那玩意，他嘀咕著：「我不快樂，說真的，大夥，我很不快樂。」

說實在的，大家都悶悶不樂，就連緊閉著嘴的隊長也是如此。也許是因為剛剛指揮調度相當費力，或是局部肌肉用力過度，隊長的下巴正微微顫抖，隊員們也都能感同身受。還有一個非職業軍人是站在音樂家身旁的書商，每次穿上軍服都讓他感覺很不真實，而且對於自己能活下來感到不可思議。他曾看著一堵六層樓高的牆朝他倒下，他站在那裡無法動彈，搞不清楚為何牆塌了自己卻還活著，這才發現四周都是砸下的牆磚，而他人就剛好站在四樓一扇窗戶的位置。他難以形容自己有多害怕，其他人也一樣，他們終日提心吊膽，明天的天氣、今晚敵人的意圖、下個小時的安危等不安情緒支配著他們的生活。負責傳達指令的隊長只要一聽到來電通知當天晚上的天氣狀況不可能有空襲，甚至會因此如釋重負地流淚顫抖。

所以現在他們聽著轟炸機離去的聲音，紛紛感到雖然一切糟得難以言喻，但至少還能再活一天。他們一起注視著顫動的街道，深受古典浪漫主義世界影響的書商覺得這處碼頭區就像龐貝城，不過龐貝古城被灰燼塵土所掩埋，而這裡的街道盡頭卻太過清晰明亮，充斥著太多可恥且殘酷的火光。明天這裡可能就淪為一片黑暗、慘淡、髒亂、斷壁殘垣、殘缺的窗戶，但此刻是如此光亮，連石頭都看起來像寶石，就宛如地獄一般。除了寶石之外，在顫動而非鼓動的火焰中心，所有實物、牆壁、起重機、桅杆，甚至道路本身都融入了那毀滅性的火光中，彷彿世界上所有極不易燃的物質都能在那裡融化燃燒。書商不禁在想，戰爭結束後（如果真有這麼一天），龐貝古城遺址的門票必定會降價，因為到時許多國家都會有各自殘破的生活樣貌可供展示。

突然，一陣轟鳴傾軋了其他聲響，白色的火焰中心冒出一道紅色的火舌搖曳閃爍，旋即又被吞噬。某處有東西爆炸了，或是某個煤窖剛剛蒸餾出煤氣，湧入一個密閉的空間，再與空氣混合後達到了引火點——書商自信地認為肯定是這樣，而現在暫時安全了，他也為自己的知識淵博而沾沾自喜。他心想，真奇怪啊，戰爭結束後我將會有時間……

他迅速環顧四周看看周圍是否有木頭，發現腳邊就有一片原來鋪在屋頂的木板條，他俯身彎腰把它撿起扔掉。等他直起身來，只見音樂家這時眼神專注地盯著火勢，而不是用耳朵傾聽，並且又再次咕噥起來：「我不快樂，我很不快樂……」

「老兄，那是什麼？」

其他人也都急切地看向火焰，所有人目不轉睛、張大嘴巴。書商轉過身來，跟大家朝同一個方向望去。

火焰從白色變成淡粉紅色，再變成血紅，然後在與煙霧或塵埃的交會處又變回粉紅，這彷彿是這裡本來就存在的現象。他們仍舊盯著火看。

街道的盡頭已經不再是適合人類居住的世界，而是成了一個敞開的火爐，不時爆出的亮光凝聚成一盞仍舊佇立著的街燈，在一個郵筒和一些奇形怪狀的瓦礫中，光亮的街道上似乎有什麼東西在移動。書商把目光移開，揉了揉眼睛，又再次望向那裡。他見過許多物品在火焰中乍看之下像活生生的人：忽被一陣風刮起的盒子或紙張，遇熱收縮和膨脹的物體就好似肌肉的運動，還有被老鼠、貓、狗或燒傷的鳥動到的袋子也看起來像有人在移動。那一刻他多麼希望那是老鼠，又或者是狗，他再次轉身，相信自己什麼也沒看到。

他們的隊長當時早已轉過身去，看著他那台損毀的機器陷入沉思，但大家對火勢的漫不經心反而讓他提高了警覺。原本盯著火海的一雙雙眼睛，現在卻都望向另一處火燒後了無生機的廢墟，以及彈坑裡不斷噴出的水流。出於因恐懼而變得更加敏銳的警覺心，隊長立刻朝大家都沒有注意的方向看去。

在街道那頭的三分之二處，部分牆垣倒塌，大量磚瓦散落在人行道上，還有些碎石滾過馬路，其中一顆石子擊中了另一邊的垃圾箱，發出撞擊金屬的鏗鏘聲。

「天啊！」

其他人也跟著轉過身去。轟炸機引擎的轟鳴聲漸漸遠離，五英里高空上的白堊色光線也突然全都消失，但火光仍舊明亮，恐怕還比之前更亮。粉紅色的光暈擴散開來，橙黃色和紅褐色的部分轉變成血紅色。白色火心的顫動速率已超出肉眼所能分辨的範圍，成了刺眼的強光。在上方兩道被照亮的煙霧之間，可見一輪皎潔明月高掛天際，這曾經是戀人、獵人、詩人的月亮，而如今卻是轟炸者的月亮，遠古傳說中象徵純潔的女神被賦予了新的職責與頭銜，她成為轟炸者的月神阿提米絲，比以往更冷酷無情。

書商脫口而出：「那裡有月亮……」

隊長厲聲斥喝：「月亮不在那裡還會在哪裡？難道會在北方？你們都沒長眼睛嗎？還要我替你們注意周遭狀況？看那邊！」

原本看似不可能發生而顯得不真實的事情，現在居然在他們眼前逐漸變得清晰。顫動的火光中浮現出一道人影，它移動到路的正中央，這條路看來比以前更長更寬。因為如果這條路的大小並沒有改變，那相較之下這個人影就小得太不可思議了，小孩子是整個地區第一批撤離的；而且在這飽受烽火摧殘的街道，根本不可能有人居住，更不用說會有孩子從這種金屬都能被燒熔變形的大火中走出來。

「喂！你們還在等什麼？」

沒人回應。

「你們兩個！去把他帶過來！」

書商和音樂家走向前去，但他們走到半路上時，右邊的倉庫裡有顆未爆彈突然爆炸，讓整個人行道都彈飛開來，上方的牆壁猛然一震，塌陷進才剛被炸彈炸出的坑洞。兩人因這種瞬間的驚嚇而卻步，在他們身後，整條街都瀰漫著煙塵。

隊長咆哮道：「哦——天啊！」

接著便親自跑向前去，他肩負著確保隊員安全的重任。隊長一直跑到煙霧消失處才停下，感受到一陣灼熱撲面而來。

當他們小心地繞過坑洞接近那個身影時，清楚地看到他是個孩子。他赤裸著身體，在各種光線的照耀下顯現出不同的模樣。小孩子的步伐一般都很輕快，但這個孩子走在街道的正中央，步態有如進行典禮儀式般莊重。起了憐憫之心的隊長這下明白為什麼這個孩子會那樣走路。他左側的鮮豔色彩並非光線照射所致，頭部左側可以明顯看到燒傷的痕跡。他這一邊的頭髮都被燒掉了，而另一邊則皺縮成胡椒般的黑點。他的臉腫得很厲害，眼睛只能睜開一條細縫。也許是某種動物本能引導著他離開這個被摧毀殆盡的地方。也或許是運氣，不知是好運還是壞運，讓他一直朝著可能活下來的方向走去。

現在離得如此之近，他們意識到這確實就是個活生生的孩子，都迫切地想去救他。隊長不顧街上還有可能出現伏擊，搶先衝上前去，訓練有素且專心地為這孩子提供照護。其中一人主動跑向另一頭，去找一百碼之外的電話。當這個孩子被抱起來時，其他人緊緊地圍在他身邊，彷彿靠近他就能給他些支持。隊長雖然有些喘不過氣，卻充滿熱忱與喜悅，他趕緊替這孩子進行燒傷急救，但醫學界對於急救處理方法每年都有不同的說法。幾分鐘後救護車來了，救護人員在對這個孩子一無所知的情況下就把他載走了。救護車離去時鳴笛響起，但這時應該也沒有鳴笛的必要。

最終，一名消防隊員說出大家的共同感受：「可憐的小傢伙。」

大家隨即熱烈討論起這極為不可思議的事情，一個孩子就這樣光著身子從火海裡走出來，縱使被燒傷成那樣，卻仍持續穩步地往可能獲救的方向走……

「勇敢的小傢伙！沒有因此而驚慌失措。」

「他們正在創造奇蹟，他們說能讓他的臉煥然一新。」

「他左邊的臉都有點皺縮了。」

「謝天謝地，我的孩子都已離開這裡，還有我太太也是。」

書商悶不吭聲，目光呆滯地看著前方。一段記憶在他腦海中閃現，但他還來不及將其抓住並細究一番就又消失了。他也記起那孩子出現的那一刻，他無法確定自己所看到的模糊影像究竟真的是人，還是只是光影閃動。這是天啟嗎？沒有什麼比這個被毀滅殆盡的景象更預示著世界末日的到來。然而他記不太清楚了，接著他的注意力就被音樂家的呻吟吸引過去。

隊長轉身面向火勢，他看著街道並斷定那裡已經沒有那麼炙熱和危險，於是他將注意力拉回到機器上。

「我們還在等什麼？如果有人能派拖車支援，他們早就來了。梅森，試試方向盤看可不可以動。威爾斯，別恍神了！看看怎麼把煞車修好，打起精神動作快！」

威爾斯在機器下惡狠狠咒罵著。

「喂，威爾斯，閉上嘴趕緊動手幹活。」

「油滴到我嘴裡了，他媽的！」

眾人一陣竊笑……

「就叫你閉嘴了！」

「小威，味道如何呀？」

「跟我們的食堂伙食有得比！」

「好了，小伙子，別說了。我們都不希望機器變成這樣，對吧？」

隊長又往大火的方向轉身，他看著半路上炸出的坑洞，心裡很清楚，如果他一開始就知道有個急需救援的孩子在那裡，事情可能就不是現在這樣，他應該已經奮不顧身地跑到那個除了坑洞之外空無一物的位置，遭遇爆炸而消失無蹤。

這時機器有零件掉落，發出喀噠一聲，威爾斯隨即又一陣咒罵，但隊長幾乎沒聽見，他的皮膚似乎凍結了，他閉上眼睛，彷彿看到自己已經死了，或感覺自己已不在人世。而他還活著，隔著眼皮依然能感受到外面事物的顫動，接著他睜開眼睛，今天晚上就是個尋常的夜晚，他感覺到自己皮膚上的霜寒，他的逃避本性讓他心想，自己用不著再去深究這些事情，這個小傢伙無論如何都免不了遭受這樣的苦難吧……

他轉回去看自己那輛損壞的機器，這時拖車來了。他默不作聲，陷入極度悲傷之中，並不是因為那個受傷的孩子，而是因為他自己，心靈因第一次觸及事物的本質而受創。他的下巴又顫抖了起來。

這個孩子被叫作七號。在從驚嚇中恢復過來並經過一些手術之後，「七號」這個小名是他從外界得到的第一份禮物。他們不太確定這孩子的沉默是否為官能上的問題，即使左耳嚴重損毀，他還是能聽得到，而且眼睛周圍的腫脹很快就消退了，他也能看得清楚。他復原良好，不必終日服用大量藥物。儘管這麼大面積燒傷的死亡率非常高，但他確實活了下來，並在各個不同專長領域的醫院治療下持續進步。他開始偶爾說些英文單詞，卻無從得知這是他的母語，還是他在醫院學到了這些字。醫護人員對這孩子的了解除了那場大火之外就沒有了，隨著他轉換到不同病房，他們也會叫他寶貝、親親、乖乖、小心肝、甜心和寶寶。最後他終於有了一個名字，因為一位護士長站出來制止大家繼續隨便稱呼他，她直截了當地說：

「我們不能再背著這孩子叫他七號，這樣非常不妥而且很傷人。」

老派的護士長才會講這些話，但她的話語總是能發揮作用。

由於醫院裡還有許多其他受難的孩童，相關處室正在按字母的順序來為他們取名。他們剛剛為一個小女孩取了「V」開頭的名字「維納布爾斯」，所以這個男孩應該要是「W」開頭，負責取名的人建議叫他「溫達」，於是護士長將此建議呈報給上級長官。護士長想起她的長官在一次空襲中那種缺乏勇氣的表現，讓她相信自己即使結了婚也依然能保住工作，因此擁有某種安全感和優越感。長官看到這個名字不禁皺眉，可以預見將來會有一群孩子齊聲大喊「溫達！溫達！」他把這名字劃掉寫了另一個，雖然不確定自己取的名字到底好不好，但似乎沒有必要再改。他腦中首先浮現的名字帶著一種憑空出現且轉瞬即逝的奇特意義，是因為你恰好在其降臨的地方，才有機會察覺到這轉瞬即逝的事物，就好像你靜靜坐在樹林中時，竟然飛來了最稀有的蝴蝶或鳥兒停在你面前，短暫停留等你看清後便振翅而飛、一去不返。

男孩目前所在的醫院同意將「塞普蒂姆斯」（Septimus）作為他的中間名，但也許是因為與「敗血症」（Septic）這個字接近，大家都不用這名字。至於他的名字馬修後來則變成了「馬帝」。由於所有相關文件上仍是寫「七號」，所以並沒有人叫過他的姓氏。而在他童年有好長一段歲月，探望他的人都只能透過床單、繃帶和醫療器械的縫隙，隱約看見他右側的臉龐。

隨著慢慢拿掉身上的各種復健輔具，他更常開口說話了，但語言表達能力並不尋常。他努力張嘴說話時，不僅會握緊拳頭，還會瞇起眼睛。就好像每個字都是一個實質的物體，有時圓而平滑如高爾夫球般，可以順利地從他嘴裡擠出，不過還是會讓他的臉變形。有些字則凹凸不平，他講起來痛苦掙扎的模樣招來其他孩子的嘲笑。等到主要治療與能做的整形手術完成、他的頭巾摘下之後，他損毀的頭顱和耳朵最令人反感。耐心和安靜似乎成了他的性格特質，他漸漸學會控制說話時的痛苦，最後不管是高爾夫球、凹凸不平的石頭、蟾蜍還是珠寶，都不用太費力就能從嘴裡吐出。

在童年的無限空間裡，時間是他唯一的維度。試圖與他溝通互動的大人都無法透過言語打開他的心門。他會聽別人說話，而且似乎花很多時間去思考，有時也會回答，但顯得十分抽離。與他相處必須要以跳脫一般概念的方法才能親近，有個護士會用雙臂緊緊抱住他，她知道他身體有哪些部分可以承受觸碰，也感覺到他頭部相對完好、未受損的一側埋在她的懷裡，進行著無聲的交流。這就像是兩個生命彼此碰觸，所以這個護士自然也就忽視了她所察覺到的一些事情，因為這種感覺太微妙，甚至太過私密。她知道自己並不是特別聰明伶俐，所以也就把這些事情拋諸腦後，只承認自己比其他護士更了解馬帝。她發現她會不自覺地自言自語，而這些話對別人而言和在自己心裡有著截然不同的意義。

「馬帝覺得我可以同時出現在兩個地方！」

然後她發現她所察覺到的事情總是被自己不經意冠上的言語曲解，但這種情況太常發生了，她也就漸漸相信這是馬帝的一種本性。

馬帝相信我是兩個人。

後來，她更私下相信「馬帝認為我身邊還帶了一個人」。她感到有些苦惱，她知道這是馬帝獨有的信念，所以沒什麼好討論的，也許她是對自己非比尋常的內心活動而傷腦筋。但她覺得自己跟馬帝更能親近，這讓其他孩子相當不滿，因為她很漂亮。當她親暱地叫他「我的馬帝」時，他自火場被救以來，首度用他糾結的臉部肌肉展露出想與人交流的表情。肌肉的移動緩慢且痛苦，就好像需要上油的機械，但最終還是移動到了想要的位置。馬帝微笑，但他的嘴角仍然歪斜且總是緊閉著，因此不像是個孩子的笑容，而且似乎流露出，雖然可以笑，但他並不習慣這麼做，如果經常沉溺其中，還會顯得邪惡。

馬帝接著要繼續轉院治療。他耐心地忍受這一切，了解到這就是自己無可避免得面對的事。漂亮的護士硬著心腸告訴他，他走了之後會更快樂。她已習慣離別，而且她還年輕，相信馬帝能夠活下來就已經很幸運。此外，她談了戀愛，這分散了她的注意力，逐漸與馬帝分道揚鑣。不久，她便不再對馬帝有那種微妙的感覺，因為她有了自己的孩子，過著快樂的生活，許多年都不曾想起馬帝，直到她邁入中年。

馬帝現在身上會有不同地方被固定住，以便將皮膚從一處移植到另一處。這產生了一個荒謬的情況，燒傷專門醫院裡的孩子幾乎沒有什麼樂子，所以他們會以馬帝的慘況為樂。在這期間還是有大人會來逗他玩、安慰他，但再也沒有女人會把他抱在懷裡，因為那得屈就自己才辦得到。他已經很久沒有展露笑顏了。雖然現在馬帝見到的訪客更多，但他們總是急於關注自己的不幸，對馬帝的悲慘遭遇感到厭惡，而馬帝這時已經能精確解讀他們笑容裡流露出的不安。當他終於不用再被固定，能修復的傷口都盡可能修復，也可以站起來走動之後，他的笑容卻似乎永遠消失了。他受傷的左側肌肉仍緊縮，所以他還是一瘸一拐的。他右邊的頭髮還在，但左邊卻是一片慘白，這讓他看起來不像是個孩子，倒像是個頑固、傻氣的大人。許多機構都紛紛想來幫他，卻又幫不上什麼忙，他們費盡心思調查他的身世，但都一無所獲，只知道他很可能是在那座深陷火海的城市中出生的。

第二章

馬帝出院後，瘸著腿進入他的第一所學校就讀，而後轉到一間由英國兩大工會所資助的學校。他在這間位於格林菲爾德的棄兒學校遇見了佩迪格里先生，可以說他們彼此的命運在此逐漸交會，只不過馬帝是漸入佳境，而佩迪格里先生則是每況愈下。

佩迪格里先生曾在一所古老的唱詩班學校任教，後來淪落到在兩個小規模的歷史基金會工作，而且有相當長的一段時間都在國外旅行。他身材瘦小，精神抖擻，有著一頭失去光澤的金色頭髮，且他的臉龐消瘦，布滿皺紋，即使沒在煩惱時也顯得愁容滿面。佩迪格里先生比馬帝早兩年來到這間棄兒學校，可以說第二次世界大戰抹除了他的過去，因此他還能安身在校舍頂樓的一個房間。他不再是「塞巴斯蒂安」，而是變成「佩迪格里先生」這樣一個不重要的男老師[1]，這時他失去光澤的頭髮也漸漸花白。他對那些男孩很勢利，認為孤兒大多都讓人討厭，只有一些值得注意的例外。佩迪格里先生過去的研究在這裡毫無用武之地，他教小學地理，也教一點基礎歷史和簡單的英文文法。過去兩年來，佩迪格里先生發現日子並

1 Sebastian 是佩迪格里先生的名字，他的全名是 Sebastian Pedigree，而 Sebastian 在英文中有受尊敬的意思。

不難捱，而且他活在幻想之中，想像自己擁有兩個小男孩：一個是純粹之美的代表，另一個則是世俗的小男人！在學校讓他負責的班級裡，學生該學的已經都學完，可以混日子等待畢業。校長認為把這樣的學生交付給他，就不會造成什麼傷害。這也許沒錯，但不適用於那些與佩迪格里先生有「精神戀愛關係」的男孩身上，隨著佩迪格里先生年紀漸長，他們的關係出現了一種超乎異性戀者想像的異常糾結。佩迪格里先生會把他喜歡的男孩子捧上天，讓自己成為他的一切，沒錯，就是一切，所以這男孩也會覺得生活如此美好，所有事情都變得容易。然後，佩迪格里先生就會突然冷淡起來，跟這男孩講話也變得尖刻。但因為這是一種精神上的關係，佩迪格里先生的手指連碰都沒碰到這男孩吹彈可破的臉頰，所以也沒有人能對他提出指控。

這一切都受制於韻律。佩迪格里先生已經開始理解這種韻律，男孩的美漸漸吞噬他、迷惑他，一點一點地讓他瘋狂！這時候他若是稍有疏忽，便會發現自己正冒著非比尋常的風險。他可能會在校長面前脫口而出：詹姆森真是個非常迷人的孩子，每個人都會覺得他很美麗！

馬帝並沒有一入學就進入佩迪格里先生的班上，他有機會展現其智力潛能，但他在醫院待了太長時間，大火使他黯然失色。他走路一跛一跛，兩邊臉呈現不同色調，頭上稀疏的黑髮幾乎遮不住那隻可怕的耳朵。這讓他發展出一種本領（如果可以稱得上是本領），他可以把自己隱藏起來，變得不引人注目，而且這種本領在他一生中不斷增強。他也有其他才能，儘管馬帝畫得不好，但還是對繪畫充滿熱情。他會俯身於紙上，手臂圍住紙張，頭髮隨著畫畫的動作自由擺動，他沉浸於作畫時如同潛入大海一般。他畫的圖形從來不會斷裂，且每一塊空白都會填上極為均勻、整齊的色彩，令人十分欽佩。馬帝也會專心聆聽別人跟他說的話。此外他熟記大部分的舊約聖經和一小部分的新約內容。而他的手掌和腳掌跟他纖細的手臂、腿部相比，顯得特別寬大。至於性方面，他的同學敏銳地察覺到馬帝的性慾與他外表難看的程度成正比。馬帝在這方面情操高尚，但同學卻認為那是他最黑暗的罪孽。

離他們學校一百碼處有一所聖塞西莉亞修道院學校，兩校之間僅間隔一條狹窄的小巷。女校有一堵高牆，牆頭上滿是刺釘。佩迪格里先生從他位於頂樓的房間可以看到牆頭刺釘，這喚起了他埋藏心底不願面對的記憶。男孩們也能看到，從佩迪格里先生的房間再往上三層樓的樓梯間有一面大窗戶，從那裡望出去可以看到牆後身穿藍色裙子與白短襪的女孩。女校那頭也有個地方能讓淘氣或輕佻的女孩們爬上去並透過刺釘間的縫隙偷看，而男校這頭則有一棵樹可以爬，兩邊的學生因此能隔著一條小巷見面。

兩個思想極其低俗的男孩特別看不慣馬帝的高尚心性，決定以他們那點率直的小聰明，對馬帝的弱點加以戲弄。

「我們剛才跟那些女孩聊天。」

接著說：「她們在談論你。」

又說：「安吉對你很有興趣，馬帝，她一直問起你。」

然後說：「她說她希望和你一起到樹林裡散散步！」

馬帝一跛一跛地離開他們。

隔天，他們給了馬帝一張紙條，上面印有大人難以理解的心意，底下還有署名。馬帝細看紙條，那是從作業簿上撕下來的粗糙紙張，他手中也拿著一本那樣的作業簿。高爾夫球似乎又從他的嘴裡冒了出來。

「她為什麼不用寫的？我不相信，你們根本是在耍我！」

「可是你看，她簽了她的名字『安吉』在上面，我想她知道若是她不簽名，你就不會相信。」

一陣尖聲狂笑。

如果馬帝對這個年紀的女學生有一點了解，就會知道她們絕不可能用這種紙張傳紙條。這是早期階段顯現出兩性差異的例子，一般情況下，男孩可能就拿個舊信封的背面來寫應徵工作的文件，但女孩用的大多是紫色、芳香四溢又綴滿花樣的文具。然而，馬帝還是信了這張從粗糙作業簿撕一角下來的紙條。

「馬帝，她現在就在那裡！她想要你有些表示……」

馬帝皺著眉輪流盯著他們。

他未受損的那邊臉漲得通紅，卻說不出話。

「馬帝，這是真的！」

他們擠向他。馬帝比他們都高，卻因之前的傷而駝著背。他勉強才把梗在喉嚨的話講出口：「她想要什麼？」

現在三個人的頭靠得很近。頃刻間馬帝臉上的紅暈褪去，他的青春痘在蒼白的臉上更為明顯。他低聲自己回答道：「她根本沒有！」

「是真的！」

馬帝輪流看著兩個人的臉，張著嘴。這模樣很奇怪，就向一個在深海裡游泳的人會抬起頭來找尋陸地的蹤跡。神色中閃現出一絲光芒，希望和本能的悲觀在交戰。

「真的嗎？」

「真的！」

「你們發誓？」

又是一陣狂笑。

「我發誓！」

馬帝臉上又出現那種堅定、懇求的表情，他揮了揮手就好像想把玩笑撇開一般。

「拿去……」

他把自己的書塞到他們手裡，然後一跛一跛地快步走開。那兩個人緊靠著彼此，笑得像猴子一樣。接著又各自呼朋引伴，一整群人咚咚衝向石階，跑上三層樓來到樓梯間的大窗戶前。大家互相推擠，靠在跟他們身高差不多的欄杆上。在五十碼外、五十呎下的地方，有個男孩一跛一跛地快步走向那棵禁忌之樹，而女校那一側的牆上也確實出現兩個藍色身影。擠在窗邊的男孩們看得出神，完全沒聽到身後的門打開的聲音。

「這是怎麼回事？你們在這裡幹什麼！」

佩迪格里先生站在門口，緊張地握著門把，眼睛巡視著這一排正在發笑的男孩。但他們都沒有注意到佩迪格里先生。

「這到底是怎麼回事？這裡有我的人嗎？有著可愛頭髮的申斯通，你來說！」

「是馬帝，先生。他在爬樹！」

「馬帝？誰是馬帝？」

「他在那裡，你可以看到他正在爬！」

「噢！你這個拙劣卑鄙的壞東西。我真是訝異，申斯通，像你這樣一個正直的好男孩竟然……」

這時爆發出一陣興奮的笑聲。

「先生，先生，他正在爬……」

較低的樹枝和葉子間起了一陣騷動，牆上的藍色身影就像被槍擊落一般突然消失。佩迪格里先生對男孩們拍手叫喊，但完全沒有人理他，眾人衝下樓，留他在那裡。這時的佩迪格里先生臉色通紅，身後的事物比眼前這一切更讓他心神不寧。他等到男孩們都走下樓梯、不見身影後，才轉身對著房間說話，一邊把門打開：「好啦，親愛的，你可以出來了。」

房裡的男孩走了出來，對著佩迪格里先生展露出自信的微笑，隨後他也下樓去，心裡更加確信自己的價值。

他離開後，佩迪格里先生惱怒地盯著遠處那個男孩，只見他笨拙地從樹上下來。但佩迪格里先生一點也不想管這件事。

校長也從女修道院院長那裡聽聞此事，於是派人叫來了這個男孩，他走路一跛跛，全身髒兮兮，且神色惶恐。校長看了於心不忍，所以想把大事化小。女修道院院長的描述讓校長知道自己勢必得揭開什麼，然而他對於要揭開面紗又忐忑不安。他知道這麼做很可能會揭露出許多意想不到的事情。

「坐下吧。你要知道已經有人向我們投訴，關於你爬上樹後的所作所為。年輕人，尤其是男孩子爬樹並沒有什麼大問題，但你的行為卻可能導致嚴重的後果。說吧，你到底做了什麼？」

男孩未受損的那半邊臉頓時發紅。他低頭看著自己的膝蓋。

「我親愛的孩子，沒什麼好怕的。人難免有無法自助的時候，就像是生病的人會需要有人伸出援手，或找到可以提供幫助的人。只是我們必須先了解情況！」

男孩沉默不語，動也不動。

「如果你想直接做給我看也行。」

馬帝抬頭瞥了一眼，然後又低下頭。他呼吸急促，就像剛跑完步。他舉起右手，抓住左耳邊垂落的那撮長髮，以一種豁出去的姿態把頭髮掀開，露出頭皮一片慘白的駭人模樣。

幸好馬帝沒有看到校長不忍直視地閉上眼睛，然後又勉強睜開眼，刻意維持鎮定的表情。他們倆沉默了一會兒，直到校長理解地點點頭，馬帝才放鬆下來，將頭髮放回原位。

「原來如此，」校長表示，「我明白了。」

接著有一段時間，校長一言不發，只是思考著回信給女修道院院長時該怎麼說才好。

最後他終於說：「之後就別再犯。你可以走了。記住，只能爬那棵大山毛櫸，而且只能爬到第二個分枝，知道嗎？」

「知道了。」

在那之後，校長找過許多老師來了解馬帝的學習狀況，顯然有人太和善，也或許是太嚴苛，他們認為馬帝現在所在的班級對他的學習來說過於困難。這個男孩根本不可能通過考試，連試都不用試。

也因此有天上午，當學生埋首畫地圖，而佩迪格里先生在講台上打瞌睡時，馬帝步履蹣跚地走進教室，腋下夾著書本，來到講台前。

「天哪，孩子。你從哪來的？」

然而這個問題似乎讓馬帝措手不及、難以理解，他一語不發。

「你要幹嘛？快說！」

「先生，他們要我來C三班，走廊盡頭的這間教室。」

佩迪格里先生朝這男孩咧嘴一笑，隨即移開目光，避免再去看到他的耳朵。

「噢，是我們在樹枝間盪來盪去的猴子朋友。別笑，你們這些人，還有沒有教養啊？平常可靠聰慧的你們去哪了？」

佩迪格里先生厭惡地渾身顫抖，環視整間教室。他總喜歡把男孩按照相貌美醜來安排座位，讓最賞心悅目的坐在前排，所以這個新來的學生該坐哪裡，他心裡頭早有定數。在教室右後方有個儲物櫃，旁邊還有空間可以放一張桌子，只是這個位子會有部分被遮住。但也無法讓櫃子靠牆，不然就會擋到窗戶。

「布朗，你這個機靈鬼，我要把你換到巴洛的位子。我知道他會回來，我們到時候再想辦法安排。不管怎樣，布朗你這麼調皮搗蛋，別以為我不知道你在後面搞什麼鬼。別笑了，你們這些人，誰都不准笑。那麼，你叫馬帝對吧，你能負責維持秩序嗎？去坐在那個角落，保持安靜，如果他們不乖就告訴我。去吧！」

佩迪格里先生露出一臉燦笑，等著男孩走到位子上坐好，他發現這樣男孩就有大半都被櫃子遮擋住，只會隱約看見他未受損的那半邊臉。佩迪格里先生鬆了一口氣，這對他而言太重要了。

「好啦，來繼續吧。瓊斯，告訴他我們在做什麼。」

佩迪格里先生這時已經放鬆下來，便開始玩起他喜歡的遊戲，馬帝的意外到來讓他有機會再玩一輪。

「帕斯科。」

「是？」

無可否認，帕斯科本來就不是特別迷人，而且還愈來愈沒有吸引力。佩迪格里先生想不透為何自己之前會看上這個男孩，幸好他們之間並沒有什麼進展。

「帕斯科，親愛的朋友，我想請你跟詹姆森換個位置，這樣巴洛回來的時候……你應該不介意離講台遠一點吧？亨德森，那你呢？」

亨德森坐在前排中間的位置，他有著詩一般的柔美。

「亨德森，你坐離講台近一點沒問題吧？」

亨德森抬起頭，驕傲又敬慕地微笑，欣喜於自己在佩迪格里先生心中的地位有所提升。佩迪格里先生甚是感動，難以言表，他走下講台，來到亨德森身旁，以手指撫弄著男孩的頭髮。

「真可怕，親愛的朋友，你已經有多久沒洗這些金黃的東西了？」

亨德森抬起頭，仍然安心地展露笑顏，心裡明白這並非真的想要他回答的提問，而是一種散發著榮耀光輝的交流。佩迪格里先生放下手，捏了捏男孩的肩膀，然後才走回講台。沒想到回到講台後就看到坐在櫃子後面的男孩舉起手來。

「怎麼了？什麼事情？」

「先生，那個同學，他傳了張紙條給他，這是不准許的對吧？」

佩迪格里先生一時驚訝得答不出話來，班上其他同學也默不作聲，直到他們意識到了這話中的惡意，就又漸漸開始鼓噪起鬨。

「別吵，你們都給我安靜點。你叫什麼名字來著。你一定才剛從荒野來到文明社會吧。我們班上有警察了！」

「先生，是您說……」

「你這死板的傢伙，別管我說了什麼！天哪，居然來了個活寶！」

馬帝張著嘴啞口無言。

奇怪的是從那以後，馬帝竟然也就接受了佩迪格里先生的作風，他有所不知的是佩迪格里先生非常不希望引起他的注意，所以他其實不用怕去惹怒佩迪格里先生。事實上，佩迪格里先生的人生正在走上坡，並開始認識到自己所處的位置，過去在唱詩班學校的漫長歲月裡，從未有如此清楚的認識。如今無論他對班上美麗男孩的愛慕之情表現得有多明顯，一切都還是安然有序。到後來他甚至會找學生來自己的房間裡輔導功課，這不僅違反規定，還相當危險且瘋狂；而起初一度都還很單純……

只是到了學期的最後一個月，亨德森已出落得十分美麗。佩迪格里先生也很訝異於他一年比一年更美。這個月對佩迪格里先生和馬帝來說都非同尋常，馬帝的單純無知令佩迪格里先生感到煩擾，他已經長這麼大了，但他的世界卻是如此狹小，連玩笑話也聽不懂，佩迪格里先生因此說馬帝是他的活寶。正如有的孩子在醫院待了好幾年，有的沒有，他知道學校裡總有些孩子會善盡本分，還不怕惹人厭地向老師打小報告，有些則不會這麼做。

馬帝的同學也許已經寬恕他的外表，但他的死心眼、高尚品格和不諳世故卻使他注定成為被排擠的邊緣人。可是禿子馬帝仍渴望友誼，他不僅惹惱了佩迪格里先生，也會去煩亨德森。亨德森不時譏笑嘲弄，而佩迪格里先生則會叫他……

「現在別來，現在別來！」

突然間亨德森變得更加頻繁且明目張膽地出入佩迪格里先生的房間，而佩迪格里先生在課堂上講話也愈來愈無所顧忌，這可說是他人生得意之時。在某一堂課上，他幾乎都離題地在高談闊論壞習慣這件事：人有非常非常多難以避免的壞習慣，等你們長大了就會明白，有些壞習慣是無可避免的。然而，重要的是要能去區分哪些是人們所認為的壞習慣，哪些又是真正的壞習慣。在古希臘，女性被認為較低等，不許笑，你們這些人，我知道你們在想什麼，你們這群齷齪的傢伙。當時男人之間、男人與男孩之間的愛展露無遺。有時，男人會發現自己愈來愈思慕某個英俊的小傢伙。舉例來說，假設這個人是古希臘的偉大運動員，就相當於現在的板球選手……

台下這群英俊的小傢伙靜靜聽著，卻始終沒搞懂這番言論的寓意為何，又與壞習慣有什麼關係。佩迪格里先生的聲音逐漸減弱，臉上顯露出一副困惑迷茫的神情。

大家總是訝異於一個人對另一人的了解有多淺薄，同樣地，當有人以為自己的行為和思想必然深藏在黑暗之中，也常常會驚訝且悲傷地發現自己竟已在光天化日、眾目睽睽之下表現出來。這樣的發現有時會引起極大震驚，有時則還算和緩。

校長要求看佩迪格里先生班上一些學生的成績單。他們坐在校長書房的桌子旁，背後是綠色的資料文件櫃。佩迪格里先生滔滔不絕地談著布萊克和巴洛、克羅斯比、格里恩和哈利戴。校長點點頭，把成績單翻了過來。

「我發現你沒有帶亨德森的成績單來。」

佩迪格里先生頓時嚇得說不出話。

「佩迪格里，這是非常不智的。」

「不智？什麼不智？」

「這樣會給我們帶來麻煩。」

「麻煩？」

「所以別私下在房裡幫學生補習。如果你讓男孩待在你房間……」

「這可是為了他好！」

「但你也知道，這違反規定，而且已有傳聞出現。」

「其他學生……」

「我不知道你打算讓我怎麼處理這件事，或許試著不要過度寵愛某個人會更好一些。」

佩迪格里匆匆離去，耳根子發燙。他能清楚看出整個陰謀，由於他正處於人生的高峰，所以免不了會對所有人充滿懷疑。儘管佩迪格里意識到自己這樣的念頭有點愚蠢，但他仍認為校長自己也想追求亨德森！於是他開始計劃如何不讓校長將他開除。他知道最好的辦法就是找個幌子來把這事掩飾下來。他不斷思忖該怎麼做，接連推翻掉幾個不可能、不切實際和太過可怕的做法，最後想到了一個不得不採取的行動。

佩迪格里先幫自己做好心理建設。到了上課時間全班都坐定後，他逐一走動巡視，不過這次是從他深感厭惡的後排學生開始。他特意走到坐在角落的馬帝身旁，馬帝嘴角歪斜地抬頭對他微笑。佩迪格里感到極度痛苦，勉為其難地朝男孩頭頂上方回以一笑。

「我的天啊！我親愛的小朋友，這哪裡是羅馬帝國的地圖！這是一隻躲在煤窖暗處的黑貓吧。詹姆森，給我你的地圖。馬帝，你現在知道怎麼畫了嗎？噢，我可不能在這裡浪費太多時間，我們今天晚上不舉行晚自習了，你就把書本、地圖之類的東西帶一帶到我房間來。你知道在哪裡吧？別笑，你們這些人！如果表現得很好，也許還能得到一個小麵包或一片蛋糕……天啊……」

馬帝完好的一邊臉像太陽一樣閃閃發亮。佩迪格里朝下瞥了他的臉一眼，然後握緊拳頭輕輕敲了敲馬帝的肩膀，便急忙走到教室前方，彷彿需要趕緊吸上一口新鮮空氣。

「亨德森，我今天晚上就不幫你上課了，而且你根本也不需要，是吧？」

「先生？」

「過來這裡，讓我看看你的書。」

「先生。」

「現在不是時候！懂嗎？」

「先生……以後還會有樓上的課嗎？」

佩迪格里先生心煩意亂地看著男孩的臉，此時這男孩的下唇噘起。

「噢，天啊！亨德森，聽著……」

他將手指放在男孩的頭上，把他拉近自己：「亨德森，親愛的，就算是再好的朋友也得分開。」

「可是你說……」

「現在不是時候！」

「你說過的！」

「你聽我說，亨德森。我星期四時會在大廳幫你們複習功課，帶你的書回座位上去。」

「我地圖畫得好反而吃虧，不公平！」

「亨德森！」

男孩低下頭看著自己的腳，然後緩緩轉身走回到位子。他坐下，把頭埋進書本裡。他的耳朵紅得不得了，甚至還帶點馬帝耳朵的紫色。佩迪格里先生坐在講台前，雙手在講桌上微微顫抖。亨德森抬眸瞥了他一眼，佩迪格里先生迅速挪開目光看向別處。

他試著讓雙手平靜下來，嘴裡嘀咕著：「我會補償他的……」

他們三人中只有馬帝光明磊落，陽光照在他的一側臉上。到了該去佩迪格里先生房間的時刻，他還特別用心整理了頭髮，讓黑髮遮住蒼白的頭顱和發紫的耳朵。佩迪格里先生為他開門時，渾身發抖，猶如發燒一般。他讓馬帝坐下來，自己卻踱來踱去，彷彿這麼做能緩解痛苦。他跟馬帝講課的時候，好似他講課的對象是個什麼都聽得懂的成人。但才開始沒多久，門就被打開了，亨德森站在門檻上。

佩迪格里先生大聲喊道：「走開，亨德森！快走！我不想見到你！天啊……」

隨後亨德森放聲痛哭，轉身離去，啪嗒啪嗒地跑下樓，佩迪格里先生站在門口往樓梯下，等到聽不見男孩的啜泣聲和腳步聲後，他仍然站在原地盯著下方。他將手伸進口袋摸索著，掏出一條白色大手帕擦拭前額和嘴，而馬帝看著他的背影，覺得一頭霧水。

佩迪格里先生終於關上門，卻沒有看馬帝，而是不安地在房間裡走來走去，口中念念有詞，一半是對自己說、一半是說給馬帝聽。他說世上最可怕的事莫過於渴望，而人就像身處各種不同的沙漠一樣會有各式各樣的渴望。所有人類都有著病態般的渴求，連耶穌基督在十字架上都還在喊「渴」（διψάω）。人類的渴望是難以抑制的，因此責怪他們並不公平。這正是亨德森所遭遇的問題，他是個年輕而美好卻不太成熟的孩子，所以尚未理解這一點。

說到這，佩迪格里先生癱坐在桌旁的椅子上，把臉埋進雙手中。

「我渴。」

「先生？」

佩迪格里先生沒有回應。不久之後便拿起馬帝的書本，盡可能簡短地告訴他地圖哪裡出錯，馬帝也就修正起來。佩迪格里先生走到窗前，沿著屋頂鉛板望向逃生梯的頂端，再過去遠處的地平線上，持續發展的倫敦郊區現在也清晰可見。

亨德森是以上廁所為由離開自習的大廳，但他沒有回到大廳，也沒有去廁所，而是走到建築物前端，在校長室門外站了好幾分鐘。在他的世界裡，越級報告並非小事，由此可見他是多麼痛苦。最後他敲了敲門，起先還有些膽怯，後來愈敲愈大聲。

「孩子，有什麼事？」

「先生，我有話想跟您說。」

「誰讓你來的？」

「沒有人叫我來，先生。」

校長抬起頭來，這個男孩一看就是剛哭過。

「你是誰班上的？」

「佩迪格里先生。」

「你叫什麼名字？」

「亨德森。」

校長開口說了一聲：「啊！」然後又閉口。他緊抿雙唇，打從心底擔憂起來。

「怎麼了？」

「是、是關於佩迪格里先生。」

校長的擔憂徹底爆發，他想到接下來要面談、究責、進行各種麻煩的流程，還要呈報給學校董事會，最後交由法官裁決。佩迪格里肯定會被認定有罪，除非事情還沒有到那個地步……

校長意味深長地看了男孩一眼。

「怎麼了？」

「佩迪格里先生在他房間裡幫我上課……」

「我知道。」

現在換成亨德森大感吃驚。他盯著校長看，只見校長審慎地點了點頭。校長臨近退休，已經相當倦怠，所以一心想在男孩說出任何無可挽回的事情之前把他打發掉。當然勢必得讓佩迪格里走人，但這事不難安排。

「他這麼做是為了你好，」校長講得頭頭是道，「但我想你覺得有點厭煩了，不想要有多出來的功課，我明白，你想讓我去跟佩迪格里先生說，是吧？我不會說是你說的，就說我們認為你無法負荷額外的課業輔導，所以你不必擔心，佩迪格里先生不會再叫你去上課了，好嗎？」

亨德森臉紅了。他低頭看向自己的腳，腳尖踢著地毯。

「所以我們不會跟任何人說你來過這裡，對嗎？我很高興你來找我，亨德森，我非常高興。要知道，只要你來跟大人說，這些小事總有辦法解決。好了，高興點，趕快回去自習吧。」

亨德森站著不動。他的臉變得更紅，似乎還腫了起來；眼淚不斷從他瞇緊的雙眼噴湧而出，彷彿他整個腦袋裡蓄滿淚水。

「快走吧，孩子，事情沒那麼糟！」

但這麼一說反而更糟，因為他們兩人都不知道這悲傷究竟從何而來。男孩無助地哭著，校長無奈地看著，心裡偷偷地想著那些想不明白的事情，思考自己這樣把問題擋下到底是否明智、是否恰當。等到男孩哭得差不多了，他才再次開口：「好點了嗎？嗯？親愛的孩子，你最好先在那張椅子坐一會兒。我得離開一下，很快就會回來，如果你想走了也沒問題，好嗎？」

校長和藹可親地點頭微笑，拉開門走了出去。亨德森並沒有坐下來，而是站在原地，臉上的紅暈慢慢褪去。他吸吸鼻子，用手背抹了抹鼻子，接著便回到大廳自己的座位上去。

校長回到書房，發現男孩已經離開，心中稍稍鬆了口氣，還好男孩沒說出什麼無可挽救的事。但隨後他想到佩迪格里就一把火上來，原本打算立刻去找他談話，最後卻決定把這麻煩事留待明早再說，經過一夜睡眠恢復精力後再來面對。雖然這事情實在不能再拖下去，但應該也沒差這一晚。回想起之前明明已經跟佩迪格里談過了，校長氣得滿臉通紅，心想這愚蠢的傢伙！

然而隔天早晨，當校長打起精神準備面談，卻遇到了令人震驚的情況。佩迪格里在教室裡，而亨德森卻不在，且第一節課還沒結束，學校負責敲鐘的新老師艾德溫．貝爾就發現了亨德森。貝爾先生因驚嚇過度陷入歇斯底里的狀態，他被帶離現場，而亨德森則被留在牆邊，蜀葵遮住了他。顯然他從五十呎高的鉛板屋頂或與之相連的逃生梯墜落下來，已經氣絕身亡。「死了，」工友梅里曼說道，語氣中滿是幸災樂禍。「身體冰冷僵硬。」這就是貝爾先生受驚嚇的原因。然而，等到貝爾先生平靜下來時，已有人把亨德森的屍體移走，還在底下發現了一隻運動鞋，鞋子上寫有馬帝的名字。

這天上午，校長坐在那兒，看著亨德森昨天所站的位置，正視那些殘酷的事實。他知道自己肯定會遭到嚴懲，可以預見接下來將面臨一連串極其複雜的調查處理過程，他不得不坦承這男孩曾來找過他，而且……

佩迪格里？校長明白如果他知道夜裡發生了什麼事，他今天早上絕對不可能還繼續教課。這感覺是鐵石心腸的罪犯，或冷靜沉著、精於計算的人所為，但佩迪格里並非這樣的人。那會是誰呢？

警方到來時，校長仍不知該如何是好。當督察警官問及那隻運動鞋，他只能說學生經常互穿彼此的鞋子，警官理應知道男孩子就是這樣，但實際上警官並不知道。就像電影或電視裡演的那樣，他要求見馬帝。這時校長請來了代表學校的律師，於是警官暫時離開，由校長與律師先和馬帝談話。馬帝表示那隻鞋子是被拋出去的，校長卻以為他是說鑄造[2]，因此火大地說鞋子是被扔出去，而不是鑄造，它又不是馬蹄鐵。律師向馬帝解釋了保密與真相等事情，以及他們會如何保護他。

「事發時，你是否在場？你在逃生梯上嗎？」

馬帝搖搖頭。

「當時你在哪裡？」

如果他們多看這男孩一眼，就會知道為什麼他完好的那半邊臉在陽光照射下更顯高貴。

「佩迪格里先生。」

「他在那裡？」

「不，先生！」

「聽著，孩子……」

「先生，他和我在房間裡！」

「半夜三更你怎麼會在他房間？」

---

2 此處「拋」的原文是 cast，cast 有拋擲也有鑄造的意思。

「先生，他教我畫地圖……」

「別胡說，他不會沒事要你三更半夜去他房間畫地圖！」

馬帝臉上的高貴氣息消失了。

「你最好跟我們講實話，」律師說：「真相終究會水落石出。你沒什麼好害怕的，快點告訴我們鞋子到底是怎麼回事？」

馬帝仍然低著頭，顯得平凡而非高貴，他低聲回答。

律師追問道：「我聽不清楚。伊甸園？伊甸園和鞋子有什麼關係？」

馬帝又咕噥著說了一遍。

「這樣無法有任何進展，」校長說：「告訴我，馬帝，可憐的小亨德森跑到逃生梯上做什麼？」

馬帝眼神熱切地向上盯著校長，從嘴裡迸出一個字：「邪惡！」

於是他們先讓馬帝離去，並找來找佩迪格里先生。他顯得虛弱無力、臉色灰白，一副快昏倒的樣子。校長用嫌惡又憐憫的眼神看著他，示意他坐下，他便身體一軟癱坐在椅子上。律師向他解釋了案件可能的進展情況，若被告認罪，就無需對未成年人進行盤問，則可能免去原本較重的罪責，而以較輕的罪刑起訴。佩迪格里先生蜷縮著身子不斷發抖，而在整個談話過程中，他唯一一次出現比較激烈的反應，是當校長好心地告訴佩迪格里至少還有人幫他，小馬帝試圖為他提供不在場證明，佩迪格里先生聽聞後，臉上一陣紅一陣白。

「那個可怕又醜陋的男孩！就算地球上只剩他一人，我也不會碰他！」

鑑於佩迪格里同意認罪，逮捕行動已盡可能隱密地進行。儘管如此，他還是得在警察的陪同下從自己的房間走下樓，而他的小跟班就在那裡看著他羞愧、驚恐地離去，佩迪格里先生在大廳朝他大吼：「你這個可怕又可惡的孩子！都是你的錯！」

奇怪的是，學校裡大家似乎都同意佩迪格里先生這樣的說法。可憐的老佩迪格里比以前風平浪靜的時候更受孩子們歡迎，儘管那時他經常請學生吃蛋糕，還不惜成為學生的笑柄，只為博得他們的喜愛。然而無論是校長、律師還是法官，都無人知曉實情。那天晚上，亨德森曾哀求著想進房間，被拒絕後深受打擊，踉踉蹌蹌地走在逃生梯附近，結果就滑倒跌落了。如今亨德森已不在，再也無法向任何人展露他熱烈的情感，而馬帝則因此被排擠而陷入深沉的哀傷。學校的教職員都對馬帝有明確的印象，認為他是就是那種會提早離開學校的學生，之後選擇從事一份簡單、不需太多腦力的工作來度日。因為校長和大街那頭、靠近老橋邊的夫蘭克雷五金行有點關係，所以他設法替馬帝在那裡安排了一份工作。如同編號一〇九七三二罪犯佩迪格里一樣，學校師生從此再也沒有他們的消息。

校長不久後也離開學校。對於亨德森來求助於他卻被他打發一事，他始終未能釋懷。在學期結束時，校長以健康為由卸任，但其實是因為這場悲劇讓他決意離去。退休後，他就像生活在白色懸崖上的小屋，一再去看幽暗的懸崖邊緣，卻怎麼也無法了解得更深。只有一次他發現了可能的線索，但又不是很確定。他在《舊約》裡讀到「我要向以東拋鞋[3]」，隨即想起馬帝，不禁感到一陣寒意。這句話毫無疑問是一種原始的詛咒，在譯文中難以看見字面上的肢體表現，還有「打得落花流水[4]」等殘暴的經文也是如此。於是校長坐下沉思，想著自己也許發現了什麼比亨德森的悲劇更加黑暗的部分。

他點點頭，自言自語道：「是呀，說是一回事，做又是另一回事。」

3 原文為「Over Edom have I cast out my shoe.」，這句話講拋擲時是用 cast，就跟前面馬帝的用詞一樣。
4 原文為「Smiting hip and thigh」，直譯為「連腿帶屁股地痛打」，出自《舊約》。

第三章

夫蘭克雷是一家很有特色的五金店。運河被截斷、老橋建成後，格林菲爾德那端的房價都已大不如前。十九世紀初，夫蘭克雷五金店以極低價搬進曳船道旁搖搖欲墜的建築裡。這棟建築的興建年代久遠已不可考，牆壁有些是用磚砌，有些鋪以瓦片，部分施作板條和灰泥，還有奇特的木結構牆面。這些木結構也有可能其實是中世紀的窗戶，後來釘滿了木板條，現在看起來不過是一些遍布縫隙的牆。每一道梁都不免有刻痕、溝槽，甚至還出現孔洞，顯示出這房子一再增建、重建、拆除、改建，歷時之久，超乎尋常。最終偶然為夫蘭克雷五金店所用，而當時的外觀就像珊瑚生長般雜亂，是到一八五零年才把面向大街的建築正面進行翻修，直到一九零九年，為迎接英王愛德華七世到訪才又再次整修。

那時所有的頂樓、閣樓、迴廊、走道、角落和空隙都被用作倉庫，堆滿了存貨。夫蘭克雷五金店會從每個時代、每一代人、每批貨品中，留下幾件壓箱寶或剩貨，所以東西非常多。來客如果逛到深處角落，可能會發現馬車燈或鋸木架之類的物品，這些東西不會被擺進博物館裡，而是會用於驛站馬車，或是為拒絕改為蒸汽動力的鋸木匠所用。在二十世紀初，夫蘭克雷五金店盡可能努力在樓下添置更多當代新貨，在不知不覺中漸漸分門別類成工具、園藝、槌球或雜項等不同部門。經歷第一次世界大戰的動盪後，店裡出現了如蜘蛛網般密布的線，會有裝著錢的小木罐沿著線路移動。店裡的客人無論老幼都對此機關感到著迷。店員從自己的櫃檯將罐子「叮！」一聲推出去，罐子滑到錢箱時發出「咚！」一聲，出納員就會伸手取罐，轉開蓋子，取出錢款確認，再放入找零，然後把罐子「叮！」一聲推回去。雖然這過程相當耗時，卻充滿樂趣，有如玩模型火車一般。在趕集的日子裡，店裡叮叮咚咚響個不停，甚至蓋過牛群經過老橋時發出的哞哞叫聲。而在其他日子則經常沉寂無聲，隨著歲月流逝，沉寂的時間還愈來愈長。到後來，顧客如果深入店內較陰暗的地方，可能會發現木罐的其他特點。由於不同的建造工法，這裡的叮咚聲沒那麼響亮，顧客因此能聽到罐子從頭上滑過時，發出像猛禽一樣的嘶嘶聲，轉個彎就朝著某個意想不到的方向消失了。

夫蘭克雷五金店的特色在於其悠久的歷史。當初設計這種複雜的機關，是為了避免店員有自己的錢箱而中飽私囊，結果卻意外讓店員被這種網狀線路隔絕起來。當一代又一代的夫蘭克雷先生年老去世，許多資深店員也許因為過著儉樸而虔誠的生活，不僅健在，還相當健朗，依然能坐鎮櫃檯後方。新一代年輕的夫蘭克雷先生比他的先輩們都要好心，他覺得頭上這個機關是對這些年長紳士的侮辱，於是將其拆除。他就是大名鼎鼎、捐款蓋教堂的亞瑟·夫蘭克雷先生，而那些堅守櫃檯的紳士都稱他為「亞瑟先生」，他們的言語並未因為進入汽車普及的時代而受汙染。亞瑟先生在每個櫃檯重新裝上木製錢箱，也等於是把尊嚴還給各櫃檯人員。

然而，店員已習慣於頭上這種機關帶來的安寧平靜，也習慣了這種來來往往的收銀方式，以至於當他們拿到顧客遞上的紙鈔時，就會馬上將鈔票舉起，彷彿要檢查浮水印一般。此時這種演變，或者說是權力下放，讓店員在舉起鈔票後，隨之而來的是一陣沉默，表情茫然不知所措，試圖記起下一步該做什麼。而稱他們為「店員」與他們的記憶有些落差。在晴朗的日子裡，店面連一盞燈也沒開，照明只仰賴平板玻璃窗或骯髒大天窗透進來的光線，屋子裡總會有些照不到光線的陰暗角落或被遺忘的走道。這時候閒逛的顧客可能會在無人涉足的角落裡，發現有片如翅膀般的衣領微微發光。等他的眼睛適應了昏暗的環境後，就會看到一張蒼白的臉掛在那形似羽翼的衣領上方，雙手垂放在黑暗中看不見的櫃檯上。這個人一動也不動，猶如他販賣的一包包螺栓、釘子、螺絲、鐵片和大頭釘。他心神渙散，身體卻依然站在那裡負責結帳，直到人生最後。因為儘管亞瑟先生心地善良、誠懇仁慈，他還是相信店員應當站著，坐下來是缺乏職業道德的表現。

由於亞瑟先生對人生百態的靈性奧祕十分虔誠，所以無可否認，店員在他掌管期間變得愈來愈神聖。年高、儉樸和忠誠等種種因素，讓他們頓時成為世界上最無用處卻又最有尊嚴的店員。他們臭名遠揚，亞瑟先生毅然決然地改變做法，卻也把自己搞得精疲力盡。亞瑟一直以來保持單身，與其說是性厭惡或性倒錯，不如說是沒有什麼性慾。他打算把自己的財產留給他捐錢修建的教堂。第二次世界大戰期間，教堂的建造難以為繼，但亞瑟先生認為至少應該在有生之年讓它繼續建造下去。而且他要讓那些神聖的老員工繼續在店裡工作，因為他們其他什麼事也做不了，也無處可去。亞瑟先生因為這種一點都不適合做生意的態度，被他父親當年會計師的孫子加以指責，他則喃喃說道：「牛在場上踹穀的時候，不可籠住牠的嘴。」[5]

重新讓店員有各自的錢箱是否加速了五金店的衰敗，現在已無從得知。可以肯定的是，隨著情況愈來愈危急，這家店也開始想盡辦法來挽救頹勢，不過依然沒有摒棄那些站立很久卻賣出很少貨的老先生。而他們所做的第一件事，是把多到難以想像的雜物清出閣樓，然後整理成一個展示間，展出各種餐具和玻璃製品。由於所有老店員都在櫃檯後面忙碌，必須要有新血加入。當時很難以低廉的工資僱到年齡合適的人，因此五金店在進入二十世紀後也有了新氣象，他們僱用——更有男性尊嚴的說法應該是「聘請」了一位女性。

樓上這個展示間裡的電燈比屋子裡任何一處的燈泡都要亮，而且無論天有多亮，在六點店鋪打烊前都不會關掉。通往這個燈火通明展示間的樓梯本身就帶著一絲輕佻，與展示的商品和看管人的性別相稱。它是一座從十七世紀末保留下來的簡易灰泥樓梯，沒有人知道為什

5 原文為聖經經文：Thou shalt not muzzle the ox that treadeth out the corn. 比喻應公平對待勞動者，不該剝奪他們應得的權利。

麼這樣的樓梯會建在室內而不是室外。不久之後，這裡除了餐具和玻璃杯，也加入了玻璃酒瓶、酒杯、瓷器、桌墊、餐巾環、燭台、鹽瓶和縞瑪瑙菸灰缸。它是店中之店，也不只是一間商店。那明亮的簡易入口、鋪著地毯的樓梯、擦得閃亮且飾有地墊的地板，以及在奢侈燈光下閃閃發光的玻璃或銀器，看起來輕狂又古怪。然而下方還是有些掃帚、鍍鋅鐵桶和一排排木柄工具，以及汙損的木製格櫃，裡頭裝滿了各種釘子、大頭針、平頭釘、鐵或黃銅製的螺絲與螺栓。

老店員對此不加理會，他們知道這些改變注定會失敗，因為這家店就像他們一樣，正無可避免地急速衰退中。然而在展示間開設後沒多久，塑膠製品就大舉入侵且勢不可擋，出現各種繽紛多彩、較不會發出聲響的塑膠桶子、洗碟盆、水槽瀝水籃、澆水壺和托盤，後來甚至還有各式各樣的塑膠人造花，放在樓下陳列大廳中央形成花叢，再加上塑膠屏風和格子棚架，就有如異想花園一般。這也是個女性化的地方，掌管這裡的人又是一位女性，不只如此，還是個女孩子。她和其他人一樣有自己的錢箱。她試著用彩色燈光進行裝飾，將自己隱藏在幻想的小園林裡。

馬帝就是被校長引介到這個傳統與現代交錯並接、在社會中已無足輕重的地方。他們不確定要把馬帝放到什麼位置。亞瑟先生跟校長說，還是先讓這個男孩過來，他們會再給他找到適合的差事。

「我想，」亞瑟先生說，「我們也許可以讓他送貨。」

「那未來呢？」校長問道，「我是指他的前途。」

「如果表現出色，將來可以負責出貨，」亞瑟先生一邊說著，目光似乎像是遠遠瞥了拿破崙一眼。「若他夠有數學頭腦，也有機會升到會計部。」

「我不瞞你，這孩子沒什麼能力，但他已不能再繼續待在學校。」

「他可以從送貨做起。」

夫蘭克雷五金店會為方圓十哩內的顧客送貨，而且可以賒帳。他們有個男孩負責騎腳踏車在格林菲爾德地區送貨，還有兩輛貨車會到較遠的地方或運送較重的貨物。其中一輛貨車除了司機之外還有一個搬運工，大家都叫他腳夫。司機因關節炎而行動不便，每次離開座位都得歷經一番掙扎。這又是亞瑟先生一項缺乏新意的善舉，讓一個人繼續從事會使他不斷面臨考驗的工作，並且讓兩個人來做一個人的活。夫蘭克雷可謂「勞力密集」的商家，儘管這個詞彙在當時尚未廣泛使用。有時也被稱作是「一家良善的老店」。

在院子盡頭，靠近古柴爾德珍本書店的小花園，藏著一個由馬車房改成的鍛造廠房，裡面有鐵砧、工具和火爐，還有老邁的鐵匠在做些小玩意給他的孫子。此處成了馬帝棲身之地，他開始有零用錢，睡在鋪著十五世紀玫瑰色磚瓦的狹長閣樓裡。他吃得很多，這是亞瑟先生預想得到的。他穿上深灰色的厚重工作服成為送貨小弟，將園藝工具送到客人手中。

馬帝有時也會在鍛造廠房外堆滿貨箱的地方工作，他負責用鐵撬之類的工具撬開這些箱子，也愈做愈上手。他學會了板金、金屬棒、角鐵、鐵樑和金屬絲的計量。有時樓下店面冷清寂靜，能聽到馬帝在閣樓上沉重而不對稱的腳步聲。他把一些叫不出名字的奇怪物品搬上閣樓，有些東西六件只算一件的價錢，因為其中五件都已生鏽。偶爾有客人會在那裡找到開放式壁爐用的壁爐架，甚至是一包變了形、首款無需剪燭花的蠟燭。馬帝也要幫忙打掃，當掃把掃過那些不平坦的地板，導致灰塵揚起，飄散在陰暗的角落，雖然看不見，卻會讓人忍不住打噴嚏。馬帝很敬畏那些盡忠職守、領口豎立的店員。店裡唯一跟他年紀相仿的就是那個步行或騎腳踏車送貨的男孩，他總是把那輛有點年紀的腳踏車當作自己的。這男孩身材魁梧，一頭金髮油亮發光，像他的靴子一樣閃閃動人，他盡量讓自己與其他店員不同，因此他來到店裡時，往往看起來比較像顧客而不是員工。高領子店員幾乎完全靜止不動，而這男孩則是不停移動。當然，馬帝還太天真，無法像金髮男孩那樣為所欲為。馬帝不斷被指派工作，卻從來不知道大家叫他做東做西，只是要讓他離開他們的視線罷了。鐵匠讓馬帝去院子一角撿菸頭時，他沒有領會到就算他在那裡偷閒一整天，也不會有人介意。他撿了幾個菸頭後，便回去交差了。

馬帝來到夫蘭克雷後沒幾個月，他在棄兒學校的模式又重演了。他曾在經過那個人造花園時驚訝地聞到了香氣。也許那裡面的女孩難以忍受華麗鋪張的花朵竟沒有香味，才如此決心要讓自己散發芳香。一天早上，馬帝被派去送一束新的塑膠花給艾倫小姐。他到那裡時，雙手捧著一大把無刺塑膠玫瑰，他只能透過花間的縫隙看出去，還會有一片葉子一直搔到他的鼻子。他發現艾倫小姐已經把他面前架子上的花移開，好讓他有地方放，因此馬帝不僅能從手中玫瑰的縫隙看出去，還能看進花園裡。

馬帝先是注意到一個閃亮的簾子，簾子頂部呈尖拱形。此時艾倫正背對著他，一頭長髮披散如簾，看不見盡頭。她身上散發的香味似乎遵循著一種特有的規律，若有似無。當她聽到了身後的動靜，於是轉過頭去。映入馬帝眼簾的是她稍稍突出的鼻子，彷彿賦予其主人傲慢無禮的絕對權利，而此刻由於她轉頭，簾子般的頭髮被帶動，覆蓋住了鼻子下面的區域。馬帝還看到她額上一道細緻的眉毛，超越了數學計算的弧度，眉毛下方是嵌在黑色長睫毛間的灰色大眼睛。她的眼睛注意到了塑膠玫瑰，但她還在忙另一頭的客人，所以只有空對馬帝說一個單音節的字。

「那。」

架子上的空位就在馬帝手肘下方。他放下玫瑰時，玫瑰擋住了他的視線，讓他無法看見那位女孩。於是他轉身離開了。那一聲「那」在他心中迴響，這不僅僅是個單音節的字，既輕柔又響亮，具爆炸性地在耳邊無限延續。他回到鍛造廠房附近才稍微回過神來，巧妙地詢問是否還有其他花要送過去，卻沒有人聽見他說話，因為他的聲音不自覺地變得微弱無力。

現在馬帝有了第二件縈繞在他心頭的事。這兩件事天差地遠，第一件是關於佩迪格里先生。當他在閣樓上清掃灰塵時，突然感到右臉肌肉痛得難以忍受，這時佩迪格里先生的形象便浮現在他的腦海中。馬帝的臉部表情因疼痛而扭曲，不是因為灰塵或碎屑引起的，而是因為他回想起佩迪格里先生在大廳對他大吼的那番指責：「都是你的錯！」有時，當他獨自一人時，甚至會笨拙地將釘子刺入自己握掃帚的手背，臉色蒼白，眼中閃過一抹痛苦，這一切都源於那無聲的怒吼再次湧現。而如今他瞥見的那臉龐、那香氣和頭髮都霸占了他的心，讓他心裡不再只盤踞著佩迪格里先生。這兩件事盤桓糾結於馬帝心中，讓他違背己意而感到飄飄然，讓他毫無防備、無可救藥，只能默默忍受。

有天早上，馬帝悄悄從院子溜走，爬上樓梯進入閣樓。他熟門熟路地行走於裝滿刨花木屑的貨箱間，經過堆積如山的油漆，穿過一個只有生鏽鋸子和堆疊許多浴盆的房間，再經過一排排一模一樣的煤油燈，進到有著餐具和玻璃製品的狹長展示間。房間中央有一個巨大屋脊狀的玻璃天窗，是為了讓日光可以穿過下面的另一個天窗，射入一樓的陳列大廳。馬帝低頭看去，可以看到色彩鮮豔奪目的光線，而這些光線會隨著他移動而變動。他還看到下面五顏六色的朦朧一片，那是賣塑膠花的櫃檯，這使他心跳加速。馬帝不甘於只從這裡看著那一團模糊的景象，他再往前走去，進入一個空無一物的閣樓，然後走下一、兩個階梯。這個樓梯會通往距離院子最遠的一道牆。他手扶在護欄上，彎下腰，朝天花板下方看去。

馬帝看到許多人造花，他面對的是接待顧客的這一邊，而他匆忙堆放的玫瑰花則在另一邊。中間唯一可見的是一個淺棕色的頭頂和頭髮的中分線。馬帝知道要看得更清楚只有一個辦法，就是直接走在陳列大廳，經過賣花的地方時偷看一眼。馬帝認真思考了一會兒，如果是像金髮男孩那樣聰明的人，經過那裡時就可能會停下腳步與她聊天，但他實在不可能做到，他的心因這樣的念頭而怦怦狂跳。因此他想快步走過，但雙腳卻不聽使喚，彷彿被拖住了一般。馬帝經過離櫃檯沒有堆放花的地方一碼遠時，用眼角餘光偷瞄了一眼，但艾倫小姐也許正好彎下腰，所以他什麼也沒看見。

「小弟！」

馬帝急忙搖搖晃晃地跑過去。

「你跑到哪裡去了？」

他們並不是真的想知道他去了哪裡，不過如果他們知道了，一定會覺得好笑，而且會更喜歡他。

「貨車已經等了半小時了，去搬貨！」

馬帝將貨物搬上貨車，把一包包五金扔到角落，接著再放進六張折疊椅，最後他終於笨拙地坐上駕駛旁的座位。

「我們店裡有好多花啊！」

那個患有關節炎的司機派瑞許先生呻吟了一聲。馬帝繼續說：「就像真的花一樣，對吧？」

「我從來沒看過。如果你的膝蓋像我的一樣……」

「那些花真的很漂亮。」

派瑞許先生沒有理睬他，繼續專心地開車。馬帝自顧自地接著說：「真的很漂亮，我是指那些花，還有那女孩，那位小姐……」

派瑞許先生年輕時曾是夫蘭克雷三輛載貨馬車其中一輛的駕駛，汽車問世後沒幾年，他就被改派來開貨車，而他仍堅守著兩件事：駕駛馬車的術語，以及駕駛汽車是得到升職的信念。起初，派瑞許先生看起來並沒有聽到馬帝說話，但他其實都有聽見，只是在等待機會出聲修理馬帝，而現在正是時機：「小伙子，跟我講話時，你得稱呼我『派瑞許先生』。」

這大概是馬帝最後一次嘗試向人吐露心聲。

那天晚些時候，馬帝又一次來到店面上方的閣樓，再度掃視屋脊狀天窗下的模糊色彩，也再次沿著天花板往下窺視，但他什麼也沒看到。當店面打烊時，他急忙跑到店外空蕩蕩的人行道上，卻也不見人影。隔天，馬帝一大早就來到人行道上等待。終於，皇天不負苦心人，他看到了她那頭帶著甜美光澤的淺棕色頭髮，在上公車時膝蓋彎曲露出，還有她閃亮的長襪。再隔一天就是星期六，商店只營業半天，馬帝整個早上都在忙碌，等他終於有空時，她已經下班離開了。

星期日早上，馬帝自動自發地去參加禮拜，在亞瑟先生稱之為食堂的地方吃一頓粗飽後，便出門去散步，他被要求要常去散步以保持健康。這時那些高領子的店員都還在床上睡覺。馬帝一路走著，途經古柴爾德珍本書店，再經過斯普勞森宅，然後右轉進入大街。他處於一種難以理解的狀態，就好像空氣中洋溢著高亢的歌聲，他怎麼樣都擺脫不了，這源自於某種內在壓力，若是陷入回憶之中，就會使焦慮加劇而變得痛苦萬分。這種感覺如此強烈，使他又折回夫蘭克雷五金店，彷彿看到問題所在的地方就有助於解決問題。然而，儘管他站在那裡看著夫蘭克雷五金店、隔壁的書店和再隔壁的斯普勞森宅，卻仍無濟於事。馬帝接著在斯普勞森宅拐彎，來到橫跨運河的老橋，橋底下的鐵皮廁所在他經過時自動沖水。他佇立著，俯瞰著運河的水流，下意識地帶著一種古老的信念，相信眼前的景象能帶來助益和療癒之效。他原本想要沿著曳船道走，但那條路泥濘不堪。於是他回頭繞過斯普勞森宅的轉角，又見書店和夫蘭克雷五金店。馬帝停下腳步，透過玻璃窗看進書店。這些書的標題對他沒有幫助，而書中滿滿的文字只是人類無止盡的喋喋不休。

這時馬帝心中有些問題漸漸變得清晰。好像有可能就這麼陷入沉默，沉入所有噪音和言語，沉入「都是你的錯」那樣如刀如劍的話語和甜美動人的一聲「那」，不斷下沉，最終沉入無聲……

在窗子左側一排排書籍（《釣竿與槍》[6]）下方有一個小桌子，檯面上放著一些愛書之人不入眼的東西，有包含字母的主禱文字帖、精心鑲嵌上方形音符的羊皮紙古樂譜，其左邊還有一顆立在黑木架上的玻璃球。馬帝看著那顆玻璃球，目光中有一絲讚許，因為它並沒有試圖講什麼道理，也不像大部頭的書那樣盡是長篇大論。玻璃球裡只有太陽從遠處射入的光線。他也對太陽相當讚賞，太陽不言不語就靜靜在那，只是愈來愈明亮，愈來愈純淨。雲散開時，它便散發出耀眼光芒，隨著馬帝移動而移動，但很快馬帝就不動了，動彈不得。一道光直射進他的眼睛，他感覺不對勁，未必令人不快，但就是很不尋常。他也從中感受到那種正直、真理和沈默。而後馬帝自己形容這是一種水面上升的感覺，再後來則是艾德溫・貝爾所說的進入靜謐的異質維度，許多事物在此向他顯現或展示。

馬帝看到了種種事物交接處黑暗的一面，就像一整塊布現在看來是縱橫交織的紗線，代表著他所經歷的那些人事物。馬帝看到了佩迪格里因指控而扭曲的臉孔，也看到垂落下來的頭髮以及側影，是如此平衡和諧。他未曾完全見過那個賣花女孩的臉，而現在這張臉就浮現在他眼前。他對此感到熟悉，但也知道其中有些不對勁之處。佩迪格里平衡了這種感覺，馬帝對佩迪格里和他傷人話語的理解似乎都是對的。

6 With Rod and Gun，指與狩獵或釣魚相關的活動。十九世紀二十世紀初有不少刊物以釣魚（rod）和打獵（gun）為主題。

隨後他眼前的一切就不可言說地隱藏了起來。從他右邊低處到左邊較高處，幾個斗大的金色字母變得清晰可見。他看到的是書店櫥窗的底部，金色的字就是古柴爾德珍本書店的招牌。他發現自己偏斜一邊，畢竟那招牌應該是水平的。窗面上有他呼吸凝結的水氣，裡面黑木架上的玻璃球因此退居其後，陽光不再照射到球上。令他困惑的是，那一整天太陽根本都沒有露臉，只有厚厚的雲層，時不時地下起雨來。馬帝試著回憶發生了什麼事，接著發現自己所想已不是當初所見，就好像他在畫面與事件上塗上顏色和形狀，但這並不像在已經有線條圖形的著色本上著色，而是依照心中所願去揮灑，或甚至是不得不照自己心中所願去想發生了什麼事。

過了一會，馬帝轉身離去，漫無目的地走在大街上。雨滴落在他身上，他遲疑了一下，隨即環顧四周，最後目光落在大街左邊不遠處的老教堂，於是他快步朝那裡走去，原本是想去避雨，而後突然明白這就是他該去的地方。馬帝推開門進入教堂，坐在後排的西窗下。他小心地提起褲管跪了下來，對於自己在做什麼並沒有多想。他是在天時地利人和之下，幾乎不知不覺地來到這裡。這是格林菲爾德教區的教堂，內部有側廊和耳堂，空間相當大，充滿小鎮悠久而平凡的歷史痕跡。地上幾乎每一塊石板都有墓誌銘，牆上也刻滿了字。教堂裡空蕩蕩的，不只是沒什麼人的關係，馬帝覺得那種空就好似剛才那顆玻璃球，讓他內心產生某種迴響。他找不到這之間有何關聯，覺得如鯁在喉而無法吞嚥。馬帝遂開始念主禱文，然後又停了下來，因為這些話似乎毫無意義。他就一直跪在那裡，感到困惑且悲傷，此時人造花與散發甜美光澤的棕色頭髮所帶來痛苦且異常的渴望又湧上心頭。

「人的女子[7]。」

馬帝無聲地吶喊著，只有寂靜在空中迴盪。

這時一個十分清晰的聲音說道：「你是誰？你想幹嘛？」

這是助理牧師的聲音，他正在清理祭具室裡的一些東西。他一直瞞著教區牧師遵循著簡樸苦行原則。他驚訝地發現有個唱詩班的男孩在祭具室門口鬼鬼祟祟，想進去找回他認為掉在那裡的漫畫。然而助理牧師的話在馬帝聽來就彷彿是在對他說，因此他也在心裡回答了這些問題。面對天秤兩端，一邊是一張男人的臉，另一邊是熾熱如火的期盼與誘惑，他有好一段時間痛苦萬分。這是他未經磨練的意志的第一次遭受考驗。他知道自己並不是像驢子一樣能在大小胡蘿蔔之間做選擇，而是要有受苦的覺悟，他從來沒有對這樣的自我認知感到懷疑，更糟的是，他還接受了這種認知並為此感到自豪。痛苦愈演愈烈，心中想著自己與那被花環繞的女孩的未來，已經從仍有可能變成無法實現的遺憾。因為他已經意識到，也了解自己那醜陋的外表，要是去接近這個女孩會如何變成一場鬧劇和羞辱，而且接近其他女人都會

7 原文為 daughters of men，出自舊約聖經：That the sons of God saw the daughters of men that they were fair; and they took them wives of all which they chose. 神的眾子看見人的女子美麗，就隨意挑選，娶作妻子。

是如此下場。馬帝開始流下成人的眼淚，他的心深深受創，因感到絕望而哭泣，哭得就像為死去的摯友哀悼一般。馬帝哭到再也哭不出來，他永遠也不知道身上有些東西也隨淚水流乾了。哭完後，馬帝發現自己正處於一個奇怪的姿勢。他呈跪姿，背部倚著長凳邊緣，雙手抓著前面的長椅靠背，額頭靠在放祈禱書和詩歌集的小擱板上。當他睜開眼並看清楚周遭，他發現自己落到石地板上的淚水積在古老墓誌銘的刻痕裡。馬帝回過神來，這時天色已灰暗，西窗上傳來微弱的雨聲。馬帝知道他無法從佩迪格里的傷害中痊癒，至於那頭秀髮，他知道自己必須離開。

第四章

由於馬帝桀驁、激烈的性格使然，一旦他決定離開，就會想盡辦法走得遠遠的。奇怪的是，隨著他動身，周遭的情況似乎會跟著調整，讓他去澳洲的路途變得容易，彷彿他的桀驁正適合這樣艱辛的旅程。馬帝遇到的官員一反平時的冷漠態度，顯得特別有同情心，或許是他們看到馬帝皺縮的耳朵而想趕快讓他離開視線。不到幾個月，他就在墨爾本找到一份工作、一間教堂，並在基督教青年會（Y.M.C.A.）覓得一個床位。這三個地點都位於市中心倫敦飯店旁的福爾街。他工作的五金店沒有夫蘭克雷那麼大，但樓上有儲藏室，旁邊的院子裡也堆著箱子，還有一個可代替鍛造的機械車間。馬帝天真地相信這樣高飛遠走就能擺脫煩惱，如果真能如此，那他會在這裡待上好幾年，甚至待一輩子。然而事與願違，佩迪格里先生的詛咒還是跟著他來了，且不知是因為歲月還是身在澳洲，或兩者皆是，馬帝心裡隱約感覺到的困惑，很快就演變成全然的驚愕，最後他腦海裡浮現一句話：「我是誰？」

對此馬帝心中只有一個答案：你身世成謎，也無處可去。你傷害了你唯一的朋友，所以必須以失去婚姻、性和愛情作為代價，因為、因為、因為！冷酷一點來看，沒有人會接受你的，這就是你。

馬帝也比他自己所以為的更不好看。他終於明白，即使是最善良的人，看到他的外表也需要極大的努力才能掩藏內心的異樣。因此，他盡可能地避免與人來往。不只那些高不可攀的人物會這樣（飛機在新加坡境內停留四十分鐘時，那個穿著亮晶晶衣服、畢恭畢敬站在乘客休息室旁，如洋娃娃般的女子），還有部長和他仁慈的妻子，以及其他人也是如此。馬帝那本用布漿紙和柔軟皮革製成的《聖經》並沒有幫到他，他的英國腔和來自祖國的身分也沒有帶來優勢，儘管他原本天真地以為這些可能會有所幫助。同事在知道馬帝並不認為自己特別，也沒有看不起澳洲或要求特殊待遇後，反而更不友善，會無端對他發怒，令他相當困惑。

「我才不管你叫什麼名字，我叫你『馬泰』，你就叫『馬泰』。天殺的！」

這個人的角色相當於派瑞許先生：「教我說那該死的英王英語！」

不過馬帝離開這家五金店的理由其實很單純。他第一次把幾箱瓷器拿到結婚禮品部時，發現掌管那裡的是個光鮮亮麗的女孩，可能會讓他再度陷入難以言喻的危險。馬帝立刻意識到這次遠行並無法徹底解決問題，他雖然想回英國，但也不可能馬上回去，他只能盡可能找機會換工作。馬帝換到一家書店工作，店主斯威特先生視力模糊，看不清馬帝殘缺的臉，而當斯威特太太一看到馬帝，就知道為什麼以前會來店裡逛逛的人現在都不來了。斯威特夫婦比英國書商富有得多，他們住在城外的鄉間別墅，不久他們就讓馬帝到那裡去，住在緊挨著主樓的小屋。馬帝的工作是打雜，斯威特先生教他開車後，他也負責載送他們往返住家和書店。斯威特太太總是別過臉，並建議馬帝可以戴一頂帽子好讓頭髮維持整齊。出於某種深層的自我意識而非身分自覺，馬帝選擇了黑色的寬邊帽子，這頂帽子既適合他完好卻悲傷的一側臉，也適合他顏色較淺但皺縮得嚇人的另一側，那邊的嘴和眼睛都被拉得下垂。由於帽子很貼近他紫色變形的耳朵，所以戴上帽子後，就很少有人會注意到他不尋常的耳朵。漸漸地，馬帝的外套、褲子、鞋子、襪子、高領毛衣和套頭衫都變成黑的，他一身黑，沉默且冷淡，心中還有個懸而未決的問題。

「我是誰？」

有一天，馬帝送斯威特太太去書店，並在那裡等待她要返回之時，他站在店外陳列的破舊書架旁，這些書的售價每本都低於五十美分。其中有一本看起來很奇特，封面與封底都是木製的，因為磨損得太厲害，導致書名難以辨認。馬帝隨意地拿起來翻看，發現這是一本聖經，儘管內頁的紙質大致相同，但因為是木頭書封，所以比馬帝那本皮革的來得重。他翻著熟悉的書頁，突然停下來，翻到後面，又往前翻，然後再翻回來。馬帝把臉湊近書頁，開始低聲細語，而後聲音漸漸淡去。

馬帝總是很難專心，言語在他心中一掠而過，卻不會留下任何痕跡。他很可能因此在澳洲愈來愈少上教堂。而在英國的教堂，還有很久以前棄兒學校的課堂上，都有人談論從一種語言轉換另一種語言的困難，但事實的解釋卻在白紙黑字印刷出現之前就消失了。在這二十世紀中葉，馬帝與其他人所歸納出的簡單世界之間存在著一種原始的隔閡，這種隔閡似乎濾除了人們應該了解這個世界的百分之九十九，使剩下的百分之一如石頭般堅硬有光澤。因此這時馬帝站在那裡手捧著書，驚訝地抬起頭來望向書店。

內容不一樣！

那天晚上馬帝坐在桌前，攤開兩本聖經逐字比較。凌晨一點過後，站起來走出去，在看似無盡的筆直道路來回走著，直到早上開車送斯威特先生進城。馬帝回來把車停好後，第一次注意到鄉村的鳥叫聲有如瘋狂的笑聲。這讓他非常不安，還因此修剪了一塊根本不必修剪的草坪，只為了用割草機的噪音來掩蓋住鳥叫聲。那群盤踞在低矮房屋周圍高大樹木上的葵花鳳頭鸚鵡，一聽到割草機的嗡嗡聲便振翅而飛，邊鳴叫邊盤旋，然後越過一片被太陽曬枯，卻仍有馬兒在進食的草地，逃到一英里外一棵孤零零的樹上，讓這棵樹變得一片白，喧囂而躁動。

那天傍晚在廚房用完茶點後，馬帝將兩本書同時翻到扉頁，各讀了好幾遍，最後索性合上他那本皮革的，然後拿著出門去。他穿過家附近的草坪，沿著菜園走到一面圍籬前，往下望去就是一個水塘，裡面有螯蝦悠游。馬帝凝視著月光下延伸數哩的草地，一直延伸到遠方地平線上隱約可見的山丘。

馬帝拿出他那本聖經，將其一頁頁地撕下。他每撕下一頁，就讓它隨風而去，紙張在空中飄蕩翻飛了一段距離，最後落在草長得高高的草叢中。然後馬帝回到小屋，讀了一會木封面的聖經，制式化地禱告後便上床睡覺。

馬帝就此展開快樂的一年。雖然他曾一度因為村裡商店新來的美麗女孩而感到苦惱，但她太漂亮了，所以很快就找到機會離開這個地方，取而代之的是一個讓他心如止水的人。馬帝會在院子裡或家附近快樂地走動，嘴一邊在動，臉完好的那側顯得興高采烈。馬帝從不在人前摘下帽子，村裡因此有傳言說他連睡覺時都戴著，但眾所周知這是一頂寬緣的帽子，根本不可能戴著睡覺，不過這樣的傳言實在太符合他畏縮的形象。清晨的太陽與月亮都會看到在床上的馬帝，一頭長長的黑髮散落在枕頭上，他左邊頭臉的白色皮膚隨著睡夢中翻身而時隱時現。接著第一聲鳥鳴響起把馬帝驚醒，從床上一坐而起，但他會倒頭再睡一會兒才起床。梳洗完畢後，馬帝就會坐下來閱讀那本木封面的書，嘴裡喃喃唸著書裡的文字，臉完好的一邊眉頭緊鎖。

接下來的白天時間，無論馬帝是駕著旋耕機在塵土飛揚的菜園，還是澆水、等紅綠燈、當司機、搬運包裹，抑或打掃、除塵、拋光，嘴裡都還是不停唸著……

有時斯威特太太靠他比較近時會聽到：「……一個銀盤子、重一百三十舍客勒、一個銀碗、重七十舍客勒、都是按聖所的平、也都盛滿了調油的細麵、作素祭。五十六，一個金盂、重十舍客勒、盛滿了香。五十七，一隻公牛犢、一隻公綿羊、一隻一歲的公羊羔、作燔祭。五十八，一隻公山羊……[8]」

有時她會在屋裡聽到馬帝愈唸愈大聲，就像播放刮傷的黑膠唱片般跳針卡頓。

「二十一，耶穌又對他們說……對他們說……對他們說……對他們說……」

接著斯威特太太聽到一陣飛快的腳步聲，就知道馬帝跑回自己的房裡去看那本攤在桌上的書。不久之後他就會回來了，她又聽到嘰嘰作響的擦窗戶聲和他的誦唸聲。

「對他們說，燈難道是拿來放在量器底下或床底下的嗎？它不是該放在燈檯上嗎？二十二，因為沒有甚麼隱藏的事不被顯明出來，沒有甚麼掩蓋的事不被揭露的。二十三，凡有……」

整體而言，這是快樂的一年！只是有些事情——馬帝曾想過這樣一個相當出色且清晰的解釋——有些事在表面下蠢蠢欲動。若是在表面上，就能做點什麼。舉例來說，一個人玷汙自己時，會有明確的行為指示，但如果是在表面之下，未被定義但一直存在，沒有任何指示卻又必須去做的事呢？這必定會驅使他去做一些無法解釋的事，像是將石頭排成特定圖案、讓沙土從手中緩緩落下，或是把水倒進洞裡，不過這也比什麼都不做來得好，至少能讓馬帝

8 原文為聖經內容：—one silver charger of the weight of an hundred and thirty shekels, one silver bowl of seventy shekels, after the shekel of the sanctuary; both of them full of fine flour mingled with oil for a meat offering: 56 One golden spoon of ten shekels full of incense: 57 One young bullock, one ram, one lamb of the first year for a burnt offering: 58 One kid of the goats—

感到一絲紓解。

這一年馬帝不再去教堂，而教會也只敷衍地挽留了一下。不再去教堂確實也是他必須去做的事。這一年本就該這麼不著痕跡地順利度過了，然而，某些事在馬帝心裡卻仍像生鏽的鉸鏈一樣嘎吱作響。斯威特太太寡居的姊姊從珀斯來過聖誕假期和新年，也帶著女兒一起來。看到這女孩美麗的頭髮與相稱的皮膚，馬帝不得不又到外面走路，走到凌晨，他將目光轉向天空，彷彿可以從那裡得到一些幫助。馬帝忽然叫了一聲：「瞧！」他在高空看到一個熟悉的星座，是閃閃發亮的獵戶座，以及獵人如火焰般泛紅光的匕首。鳥兒被馬帝的叫聲驚醒，以為天亮了。待牠們慢慢安定下來後，馬帝在寂靜中了解到地球是圓的，且恐怖的是就懸在虛空之中、繞太陽運行、月亮在上頭。馬帝有時會安慰自己反正人都是活在威嚴與恐怖之中，但接著那條生鏽的鉸鏈又嘎吱作響，一直伴隨著他的問題變得更加清晰。

不再是「我是誰？」

而是「我是什麼？」

新年凌晨時分，在離墨爾本市數哩遠的開闊道路上，馬帝大聲問道並等待著答案。當然這樣很傻，就像他做過的許多傻事一樣，方圓幾哩內根本不會有人醒著。最後馬帝要從他大聲發問的地方離開時，太陽已照亮地平線上的山丘，但他仍然沒有答案。

接著第二年的春夏秋冬也過去了，只是那裡沒有真正的冬天，春天也來去匆匆。這個問題似乎在馬帝心中逐漸升溫，變得愈來愈熱，最後成為他每夜的夢境。連續三個晚上，他都夢見佩迪格里先生重複說著那句可怕的話，然後又向他求助，而馬帝只是在被單下逃跑、掙扎著，想說卻說不出的是：如果我連自己是什麼都不知道，要怎麼幫你呢？

而後當馬帝醒來時，他知道不該大聲張揚自己的處境。有個問題一直縈繞心頭時，很難再去跟人說話或聽人說話，因為他找不到答案，也不知道這個問題代表什麼或如何提問，結果就逐漸發展成這個問題本身產生了變化。馬帝知道自己必須離開，有一段時間，他甚至在想，這是不是人們像亞伯拉罕一樣遷徙流浪的真正原因。雖然從那裡開車開個幾哩就能到達荒漠之地，但不知是有意識還是無意識的，馬帝一明白自己必須得走，就覺得應該要往北邊獵戶座匕首所指的方向。人知道了自己一定要走，就不會太難決定方向。馬帝來到澳洲已邁入第四年，但還是有很多時候會陷入怎麼樣也想不透的境地，所以他打算離開墨爾本。因為不知道到底為何而走，也不知道希望找到什麼，所以他花了很多時間為能簡單上路做些準備。馬帝很少花用他的工資，他以存下來的錢買了一輛很小、很便宜但也很老舊的汽車。他帶著那本木封面的聖經、褲子、襯衫、刮右臉的刮鬍用具、一個睡袋和一隻襪子，他打算精簡到每天只換一隻襪子。斯威特先生多給了馬帝一些錢，還有一封所謂的「品行推薦書」，能向未來的雇主證明他工作勤奮、坦誠磊落且絕對誠實，但斯威特太太與馬帝道別後，她心情大為輕鬆地在廚房跳起舞來，由此可見光有這些良好品行還是不夠的。

馬帝驅車離去，這條路他週日載斯威特夫婦時也曾走過，而他知道總有一天會自己駕著車從這裡邁向新世界。當這一刻到來，與其說是快樂，不如說是純粹的喜悅，當然還帶點罪惡感，這就是他的天性。

後來馬帝在雪梨附近的一家圍籬公司工作了一年多，他存了一些錢，也不太需要與人接觸。他本可以早點離開這家公司，但車子拋錨得很嚴重，所以他多花了六個月賺錢修車，才又再次上路。馬帝繼續往昆士蘭州前進，而心中的問題仍然炙熱，一如那裡的天氣。到了布里斯本附近，馬帝需要再找份工作，而且也找到了，但這是他做過最短的工作，待的時間比在墨爾本那間五金店還要短。

馬帝是在一家甜食工廠當搬運工，工廠很小，所以無法機械化。由於當時正值炎炎夏季，再加上他的外貌，女工群起向經理要求解僱馬帝，理由是他總是盯著她們看。事實上是她們盯著馬帝看，還竊竊私語「難怪那麼多奶油酸掉了」之類的話，馬帝又不像鴕鳥一樣能視而不見，當然會看回去。他被叫到經理面前，這時門開了，工廠老闆走了進來。漢拉漢先生身高大約是馬帝的一半，寬度卻是四倍。他的臉很胖，一雙小眼睛總是掃視著每個角落。他聽說馬帝被解僱的原因後，斜眼往上看馬帝的臉，又看向他的耳朵，然後上下打量了他一番。

「他不正是我們一直在找的人？」

馬帝感覺心中的問題就要得到解答，但漢拉漢先生只是帶頭走了出去，並囑咐馬帝跟著他上山。馬帝鑽進自己那輛舊車，漢拉漢先生則坐進他的新車並發動，然後又跑下車，衝回工廠門口，猛然把門拉開，盯著辦公室裡看。接著他慢慢後退，門逐漸關起來，但他仍一直注視著裡面，直到門完全關上為止。

他們從工廠開車穿過樹林和田野，沿著山坡蜿蜒而上。漢拉漢先生的家坐落在山腰，四周圍繞著長滿蘭花與苔蘚的奇特樹木。馬帝把車停在新車後面，跟著他的老闆爬上戶外的樓梯，來到一間牆面幾乎全是玻璃的寬敞客廳。有一面可以直接俯看山下，工廠就在那裡，看起來就像是建築模型。漢拉漢先生一進到客廳，就從大桌上抓起一副雙筒望遠鏡，將鏡頭對準工廠，接著他重重吐了口氣，拿起電話大吼道：「莫洛伊！莫洛伊！有兩個女孩躲在後面偷懶！」

而當漢拉漢先生吼出這句話時，馬帝正出神地凝視著另外三面牆上的玻璃。這些全是鏡子，連門的背後都是，而且不只是普通的鏡子，還會扭曲鏡像，所以馬帝看到好幾個自己，有些被拉寬，有些被壓矮，漢拉漢先生則變得像沙發形狀。

「哈，我知道你在欣賞我的玻璃，」漢拉漢先生說，「這樣每天都能練習捨去非分的自尊，這主意不錯吧？漢拉漢太太！妳在哪裡？」

一扇門在窗戶和鏡子的光線匯聚處開啟，漢拉漢太太的出現就像無中生有一般，她比馬帝還瘦，比漢拉漢先生還矮，一副疲憊不堪的樣子。

「漢拉漢先生，什麼事？」

「就是他，我找到合適的人了！」

「噢，臉被修補過的可憐人！」

「她們那麼想要有個男人在這裡，我就給她們一點教訓！女孩們！都過來吧！」

隨後牆壁各處都出現了光線匯聚，有些暗處也都閃耀著光芒。

「我的七個女兒，」漢拉漢先生大聲說道，一邊忙碌地數著。「你們不是想要這裡有個男人？嫌這裡女生太多了？方圓一哩之內都沒有年輕男人！我這就帶了一個男人來！好好看看他！」

女孩們圍成一個半圓形，馬帝本能地舉起手來遮掩，以免她們被他的左臉嚇到。雙胞胎法蘭西斯卡和特蕾莎是才離開搖籃不久的年紀，但已經很漂亮。身材較高、同樣漂亮的布麗姬特瞇著眼睛看他，還有長得更高且已出落得亭亭玉立的柏納黛特，以及個子矮一些、同樣美麗且更為成熟的塞西莉亞。加布麗埃．珍是那種走在街上頻頻令人回頭的美女，長女瑪麗．邁克爾則打扮得像要去參加一場燒烤派對，她的美貌總是讓人看得出神。

塞西莉亞的眼睛適應光線後，用手摀住臉，並發出嚇壞了的微弱尖叫聲。瑪麗．邁克爾則把她天鵝般的脖頸轉向漢拉漢先生，嬌媚地說：「噢，爸爸！」

馬帝咆哮一聲，隨即打開門，慌忙之中不慎從樓梯跌落下來。他趕緊進到車裡，將車子調頭開下山去，同時開始高聲誦念：「聖約翰啟示錄第一章。一，我約翰寫信給亞細亞省的七個教會，見於七個金燈檯……七，基督的降臨……十四，祂光榮的權能與尊貴。耶穌基督的啟示，是神賜給祂，以昭示祂的眾僕人……」

馬帝繼續大聲唸著，但音量漸漸降低，當他唸到「十九，如果有人從這書上的預言刪減甚麼，神必從這書上所記的生命樹和聖城刪去他的分」，就恢復平時的音量了。

最後唸到「阿們」時，馬帝發現他需要汽油，所以去加油。在等待過程中，瑪麗．邁克爾的影像浮現心頭，於是他又再上路，並且繼續誦念：

「二十二，基拿、底摩拿、亞大達、
二十三，基低斯、夏瑣、以提楠、
二十四，西弗、提鏈、比亞綠、
二十五，夏瑣哈大他、加略希斯崙（加略希斯崙是夏瑣）、
二十六，亞曼、示瑪……」

晚上，馬帝來到格拉斯頓這座大城市。他在那裡找到一份掘墓的工作，平靜安穩地逗留了好幾個月。

然而相同狀況還是一再重演，心中的問題又令他躁動不安，覺得自己必須繼續前行，去

到某個能把事情搞清楚的地方。於是馬帝開始思考，或者說是他內在有什麼東西自己在思考，然後呈現給馬帝。因此在無意識中他想著：「所有人都會這樣嗎？」又接著想：「不會，因為他們兩邊臉是一樣的。」

然後他又想：「我跟別人的差別只有臉嗎？」

不。

「我是什麼？」

隨後他機械化地禱告。奇怪的是，禱告對馬帝來說難如登天，然而他還是替所有他認識的人祈禱，並祈求自己所面臨的困境能夠減輕一些，這時他腦海中浮現一句可怕的經文：「有些人是為了天國而自閹的」。他是在墳墓裡有了這種念頭，那是最容易讓人這樣想的地方。這讓馬帝瞬間像從墳墓裡復活過來，他來到距離海岸數哩、盡是暴力和邪惡之人聚集的地方，當他還沒把這句話從腦海中抹去，就有惡人為他做到了。警察攔住他，搜查了他和車子，並警告他路上發生謀殺案，而且還可能會再發生，但馬帝還是繼續前行，因為他不敢回頭，也無路可退。他在加油站看過地圖，然而馬帝在這片土地上的歲月並沒有教會他國家與洲陸之間的區別。他無知地以為到達西北海岸城市達爾文只有幾哩路程，並且路途中會有便利的加油站、食物商店和水井。馬帝沒什麼求知慾，雖然聖經上常提到荒野與沙漠，卻沒有提及內陸地區水井和加油站的情況。於是他拐進非主要幹道的公路後，就徹底迷路了。

馬帝並不感到害怕，倒不是因為他很勇敢，而是因為意識不到危險，所以還不懂得害怕。於是他向前開去，車子一路顛簸，搖搖晃晃，想喝點什麼卻發現自己沒東西可喝，眼看著油表的指針不斷下降，到最後降到零了，周圍還是什麼都沒有，車子就這樣停了下來，停在布滿荊棘的沙質土壤上，往北邊放眼望去只見三棵低矮的樹，相隔有些距離而顯得遙遠。馬帝在車裡坐了很久，看著前方太陽徐徐落下，太陽還在萬裡無雲的天空邊緣，看似與荊棘糾結拉扯了一陣才完全消失。他坐著聆聽夜晚的喧囂，但後來漸漸熟悉了，就連大型動物重重踩過荊棘叢的聲音也一點都不害怕。馬帝鎮定地坐在駕駛座上，然後就睡著了。直到天亮才醒來，而他醒來的原因不是陽光，而是口渴。

馬帝或許不感到害怕，但他確實感到口渴。當寒冷的黎明來臨時，他下車四處踱步，彷彿希望在附近找到水池、快餐店或雜貨店。然後，他毫無準備也不假思索地沿著道路向前走去，直到溫暖的陽光灑在他的背上，才轉過身來，凝視著升起的太陽。在陽光下，車子不見了，只剩下一片灌木叢。馬帝決定繼續前行，但隨著太陽升高，他的口渴也逐漸加劇。

馬帝不具備野外求生知識，他不知道植物的組織含有水分，也不知道可以在沙地挖洞取水，或觀察鳥類是如何尋找水源。他也沒有感受到冒險的刺激興奮，只覺得口渴，背部被曬得發熱，口袋裡那本木質封面的聖經不斷碰撞著他的右髖骨。馬帝從來沒想過一個人可能走到倒下後仍找不到水，因此他執拗地繼續走下去，一如他過往做任何事情所抱持的堅決態度。

到了中午，灌木叢中發生了奇怪的事。灌木有時會飄浮起來，彷彿是在漢拉漢先生家奇妙的客廳。馬帝的視線因此被擾亂，他看不清楚前方道路，或者說是他所認為的路。他停了下來，低下頭並眨眨眼睛，看到又黑又大的螞蟻在他的腳邊跑來跑去，高溫炎熱的天氣似乎讓這些螞蟻備受鼓舞，辛勤搬運著沉甸甸的重物，彷彿要做什麼大事。馬帝考慮了一會兒，但牠們無法幫助他脫離困境。當他再次抬起頭來，已經看不到路在哪裡了。他也無法藉由來時的腳印尋找線索，因為腳印都已消失在灌木叢中。馬帝仔細檢視近處的地平線，並認定某個方向看起來厚了一點，或是說密度與高度較高。他認為那可能是樹，有樹就會有樹蔭，因此他決定朝西邊這個可能有樹的方向走。然而日正當中在這種接近赤道的地方，即使有六分儀也很難透過太陽判斷方位，所以馬帝只是抬起頭，後退一步便往後倒下。這時他幾乎就要沒了氣息，而在子午線轉動的光線與閃光之中，有那麼一刻似乎出現一個巨大的人影。馬帝趕緊起身，結果當然是一場空，只有因為太陽垂直照射，所以他再次戴上帽子時，帽檐的影子就落在他的腳上。馬帝找到剛才判定可能有樹的方向，正要思考這方向是否正確，腦中就浮現聖經中一連串關於銅海尺寸的指示。他看到水的幻象閃現，和漢拉漢先生客廳的鏡子混合在一起，卻感覺自己的嘴唇乾得像荒地上的兩座岩石山脊。馬帝穿過與他肩膀一般高的灌木叢，後面有一棵滿是天使的大樹。天使看到馬帝後就嘲弄他，在空中飛翔盤旋，接著朝天堂飛去，祂們看似想讓馬帝跟隨，卻又嘲笑他不會飛。不過馬帝還能用腳移動，他繼續往前走到樹下，這棵樹的葉子都斜向陽光生長，所以沒有形成樹蔭，樹的周圍只有一小塊光禿禿的沙土。馬帝將背靠到樹幹，但他的背已被穿透外套的陽光曬傷，因而痛得皺起眉頭。這時有一個土著站在光禿的沙地邊緣，馬帝認為他就是那個在他倒下時，擋在他和太陽之間的人。馬帝現在才有機會仔細端詳他，這個人並不高，可說是相當矮，但因為很瘦所以看起來高，一隻手上拿著有燒焦黑點的木杖，那根木杖比他們倆都還要高。馬帝看到這個土著的臉上有一朵雲，但想想他就這麼在陽光下憑空顯現，這也沒什麼好奇怪的了。而且他全身赤裸。

馬帝退離那棵樹一步，開口說：「水。」

土著湊上前盯著他的臉，然後抬起下巴開始用自己的語言說話。他用長矛一個勁地比畫，朝天空畫了一道巨大弧線，其中也包含太陽。

「水！」

這時馬帝指著土著嘴前的那朵雲，又指了指自己的嘴。土著用長矛指向最茂密的灌木叢，然後拿出一塊不知從哪來的圓滑小石頭，蹲下身子，將石頭放在沙地上，接著對它喃喃自語。

馬帝驚呆了，急忙從口袋裡摸出聖經舉到石頭上，但土著口中仍念念有詞。馬帝喊道：「不，不！」

土著費解地看著這本書，於是馬帝把書塞回口袋裡。

「看！」

他用腳在沙地上畫出一條線，再畫另一條線與其交叉成十字形。土著在一旁不發一語地看著。

「看！」

馬帝整個人躺到地上，雙腿沿著第一條線伸直，雙臂則沿著第二條線向兩側張開。土著急忙跳開來，他臉上的雲登時被一道白色閃光劃破。

「他是他媽的天上大人物，耶穌基督！」

土著往空中一躍，落下時一腳踩在馬帝伸出的手臂上，一腳踩在手肘彎曲處，並把用火燒過的堅硬長矛刺入張開的手掌。接著又高高跳起，這次雙腳落在馬帝的鼠蹊上，天空瞬間變黑，土著也就這麼消失了。馬帝如葉子般捲起，又像蠕蟲一樣蜷曲著身體，疼痛加劇，伴隨一陣陣暈眩感，最後失去了意識。

馬帝清醒後，他知道自己已經腫得很厲害，所以試著用手和膝蓋爬行，但又再度被不適感淹沒。馬帝堅定的性格讓他在天旋地轉之中挺身而起，雙腳穩固地站立著。雖然腹部的劇痛依然存在，但他緊緊地交叉雙手放在前面，彷彿在害怕會有什麼東西從上方落下來。他毅然繼續朝著先前認定為灌木叢最濃密處的方向前進，當他穿過密密的灌木叢後，發現了一片相對開闊的地帶。在那裡，一道帶電的圍欄一直延伸到遠方，眼看不到盡頭。馬帝無意識地轉身準備沿著圍欄走，但身後傳來汽車的喇叭聲，他便站住不動，謙卑而沉默的樣子。那是一輛越野車，緩緩駛到馬帝左邊停了下來。一個男人下車走向馬帝，這人穿著一件開領衫與牛仔褲，頭戴一邊帽檐折起的寬檐軟帽。他盯著馬帝的臉，而馬帝則待在那裡像隻動彈不得的動物。

「我的天啊！你被拋下了嗎？你的同行夥伴或朋友呢？」

「水。」

那人輕輕扶著馬帝走向越野車，時不時由齒間發出嘶嘶聲，就好像馬帝是一匹馬。

「哎呀，小伙子，你被拋下了。你遭遇了什麼？跟袋鼠轉了十圈？把這個喝了，放鬆點！」

「被釘在十字架上……」

「你的同伴呢？」

「土著。」

「你見到土著了？被釘在十字架上？來，讓我看看你的手。那不過是擦傷而已。」

「有根長矛。」

「是不是個瘦小的男人？身邊還跟著一個有身孕的豐腴女人和兩個小孩？那是哈利・巴默。這該死的混帳，他是不是表現出不會英文的樣子？他的頭是不是會這樣動？」

「只有土著一人。」

「其他人可能去捉蟲了。自從他們拍了那部關於他的電影之後，他就變了，開始會耍弄遊客。現在我們來看看你的狀況，你很幸運遇到我這個獸醫。你的夥伴呢？」

「就我一個人。」

「天啊！只有你一個人在那裡面？你可能就這麼繞啊繞，一直繞不出來欸。小心點，別著急，你能抬起來嗎？讓我把手伸到下面，幫你把褲子拉下來。就如我們澳洲人所說的，如果你是隻小公牛，就代表有人沒把手術做好。天啊，我們會用吊帶幫你固定起來，不過我的工作通常是做相反的事。」

「車子。帽子。」

「別急，快了。希望哈利．巴默沒先發現它，這忘恩負義的傢伙。他所受的教育與所做的事相距甚遠。我希望他沒把你的睪丸怎麼樣。我常常看著去勢後的閹牛，想知道如果牠們會說話，會對我說什麼。你口袋裡的這是什麼？哦，你是傳教士嗎？難怪老哈利……你躺好，試著用手穩住自己。這裡會有點顛簸，但沒辦法，不過醫院並不遠。你不知道嗎？你已快到郊區了。你該不會以為自己在內陸地區吧？」

他發動引擎開車上路。馬帝很快又失去知覺。那個獸醫回頭發現馬帝昏了過去，便猛踩油門，顛簸搖晃地開過沙地來到小路上。一路上不住地自言自語道：「我應該去報警的，愈來愈多麻煩。但他們不一定能把老哈利抓起來，他總能弄到一堆不在場證明，這可憐的小傢伙也沒辦法把事情說明白。」

第五章

馬帝來到醫院。他的雙腿被吊起來，舒緩了疼痛。雖然後來還是會痛，但堅韌頑強的馬帝都忍住了。哈利．巴默——如果真是他的話——並沒有拿走馬帝的車，所以那輛車以及馬帝的衣服、褲子和第三隻襪子都被送還給他。他把木質封面聖經放在床頭櫃上，持續研讀背誦。他有一段時間因為發燒而語無倫次，但體溫恢復正常後，就又靜默不語。而且馬帝很冷靜，負責照顧他的護士都覺得他冷靜得不合常理，他們說他總像根木頭似的躺著，無論怎麼幫他處理，他都面不改色地忍了下來，且一聲不吭。病房女護士長曾給馬帝一瓶能讓他私處保持涼爽的噴霧，並仔細解釋用法給他聽，但他從來沒用過。最後他們終於解開馬帝的腳，並且允許他出病房，一開始是坐輪椅被推出去，接著可以拄著拐杖走，最後已能行走自如。在醫院的日子，馬帝已習慣面無表情，因此他臉部的毀損像是畫上去的。經過長時間靜止不動，他的動作變得更加沉穩。他走路不再一跛一跛，但雙腿會微微分開，彷彿是個被釋放的囚犯，身體還沒有擺脫鎖鏈捆綁的記憶。警方拿了許多土著的照片讓馬帝指認，但看了十幾張後，他只說了句白人會說的話：「他們看起來都一樣。」

這是他多年來說過最長的一句話。

馬帝的冒險故事廣為流傳，他因此獲得了一筆捐款。人們以為他是傳教士，但那些與馬帝接觸過的人都很困惑，他如此寡言少語、面容可怕而嚴肅，卻感覺沒有自己的觀點或目標。然而，那個問題仍緊壓在馬帝心頭，不過再次有所轉變，也愈來愈緊迫。之前從「我是誰？」變成「我是什麼？」，而現在歷經了一個土著從天而降，跳到他身上，帶給他這般如同被釘在十字架上的苦難之後，這個迫在眉睫的問題又變成：「我為何存在？」

於是，馬帝在這座神奇的熱帶城市裡四處閒逛。他身穿一身黑色，臉上彷彿雕刻著雜色木頭的紋路。當馬帝經過公園時，坐在橘子樹下鐵椅上的老人們陷入了沉默，直到他走到公園的另一端，他們才重新開口談話。

馬帝逐漸康復，經常到處亂晃。他參觀了幾座教堂，教堂裡常有人想過去請他脫下帽子，但走近後看到他的臉，便打消了念頭。馬帝能走得更久更遠時，他就會走到城市邊緣，去看看土著所住的斜頂小屋與棚屋。土著大多數時候的行為都很好理解，但偶爾有些舉動，也許只是一個手勢，不知何故地深深吸引著馬帝。有時就像一齣默劇，可能是用幾根棍子玩遊戲，或是投擲做了記號的卵石，然後全神貫注地研究結果，並不斷對其吹氣。

馬帝第二次看到土著扔卵石後，便趕緊回到他住的禁酒旅館。他徑直走進院子，撿起三塊卵石握在手裡……

然後停止動作。

馬帝一動也不動地站了半小時。

然後他把卵石放下，回到房間，拿出聖經查閱。接著他去到州議會大廈，但沒能入內。第二天早上馬帝再次前往，這次他在光亮的木製服務台前受到親切有禮的接待，但沒人懂他想做什麼。於是馬帝去買了一些火柴盒，然後日復一日地堆在州議會大廈門口，愈堆越高。有時他會把火柴盒堆到超過一呎高，但最後總是會倒下來。馬帝生平第一次吸引了群眾，小孩子和遊民圍攏過來，有時進出大廈的官員也會佇足觀看。後來警察把他從門口趕到草坪和花壇邊，也許是因為那裡更遠離官場，所以觀眾笑得更大聲了。馬帝跪著將火柴盒堆疊成塔，有時他會對其吹氣，就像土著對卵石吹氣一樣，堆起的火柴盒就會倒掉，引得大家發笑，孩子們也跟著笑了起來。不時有孩子衝上前去，把堆到一半的火柴盒塔吹倒，也有頑皮的男孩去把它踢翻，這時眾人會笑，但也會呼喊呵斥，因為他們是站在馬帝那邊的，希望有一天他能如願以償地堆好所有火柴盒。精力旺盛的頑皮男孩會說：「禿子，堆高吧！」但他們其實並沒有看過馬帝帽子底下的模樣，還有調皮搗蛋的孩子會朝火柴盒拳打腳踢、吐口水、跳躍撞擊來把它弄倒，這時大人會大叫、大笑或被嚇傻，而出門購物剛好經過的善良婦女和老人家則會大聲喊道：「哎呀！真是個小混蛋！」

一身黑的馬帝則跪坐在腳跟上，緩緩環顧四周，從黑帽的帽檐下掃視那些笑著的群眾。因為他那雜色木頭般的臉龐顯得深不可測且莊嚴，所以站在濕草地上的人們此時也漸漸安靜下來。

七天後馬帝又玩出新把戲。他買了一個陶鍋，撿了幾根樹枝，當有人開始嘲笑他的火柴盒，他就把鍋子放在樹枝堆上，試圖要用火柴點燃樹枝但又辦不到。馬帝一身黑地蹲在樹枝、鍋子和火柴盒旁，看起來很傻，這時有個頑皮的男孩去把罐子踢翻，眾人見狀紛紛喊道：「噢，別這樣！你這小傢伙實在是太調皮了！你會把它弄壞的！」

等馬帝收拾好火柴盒、樹枝和鍋子，大家都走光了。於是馬帝也離開那裡，公園管理員心不在焉地看著他離去。

隔天馬帝移到州議會大廈外的另一個地方，這樣樹枝就不會被自動澆水器弄濕。那是中央停車場附近的一處路邊，小花小草在直射的陽光下繁茂生長。要在這裡聚集觀眾得花更多時間，事實上馬帝已經花了一小時疊他的火柴盒，而且全是直立排列，雖然這種遊戲只要花足夠的時間跟耐心就能辦到，但今天有點風，他最多只有辦法疊到八、九個，再往上就會倒掉。不過最後終於引來孩子圍觀，接著大人也來了，馬帝再度得到關注與笑聲，依然有頑皮的男孩作亂，也有人喊說「真是個小壞蛋！」然後他就會鋪好樹枝，把鍋子放在上面，劃一根火柴點燃樹枝，博得一陣笑聲與掌聲，就好像小丑突然做出了什麼聰明舉動。在笑聲與掌聲中，還能聽到鍋底下樹枝燃燒的劈啪聲，突然間草也燒了起來，花籽嗶嗶剝剝地爆裂開來，烈焰吞噬整片荒地，眾人驚慌尖叫、互相推擠，孩童和大人四散奔逃，當他們衝到馬路上去，隨即傳來尖銳刺耳的煞車聲，附近車輛急忙閃避，叫罵連連。

「你不能這樣做。」祕書說。

祕書一頭銀髮梳理得一絲不苟，有如精心鍛造的銀器一般。馬帝聽出他的口音和許多年前的佩迪格里先生一樣。祕書溫和地說：「你能答應我不再做這樣的事嗎？」

馬帝不發一語。祕書翻閱著文件說道：「蘿博拉太太、包爾里太太、克魯登太太、博羅代爾小姐、萊溫斯基先生、懷曼先生、門多薩先生、博納羅蒂先生——可不是那個藝術家[9]——你看你燒到這麼多人，他們都非常氣憤……你絕對不能再這樣了！」

他放下文件，並將一支銀色的鉛筆放在上面，然後看著馬帝。

「你錯了，我認為你執迷不悟。我指的不是你想傳達的訊息。我們了解情況，也知道跟氣象打賭的危險和愚昧，但我們可是上帝的選民。你錯就錯在以為人們無法理解你要傳達的訊息，無法翻譯你的語言。我們當然能懂，但諷刺的是，見多識廣、受過教育的人一向都能

9 博納羅蒂（Buonarroti）為文藝復興時期藝術家米開朗基羅的姓氏。

預測災難，而那些在災難受害最深的人卻只能逆來順受，無知又無助。你聽得懂嗎？法老王的軍隊……還有更早一點那些無知農民的後代……」

他起身走到窗前，站在那裡望向窗外，雙手揹在身後。

「旋風不會颳到政府機構的。相信我，炸彈也炸不到。」

馬帝仍一言不發。

「你從英國哪裡來的？想必是南部，倫敦嗎？我想你還是回自己的家鄉比較好。我能夠了解你不會停止你正在做的事情，一向都是這樣的。對，你最好還是回去吧，畢竟……」他突然轉過身來：「那裡比這裡更需要你的語言。」

「我想回去。」

祕書輕鬆地坐回椅子裡。

「我好高興！你不是真的……如我們所想的受到與土著不幸插曲的影響……你知道他們堅持被稱為原住民嗎？就好像這有什麼不同一樣……但我們確實覺得我們也許欠你些什麼……」

祕書身體向前傾，雙手交握。

「……在我們分別之前……告訴我，你是否有某種感知力，就是那種超感官知覺，或者是預知能力……總之，你懂吧？」

馬帝看著他，閉口不言，祕書則眨眼示意。

「親愛的朋友，我是想說，你是不是感覺受到召喚，要對這個淡漠的世界傳達某些訊息……」

有片刻時間馬帝什麼也沒說。接著他從一開始動作緩慢，到最後突然猛然在桌子的另一邊站了起來，眼睛越過祕書頭頂上方向窗外凝望。他全身顫抖但沒有發出聲音，握緊拳頭在胸前，話語如兩顆高爾夫球般從他扭曲變形的嘴唇中迸出：「是的！」

然後轉身離開，經過一間又一間辦公室，走進大理石大廳，然後走下台階離開。馬帝去買了一些奇怪的東西，其中沒那麼奇怪的是一張地圖，他把所有的東西都放進他的老舊汽車裡，徹底揮別這座城市。事實上，澳洲人對馬帝的了解已只剩下怪異，在他剩餘的短暫停留時間裡，人們只會因為他的黑色服裝和可怕臉孔而注意到他。然而，不只澳洲的人類不太跟他來往，其他生物也是如此。

馬帝帶著他買的那些奇怪物品開了好幾哩路，他想尋找低處，有水可以讓他下去，而且又熱又臭的地方。他知道哪裡能找到這樣的地方，只是車子通常很難開進去。因此，馬帝走了一條陌生而蜿蜒的路，常常得睡在車裡。他曾發現一個只有三幢傾圮房屋的小村子，波紋鐵皮屋頂被熱風吹得鏗鏗鏘鏘作響，而且數哩之內都沒有一棵樹。他也經過一棟帕拉第奧式建築，周圍大樹環繞，桃紅鸚鵡嘎嘎叫，細心照料的池塘開滿蓮花。他還與幾輛雙輪輕便馬車交錯而過，最後終於找到不會有人想去的地方，即使這時是中午時分，豔陽高照，陽光也幾乎無法穿透水面。馬帝看著圓木狀的生物一個接一個地潛入水中消失不見，臉上流露出從未有過的激動神情。接著他又去找了一處高地等待，並閱讀那本木質封面的聖經。這天接下來的時間他都還是微微顫抖，他仔細讀著熟悉的內容，彷彿能從中得到撫慰。馬帝大部分的時間都看著那本聖經，這才注意到封面用的是黃楊木，他疑惑為什麼需要用木頭做封面，一開始想說可能是為了保護，但又感到納悶，因為神的話語根本不需要被保護。他在那裡坐了數個鐘頭，看著太陽漸漸落下，星星升起。

剛才那個地方此時在夜幕中格外詭異，就像以前的攝影師將頭埋在絨布底下的黑暗一樣濃密厚重，而其他感官都變得更加敏銳。人們的腳會感覺到柔軟而黏稠的質地，稀泥迅速沒過腳踝，泥沼裡沒有一點石頭或碎片。鼻子會察覺到植物和動物的腐朽，而嘴巴與皮膚在這種情況下則都能品嚐到溫暖而潮濕的空氣，使人無法確定自己的身體究竟是站著、游著還是漂著。滿耳如雷的蛙鳴與夜鶯的哀啼，還能感知到翅膀、觸角、肢體的摩擦聲，伴隨著嗚嗚嗡嗡聲不絕於耳，空氣中也充滿了生機。

待了夠久後，眼睛便逐漸適應黑暗，並且願意以付出生命或失去四肢為代價來換取視覺，好讓眼睛發現一些只有它們能觀察到的景象。可能是倒下腐爛的樹幹上有真菌發出微弱的磷光，或者是沼氣偶爾在蘆葦叢中燃起的藍色幽焰，以及濃稠水面上如浮島般的植物。有時就像燈被打開一樣突然亮起，火光在樹木間飛閃、舞動，化作一團火雲，纏繞分裂成為引路的流光，接著不知為何光亮就滅了，這地方感覺變得比之前還要更暗。然後有個巨大的東西在看不見的水中輕輕移動，並往更遠一點的地方游移，也許伴隨著一聲睡夢翻身般的嘆息。這時佇立許久的雙腳已深陷在溫暖的泥裡，水蛭神不知鬼不覺地附著在脆弱的皮膚上並開始吸血。

但這地方沒有半個人，而且即使是白天也不會有人來，感覺自有人類以來這裡就沒人來過。發光的生物彷彿被追逐一般飛回這裡，然後又拖著長長的流光逃之夭夭。

不久之後，生物朝著某個方向飛行的原因變得顯而易見。一束光，接著是另一束光在附近的森林中穩定地移動，照亮了樹幹、樹葉、苔蘚和殘枝的輪廓，它們有時候看起來就像火光中的煤炭或木柴，一開始是黑色的，然後燃燒殆盡成為兩道車燈，蜿蜒穿過森林來到沼澤地。每道燈光都伴隨著一大群飛舞的東西，薄如紙的白色物體。車子的引擎聲嚇走了一切，連青蛙都安靜下來潛入水中，只剩下那些飛行生物還在旁邊飛舞。現在車子停在距離那神祕黑暗水面邊緣兩棵樹的地方，引擎已經熄火，兩個車燈暗淡了一些，但仍然足以照亮飛行生物，以及一兩碼內泥土上的車轍。

駕駛一動也不動地坐了好一會兒，但就在車子靜下來一段時間後，這地方又將喧鬧起來時，他猛地打開右側車門，到後車廂拿出一些叮噹作響的東西，然後沒關後車廂就走回駕駛座旁，站在那裡盯著黑暗中的水面。在這之後他突然忙了起來，他將衣服脫掉，身體在車燈映照下顯得瘦弱而蒼白，那些薄如紙的飛行物和許多發出嗡嗡嗚嗚聲的生物都在一旁觀察著。接著他又從後車廂拿出一個奇怪的東西，然後跪在泥地上開始拆這個東西，發出玻璃叮噹噹的聲響。這人點燃一根火柴，火光比車燈還亮，他所做的事也就一目了然了。他面前的地上有一個古董油燈，他把燈泡與玻璃燈罩都拿掉，並點燃了燈芯，薄如紙的小東西縈繞飛舞，有些遭火吞噬，有些被燒到仍勉強爬走。那人把燈芯往下轉滅，然後將長漏斗和玻璃球燈罩放回去，並確定這盞燈穩穩地立在泥地上，接著他轉向第一次從後車廂拿的東西。他在那邊弄東弄西，發出噹啷噹啷的聲響，只有這個人自己知道他要幹什麼。等他站起來時，已不再是全裸，他腰間繫著一條鍊子，鍊子上掛著沉重的鋼輪，其中最重的一個剛好擋住他的下體，讓他顯得荒唐卻又得體，即使這裡只有大自然裡的生物會看到他。這時他又彎下腰，但身上沉重的輪子讓他很難跪到地上，必須抓著車門才能穩住自己。不過最後他還是跪下來了，並且慢慢重新挑起燈芯。發亮的燈球代替車燈，照亮樹木和葉片底部。泥土、苔蘚和泥漿都變得具體，就如同在日光下看到的一般。薄如紙的白色生物瘋狂地在那盞燈四周飛旋，並穿梭於閃耀光輝但平靜無波的水面，有隻青蛙則透過一雙鑽石般的眼睛盯著燈看。這人把臉貼近那盞燈，但他左邊半閉的眼睛和扭曲的嘴角並非燈光造成的。

接著他提起燈，扶著車門緩緩站起，掛在腰間的東西叮噹作響。他把燈高舉過頭，轉身朝著水邊緩步走去。剛踏上泥漿，一隻腳就陷進溫暖的泥裡，然後另一隻腳也陷了下去。這人的臉此刻變得更扭曲了，彷彿承受著難以言喻的痛苦。他的眼睛忽睜忽閉，牙齒時而露出時而咬緊，手中的燈不斷搖晃。他愈走愈深，先是腳，再來是小腿，然後是膝蓋，奇怪的生物在水下觸碰到他，或在泛起漣漪的水面上蜿蜒而去，但他還是繼續深入，水漫過腰際淹到胸膛。剛才那隻青蛙終於從燈的催眠中醒來，潛入水中。當他行走至水池正中央，水就已經到他的下巴，然後某一刻突然淹得更高。這人掙扎著，水卻不斷湧上。可他離水邊已有大約一碼的距離，沒有人會看到他，即使有也只看得到一隻手、那盞發亮的舊燈和瘋狂掙扎的人影。他幾乎被淹沒，只剩黑髮在水面上飄蕩。他用腳奮力踩進泥中，才終於把頭伸出水面吸到空氣。之後，他穩步向水邊走去，水從他身上滴落下來，先是頭髮再來是腰間掛的東西，但水並沒有淹到他的燈。最後他從水中起身，儘管空氣很熱，水也冒著蒸氣，但他還是不由自主地劇烈顫抖起來，他必須用雙手握住燈，以免它掉進泥裡。他的顫抖彷彿是某種徵象，三十碼外的水面上有隻大蜥蜴轉身潛入了黑暗當中。

顫抖逐漸緩和下來，最後只剩微微發抖，這時他小心翼翼地繞過水池走回車子。一切都相當莊嚴而有條理，他十分慎重地把明燈舉起，朝四方各舉一次，然後將燈芯向下轉，使燈焰熄滅，世界又回到原來的樣子。這人把燈、鍊子和掛在身上的東西都放回後車廂，接著穿好衣服，整理好他奇怪的頭髮，再用帽子穩穩固定住頭髮。他安靜了一陣之後，大批螢火蟲又飛了回來，在水面上翩翩起舞，螢光映入水中。他坐進駕駛座，但車子差點發動不了，前兩次都只有馬達空轉，到了第三次才終於發動引擎，這也許是這片荒野中最奇怪的噪音。隨後他慢慢地開車離去。

馬帝離開時是搭船而不是搭飛機，雖然他還付得起最便宜的單程機票，但飛行對他而言也許太過放肆張揚；又或者，隱藏在他內心深處的並不是新加坡機場那個穿著亮晶晶衣服的女孩，而是對於整個新加坡機場的不安，心中所閃現的一種超脫實體的邪惡。如今馬帝在女人之間已經能跟在男人之間一樣輕鬆自如，不會因為她們看他的眼光而大受打擊，也不會因為擔心破壞內心的平靜，而去避開那些拿著盛滿可憎之物的金杯的淫婦[10]。

馬帝把車子處理掉，只帶走很少東西。他最初希望在船上找到一份工作，卻發現沒有適合他這個年紀的職位。儘管他擅長於多樣工作，如打雜、包裝糖果、挖掘墳墓和駕駛汽車，

10 原文為Wanton with her cup of abominations，出自聖經：The woman was arrayed in purple and scarlet, and adorned with gold and jewels and pearls, holding in her hand a golden cup full of abominations and the impurities of her sexual immorality.

更是聖經研究的專家，然而仍然找不到適合他的機會。雖然許多人替他寫過推薦信，說他正直、可靠、誠實、忠誠、勤奮（斯威特先生）、謹慎，但沒有提到他們發現這些特質其實令人厭惡。

馬帝最後只帶著小手提箱去到碼頭，裡面有他刮右臉鬍鬚的用具、一條褲子、一件襯衫、一隻黑襪子、一塊法蘭絨巾、一塊肥皂。他站在那裡，抬頭看著停靠碼頭的那側船舷，然後又低頭看著自己的腳，好像想什麼事想得出神。最後他抬起左腳甩了三下，再換舉起右腳甩三下，然後把腳放下，轉身看著港口建築與低矮的山丘，這就是整個澳洲大陸前來向他告別的全部成員。馬帝似乎想透過那些山丘，眺望數千哩外曾經踏足的土地，以及那些素昧平生的人，雖然未曾相識，但至少有一面之緣。他環顧四周，發現在碼頭繫船柱的背風處有一堆塵土，便快步走向那裡，彎下腰撿了一把塵土，撒在鞋子上。

馬帝離開了他待了許多年的澳洲，爬上梯子，他隨即被帶到和其他十一個人共宿的通鋪，但其他人都還沒到。他放好手提箱後，又回到甲板上站著，靜默地凝視著這片大陸，他知道這將是他最後一次看到這個地方。他完好的那隻眼睛滾下一滴淚來，淚水隨即順著臉頰滑落到甲板上。他的嘴微微動了動，但什麼也沒說。

第六章

馬帝還在澳洲時，佩迪格里先生就出獄了，並且受到許多支持，還有在他服刑期間去世的老母親留給他的一些遺產。這筆錢還不至於讓他自由，卻使他有一定的移動能力。他因此得以擺脫那些想給予幫助又幫不上忙的人，到倫敦市中心去。沒多久佩迪格里又被送回監獄，當他再次出獄時，衰老的程度遠超過其他同樣刑期的人，他會因此自憐地哭泣。他身上原本就沒多少肉，現在所剩不多的肉也幾乎都損耗掉了。他滿臉皺紋，彎腰駝背，他那如稻草般乾枯的頭髮變得花白。剛到倫敦市中心，他坐在倫敦總站的一張長凳上，卻在凌晨一點被警察趕走，倫敦對他而言吸引力不再，於是他動身前往格林菲爾德。畢竟那是亨德森曾經所在之地。亨德森死後，他就成為佩迪格里先生心目中理想的完美形象。他在格林菲爾德找到一間他以前從未聽說過，也沒必要知道的旅店。那裡乾淨得令人窒息，偌大的房間分隔成多個小隔間，每個小隔間裡都有一張窄小的床和一套桌椅。佩迪格里在這裡住下，並從這裡展開他的探險，有一次是去學校，從大門外看向亨德森跌落之處，以及上方的逃生梯與鉛板屋頂邊緣。法律並沒有規定他不能靠近，但像他這樣外表衰敗的人還是盡量避開麻煩為妙。現在他已成為那種到哪裡都會被警察趕走的人，因此他開始在看到警察時盡快躲避。

不過，佩迪格里還是有些微薄的收入，而且除了時而出現難以抗拒的慾望之外，他並無惡習，更何況他這種慾望在其他許多國家也不是什麼問題。他幾乎一無所有，但靠著這些僅有的東西生活也不會覺得日子難過。他那個維多利亞時代的紙鎮可惜已在古董市場興起之前就賣掉了，而他那些墜子也賣得差不多，只剩最後一個，佩迪格里一直把它當成護身符放在口袋裡，這樣就可以隨時用手指撥弄。這是個光滑的象牙墜子，尺寸不比一顆鈕扣大，形狀是兩個男孩興奮地彼此交融。佩迪格里有時會感覺手指被這個墜子灼傷，其中一次還讓他因此又進了監獄。那一次他差點被迫進行一種手術，但他一直死命尖叫，以至於連內政部的精神科醫生也放棄了。佩迪格里出獄後，又回到格林菲爾德，而他的頭腦彷彿已習慣一些簡單的行動和信仰模式。到格林菲爾德的第一天，他沿著大街走來，注意到那裡的有色人種比以前多了。他繼續緩慢地走，回過神來發現自己正對著斯普勞森宅，前面已經過夫蘭克雷五金店和書店，再過去就是拱起的老橋。這一側橋下有個陳舊的公共廁所，以鑄鐵建造，外形令人印象深刻，說臭也不至於臭氣沖天，而因為表面有用黑色的雜酚油處理過，所以看起來也沒有那麼髒。且由於一八六零年代的技術革新，讓水箱能日夜不歇地注滿、沖水，就如同星辰或潮汐一般。上一次，正是這種帶著一點勝利意味的情景導致佩迪格里重返監獄，但他回到此地並不完全是在理性狀態下的想望，而是因為他曾來過這裡。

佩迪格里也跟以前不一樣了，這些年來他從盡情欣賞年輕男孩的性魅力，轉變為享受打破禁忌所帶來的興奮，而且最好是要夠淫穢。公園裡有公共廁所，停車場則是更多，市場裡也有一些，公共廁所遍布此地，數量之多，若不是像佩迪格里這樣瞭若指掌的人，根本難以想像。由於學校四周有圍欄圍起來，所以也是佩迪格里想進行下一步的地方。沿著牆走到斯普勞森宅的盡頭時，佩迪格里看到一個男人從房子裡走出來，沿著街道走去。佩迪格里從後面盯著這人，然後回頭看橋下的公廁，又再轉回來看那個漸行漸遠的男人。最後他下定決心，彎著腰大步走向大街。等他到了大街後便直起身來，在經過那人身邊時轉身。

「這不是貝爾嗎？艾德溫・貝爾？你都沒離開？貝爾？」

貝爾停下蹣跚的腳步，高聲嘶叫道：「誰？是誰？」

十七年過去，佩迪格里的外表變化遠大於貝爾。儘管貝爾也多少有些毛病，但至少沒有發福的問題。除了袋子之外，他還保留著三十年代末大學生特有的裝束，而他的塌鼻子則是他行使權威和堅定主張的微小證據。

「我是佩迪格里，你一定還記得我吧！塞巴斯蒂安・佩迪格里，你該不會忘了吧？」

貝爾猛然抬頭，雙手深深地插進大衣口袋，然後驚慌地從口袋裡護住胯下。他嗚咽地說：「喔……嗨！我……」

貝爾深深地插著雙手，抬起鼻子，微微張開嘴巴，慢慢站起腳尖，彷彿這樣就能讓自己擺脫尷尬。但他又意識到這種躲避並不符合一個豁達之人的行為，於是將腳跟重新放回地面。他甚至一度失去平衡，踉蹌了一下。

「佩迪格里，我親愛的朋友！」

「我已經離開一段時間，都沒什麼聯絡。我退休了，想說……想說不妨回來看看……」現在他們面對面，身旁有各種膚色的人經過。貝爾低頭凝視著這個老人的臉，那布滿皺紋的愚蠢面孔正焦急地抬頭看著他。

「我想回老學校看看，」滿臉皺紋的他傻乎乎又可憐兮兮地說，「你應該是從我那時候到現在唯一還在的人了，就是亨德森……」

「噢，佩迪格里……你……我結婚了……」

貝爾差點問佩迪格里他是否也結婚了，還好及時住口，不過佩迪格里根本沒注意到。

「我只是想看一下老學校……」

這時他們都在心裡盤算著，佩迪格里覺得如果他自己踏入校舍，就會因為徘徊逗留行徑可疑而被逮捕，但如果是貝爾帶著他進去，就不會遭警方盤查；而貝爾也清楚知道，這對他來說並沒有什麼好處，大概只有聖人才會願意帶佩迪格里進去，或是耶穌、釋迦牟尼和穆罕默德等人物，在這裡以穆罕默德為例可能都會惹上麻煩，所以貝爾一心想趕快擺脫他。

「那麼你要走那個方向……」

貝爾再次踮起腳尖，握緊插在口袋裡的手。

「哎呀糟糕！我剛想起來！我的……我得馬上回去，佩迪格里……」

他突然轉身，肩膀撞到一名色彩鮮豔的女性。

「……抱歉，抱歉，我太不小心了！佩迪格里，我們再聯絡。」

貝爾轉身躡手躡腳地沿街走去，不用看就知道佩迪格里跟在後頭。於是貝爾仍用手在口袋裡護住胯下，在人群中閃躲、穿梭，而佩迪格里則緊隨其後，他們倆都在說話，彷彿沉默就會聽見其他什麼致命的東西。當他們走到斯普勞森宅，這時如果佩迪格里上樓，會先經過律師辦公室，才能上到公寓樓層，那最後就變成赤裸裸地認罪。貝爾驚恐地伸手，掌心朝外試圖制止，並提高嗓音說：「不，不，不！」

貝爾掙脫開來，彷彿他們身體是被束縛在一起，然後逃上樓去，留下佩迪格里一個人在大廳裡，自顧自地說著想回學校看看，也講到亨德森，就好像這個男孩還在學校一樣。等他說完了，才意識到自己在一棟私人建築裡，那裡有通往庭院的玻璃門、通往兩側的樓梯，還有幾扇門，其中一間就是律師事務所。於是，佩迪格里先生為避免惹上麻煩，趕緊往外走下兩個臺階，來到斯普勞森宅前的石頭人行道上。接著他匆匆過了馬路，到對面感覺比較安全的店鋪前，回頭看向斯普勞森宅。他瞥見樓上的窗戶中出現貝爾的臉，旁邊是他太太艾德溫娜，然後窗簾便迅速拉上了。

所以因為佩迪格里回來而感到苦惱的不僅有知道他過去的警察，也不僅是有職責地趕走像佩迪格里這種人的公園管理員和穿灰色雨衣的年輕人，而恰恰是貝爾這個經歷過他在格林菲爾德的時代，且唯一還在這裡的人。佩迪格里覺得自己不該與貝爾連絡，也許他需要一些看起來正常的事物，因為現在他如儀式般的行為已逐漸將他消耗殆盡。因此在離開貝爾之後，或更確切地說，在貝爾離他而去之後，佩迪格里走向老橋下那個誘人的公共廁所，他本想進去，但一輛警車正好來到橋上，他便機敏地走到橋下的曳船道假裝避雨，他甚至誇張地伸出手掌確認是否還有雨水落下。佩迪格里雖然不想沿著曳船道走，但他仍只能往這個方向，身後的警車讓他難以回頭。於是佩迪格里只好去繞個一圈，他沿路經過斯普勞森宅後面的舊馬廄、夫蘭克雷五金店背面的雜亂屋頂、救濟院那堵長長的擋水防洪牆，然後從左邊的一道窄門（右邊是康斯托克木材店）穿過小路來到後街，再左轉進入大街，從正面經過救濟院、夫蘭克雷五金店、古柴爾德珍本書店和斯普勞森宅，然後又偷偷摸摸地向左轉，這時警車已經離開，他再次來到老橋下那烏黑的公共廁所。

奇怪而悲傷的不是他與貝爾的相逢以失敗收場——那次之後貝爾非常小心地避免再次碰見——而是其實根本沒有相逢可言。從書店窗戶看進去依稀可見西姆．古柴爾德的身影，而在佩迪格里第二次經過斯普勞森宅時，屋裡傳來一個女人的聲音，穆里爾．斯坦霍普正高聲爭論要把她送到阿爾弗雷德和紐西蘭的事。高牆比磚塊、鋼鐵更難穿透，萬事萬物之間都有著堅硬無比的牆。人們開口說話，但除了牆的回聲之外，不會得到任何回應。這個事實造成的痛苦如此深切，奇怪的是很多人並不知道自己在忍受這個事實，所以他們沒有一齊對此發出吶喊。只有西姆．古柴爾德偶爾會在書店裡發牢騷，其他人如穆里爾．斯坦霍普、羅伯特．梅里恩．斯坦霍普和塞巴斯蒂安．佩迪格里則認為，這是他們個人在這個世界上遭遇到的不平等命運，而且每個人所遭遇的都不同，例如在巴基斯坦，男人穿著筆挺的西裝，女人穿著艷麗的服裝，並用面紗把臉遮住，而黑人的世界就又不一樣了。

佩迪格里從公廁出來後，便走回大街，並且盡可能地靠牆而走。經過斯普勞森宅時，他回頭看了一眼樓上的窗戶，當然沒再看到貝爾。他走到公園裡，經過寫有禁止事項的告示牌，心裡卻是一種全然安全的感覺，畢竟他的人生已經接近谷底，所以他可以就找張鐵椅坐下來，一邊觀察四周環境，一邊撥弄著口袋裡的墜子。佩迪格里有時會這麼想，他是站在櫥窗外看而不買。孩子們三五成群，有的玩球，有的拿著氣球，有的在放風箏，但風太弱，風箏飛不起來。大人則零散分布在公園座椅，有三個老人家、一對無處可去的戀人，不出所料，還有一個穿著灰色雨衣的年輕人。遠處的角落有幾間廁所，佩迪格里先生知道如果他起身往那裡去，這個年輕人一定會跟著他。

佩迪格里現在每天都會在格林菲爾德繞來繞去，希望能再遇見貝爾，他也會去老橋那邊看看。這時候鎮上出現一種奇怪的流行病。人們只有在過了流行高峰且快要結束時才會認為那是流行病。然後他們回想起疫情開始的那一天，便隱隱知道可以歸咎於誰，因為第一次出現是在貝爾見到佩迪格里重回這裡後不久。當時有一位年輕白人女子從布丁巷小跑到街上。她穿著厚底鞋，讓她跑起來的樣子更顯滑稽，因為她是那種跑步只會把手舉在兩側、腳往這又往那踢的年輕女子，這讓她怎麼也跑不快。她張著嘴，用微弱的聲音喊著「救命，救命，救命啊！」幾乎就像在自言自語。後來她在一家商店旁找到嬰兒車且上面的嬰兒還在，才安靜下來，而在她確認嬰兒安然無恙後，便推著嬰兒車走了，她一聲不吭，只是緊張不安地環顧四周。

同一天，菲利普斯警官在古柴爾德珍本書店外發現一輛載有嬰兒的嬰兒車，而西姆．古柴爾德和他的妻子露絲都不知道它是從哪來的。菲利普斯警官只好將嬰兒車一路推到大街上，然後透過警車的無線電通報。警方很快就找到這嬰孩的母親，她只是把嬰兒車放在穀物交易所旁的超市外，自己進超市一下，嬰兒車就被移走了。過幾天又發生一樣的事，大概持續了一個月，似乎有人想以移動嬰兒車來引起注意，並藉此表達些什麼。佩迪格里因此受到監視，雖然他沒有真的被抓到過，但嬰兒車被移動的情況也不再發生了，人們後來只記得那個月大家都不敢鬆懈地緊盯著嬰兒車，但他們忘了曾有些婦女看到佩迪格里帶著他從喬治高級商場買的小罐紳士魚醬，怯懦鬼祟地穿過超市外如靠港船舶的嬰兒車，走進超市裡找玉米片。艾倫比太太在泰姬瑪哈咖啡店與艾波比太太喝咖啡談到這件事時，她認為佩迪格里先生是因為在英國才能僥倖逃過。當然她並沒有稱他為佩迪格里先生，而是稱呼那個可怕的老傢伙。

並沒有任何證據表明佩迪格里先生與嬰兒車事件有所關聯，但西姆．古柴爾德和艾德溫．貝爾一致認為佩迪格里這種人在做那些變態的事時往往相當狡猾，因為他們無法去想別的事情。的確如此，除了佩迪格里因受過良好教育，偶爾會去關注些其他事物之外，他在這方面就和馬帝一樣，只專注於往一端前進。但不同的是，佩迪格里太清楚盡頭是什麼，卻又看著自己不斷逼近，伴隨著無止境的焦慮，這種折磨比單純的時間流逝讓他衰老得更快。無法確知在格林菲爾德是否有人同情佩迪格里，但要是真有人暗示他與嬰兒車事件無關，肯定會被那些恨不得把他眼睛挖出來的婦女大聲斥責。而在佩迪格里離開之後，格林菲爾德似乎就不再有嬰兒車遭人移動的問題，這不可能是巧合。

因此佩迪格里有一陣子盡量遠離大街，去到棄兒學校附近，他有時希望能在那裡遇見貝爾，對方卻小心翼翼地避開他。這個老人就如同壞掉卡住的黑膠唱片一般，站在學校圍欄外，悼念在他心中留下完美形象的小亨德森，並咒罵那個臉皮被修補過的男孩，當時這男孩正從一艘希臘貨船登陸康沃爾郡的法爾茅斯，回到當地的五金店，根據聖經，他不能超過安息日當行的路程。就在那些婦女想狠狠修理佩迪格里的那天，人在康沃爾郡的馬帝不尋常地開始寫起日記。

第七章

一九六五年五月十七日

我買了這個本子和一隻原子筆來寫下所發生的事，想藉此證明我沒有瘋。祂們跟我在格萊斯頓看到的不同，一看就知道是鬼魂。昨晚我讀完每天該讀的聖經章節，然後在腦海中複誦。我坐在床邊脫鞋子，那時是十一點四十分，也就是從十一點四十分開始的。起初我以為是五月寒意未消，後來房間卻愈來愈冷，體內的所有溫暖都像是被抽走了似的，我的毛髮全都直立豎起，並非頭上的長髮而是身上的汗毛。這就是人們所說的「寒毛直豎」，現在我知道有多恐怖了。我無法呼吸，也叫不出聲，我以為我死了。接著祂們就出現在我面前，但我說不清是怎麼出現的，而且記憶也並不完全準確。雖然說不出是怎麼出現的，但我並沒有瘋。

一九六五年五月十八日

今晚祂們沒再來。應該說是昨晚，我一直等到十二點，當鐘敲響時我知道他們不會來了。我問自己這代表著什麼，祂們一個穿藍色衣服，一個穿紅色衣服，都戴著帽子，只是穿藍衣那位的帽子比較沒那麼高貴。祂們在十一點四十分出現後，就只是一直看著我，也不知道祂們待了多久。太可怕了。一般認為鬼魂沒有顏色，但我見到的這兩個是紅色和藍色。我無法說出自己是怎麼看到他們的，我就是看到了，但記憶很模糊。我想這或許是一種警告，可能有什麼我該做卻一直沒做的事。我思索過去，只想到自己巨大而可怕的罪，如果知道要如何彌補贖罪，我定會去做，但聖經差我到這裡來，祂卻不在這裡，我又該如何是好。一切都被隱藏了起來，約莫兩年前我曾在北領地城市達爾文發出許多訊息，但什麼也沒發生，那應該是對我信心的試驗。

一九六六年五月十七日

時隔一年我重新提筆，因為祂們又來了。我感覺四周溫度陡然降低，全身冰冷，就知道他們來了。我等著，但祂們依然沒有說話，只是看著我。我不確定祂們是何時走的，祂們十一點過後來，在鐘聲敲響之前就離開了，就像一年前一樣。也許祂們每年都會來，我想這也許與我感覺自己一直處於某件重要事情的核心有關。大多數人活到三十多歲都還不知道什麼是害怕，很多人都怕鬼，但沒有看見過鬼。

一九六六年五月二十一日

我在桌前讀啟示錄時，突然間那些幽靈好像出現了，卻又沒有真的出現。我渾身發冷，顫抖不已，寒毛根根都豎起來。我知道末日即將來臨，起初我不知道該怎麼辦。這肯定是那些幽靈出現在我面前的原因，祂們必須再來告訴我該怎麼做。雖說我對祂們的等待也是一種獻祭，但我應該真的獻上祭物，然而我的東西少到沒有什麼能拿來奉獻了。

一九六六年五月二十二日

本來想說可以在商店獻祭，但這太糟糕了，所以我沒這麼做。

一九六六年五月二十三日

我把自己的很多食物放在祭壇上。除非必要，否則我緘默不語，將一切話語也都獻給神。時間緊迫，我盡我所能地祈禱。

一九六六年五月三十日

起初由於吃得很少，我感到非常痛苦虛弱，但後來看到所有我沒吃的食物都在祭壇上，才感覺好一些。雖然喝冷水也是可以，但墨爾本那加了牛奶和糖的熱茶仍是我念念不忘的美味。有時我甚至能聞到茶香，感覺它熱騰騰的。我在想自己會不會像人們所說的那樣受到施助。桑伯里先生覺得我該去看醫生，他是因為還不明白才會這麼說，但我已決定將話語獻給神，所以不應開口向他解釋。

一九六六年五月三十一日

我曾加入浸信會、衛理公會、貴格會和普里茅斯弟兄會，但沒有因此而得到啟發。除了有時自己默想背誦經文讓我有所領會之外，其他時候都沒有領悟。我參與這些教會時難免會有人問我話，我就會用手摀口，然後我能從他們微笑的神情看出他們稍微有些了解。現在我整天都感到冷，想著末日將近。我以為在這種特殊情況下，鬼魂可能會出現，但現在已經過十二點了，雖然我在鐘聲敲響時覺得愈來愈冷，卻什麼也沒發生，因為我告訴自己杯子已滿，只是還沒擠壓溢出。我還告訴自己，也許會先從澳洲開始，而且我記得曾聽說這就是一眨眼的瞬間，所以可能同時發生在墨爾本、雪梨、格拉斯頓、達爾文、新加坡、夏威夷、舊金山、紐約、格林菲爾德和康沃爾郡。

一九六六年六月一日

看著日子一天天過去實在太可怕了，杯子已經很滿，等著被擠壓溢出。我都沒吃東西，只有喝一點水。今天我要上樓回自己房間時，因為太虛弱而腳步踉蹌，不過持續時間很短所以沒關係。我剛剛寫到最後，突然想到一個大好機會，彷彿有隻手按在我頭上，我頓時明白末日來臨那天我該做什麼。我的任務是給康沃爾郡最後一次機會！

一九六六年六月四日

無需做任何準備。明天我會整夜守望，以免我們在睡夢中被帶走。六月一日似乎已經有個聲音告訴我該怎麼做，但我不能確定。一切都很混亂，就像展示櫃被大狗翻倒後亂成一團。

一九六六年六月六日

我徹夜守望，在末日來臨前把一切都準備好。割傷自己比想像中的難上許多，但我還是願意這麼做。有隻鳥在破曉曙光中鳴唱，而我卻害怕這是牠最後一次鳴唱。我用血在紙上寫字，寫下和我拇指一樣大的可怕數字六六六。我將紙放在帽帶上，這樣迎面而來的人就能看到數字。我反覆閱讀經文，因為我怕以後就再也沒機會了，而且還要面臨審判，想到這裡就不禁害怕起來。接著我走到外面，街上一片空蕩蕩，一開始我以為審判已經結束，我獨自一人離開了這個世界，但後來我發現事情並非如此，有人正帶著食物往市集去。我想當他們看到我帽子上用血寫的可怕數字時，有些人會感到震驚，甚至會想起些什麼。我戴著帽子走遍鎮上所有的教堂和禮拜堂，除了那些鎖著的。每到一處我會敲門三下，然後抖掉從門檻落在我腳上的塵土，接著便離去。我疲憊不堪，在如此的恐懼中，我累得幾乎走不動了。天黑後我回到自己的房間，手腳並用才勉強爬上樓梯，我開始寫這篇時已是午夜，所以這篇的日期其實應該是一九六六年六月七日。許多人會慶幸沒有受到審判，依然享受著肉體和塵世的樂趣。沒有人像我這樣，對於沒有接受審判進入天堂而感到絕望悲傷。

一九六六年六月十一日

我在六月六日時曾期待面臨審判，可惜事與願違。薩拉．詹金斯去世了，願她安息。有位醫生的妻子在小診所生下兒子。魚山的山腳下發生了一點小意外，有個名叫威廉森的男孩從腳踏車上摔下來，摔斷了左腿。願祂的旨意得成。

一九六六年六月十五日

想到人們現在都還有時間悔改，我甚覺寬慰，但同時又感到十分悲傷。而在悲傷過後，便是一陣強烈的空虛襲來，心中的問題再度浮現。我問自己到底是為何而生。為何讓我看見徵兆，審判卻並未到來。我會繼續等待下去，因為我也無事可做，只感到空虛。

一九六六年六月十八日

祂們又來了。當我感到寒冷、汗毛豎起，我就知道祂們來了。這次我有備而來，我在店裡工作時就已經想好該怎麼做。我問祂們是不是主的僕人，我講得很小聲，以免被隔板外的桑伯里先生聽到。我想說祂們要不是閉口不答，就是大聲或小聲回應，而得到的卻是個謎。不過在我低聲詢問時，我看到祂們捧著一本展開的大書，上面是金光燦爛的祂的名。因此我知道這並不要緊，但還是覺得很可怕，只要祂們在時，我的寒毛都會豎起來。

一九六六年六月十九日

祂們不是透過說話來表達。祂們拿出素淨的白紙本，上面出現文字的速度比在電視上看到的報紙印刷速度還快。我問祂們為什麼來找我，紙上便浮現出文字：「不是我們來找你，我們是把你帶到我們面前。」

一九六六年七月二日

今晚祂們又來了，紅色神靈戴著高貴的帽子，藍色神靈戴的帽子則比較普通，兩頂都感覺像官帽，我也說不上來為什麼。還有祂們的紅袍和藍袍也很有威儀。我不知道我是怎麼看到祂們，但我確實看到了。祂們來的時候我還是很害怕。

一九六六年七月十一日

今晚我問祂們為什麼在世界上這麼多人之中，選擇讓我來到祂們面前，祂們表示：「你接近事物的中心。」我一直以來也是這麼想，然而就在我感到得意時，卻看到祂們逐漸淡去。所以我盡可能讓自己保持謙卑，但祂們還是走了，或者應該說是把我送走。現在我的害怕已經不只有寒冷，而是變得更深沉且無所不在。祂們來的時候我還是感覺很冷，但已經不像第一次那麼讓我寒毛豎起。

一九六六年七月十三日

恐懼無所不在，且夾雜著遺憾與悲傷，但遺憾的不只是我，還有一切事物。即使有時難以察覺，這種感覺還是在的。

一九六六年七月十五日

要寫的東西多得寫不完，但我還是得盡量寫下來作為證據。大事正在發生，已經四次了，每次都是在我讀經之後。祂們第一次把我帶到祂們面前時，我問祂們為何將我帶來，祂們表示：「我們以我們所能及的事物來辦事。」我對這個答覆非常滿意，於是接著問了我的老問題：「我為何而生？」祂們表示：「有一天答案會出現。」第二次見到祂們時，我問了另一個我從以前就不斷在思考的大哉問：「我是什麼？」祂們表示：「答案也會出現。」而第三次對我來說很可怕。我問祂們要我做什麼，紅袍神靈表示：「丟掉你的書。」我以為祂說的是這個會顯現文字的本子，於是我從床邊站起——祂們來帶我時我好像就坐在那裡——要去把那個本子撕了。但當我這麼做時，紅袍神靈卻明確表示：「不要動我們的會面紀錄，我們是要你丟掉你的聖經。」於是我哭了出來，祂們便把我推離然後消失不見。我害怕得徹夜難眠，隔天在店裡桑伯里先生問我怎麼了。我說我睡不好，也的確如此。我一整天都在想，祂們會不會因為我不配在靠近事物中心的地方，而將我永遠推離，我不知道祂們是否還會出現，也許沒機會了，但如果祂們再讓我來到祂們面前，我會問一些問題來測試祂們。撒旦都能假扮成光明的天使了，要偽裝成戴帽子的紅神靈或藍神靈並非難事。那天晚上祂們來了，已經是連續第四次出現。我立刻問祂們是否真是主的僕人？祂們馬上捧起那本有著金光燦爛的祂的名的大書。我很仔細地看，因為我知道這個名字會打擊撒旦並像酸一樣將其腐蝕，然而這本書的紙頁和金色的字依然完好如昔。儘管又冷又害怕，但為了避免弄錯，我還是問說：「祂的名是指誰的名？」祂們表示：「我們崇拜的祂是地球、太陽、行星以及行星上所有生物的主宰。」這時我深入自己的內心，低聲說道：「祂要我做什麼我都願意。」祂們表示：「順服並扔掉你的聖經。」當時是九點四十五分。我穿上別人捐贈的大衣，拿著聖經，在夜色中一路走向岬角。天色很黑，雲層很厚，隨著我走近，風與海的聲音愈來愈大。我站在岸邊，黑暗中什麼也看不見，只能稍微看到海水拍打岩石所湧起的白色浪花。我站在那裡，既害怕要丟掉聖經，也害怕跌落海裡，不過我覺得跌落海裡還容易些。我等了一陣子，希望這個指示會被取消，但除了風聲和海聲之外，什麼都沒有。於是我奮力將聖經往海裡丟，回程路上我十分虛弱、口渴，爬樓梯時腿軟無力，最後我來到祂們面前，低聲說：「我做到了。」祂們便拿出那本大書，上面滿是安慰的話語。

一九六六年七月十七日

祂們將我帶到祂們面前，並表示：「雖然這本書的每一個字都是永恆的，但你所記住的內容都是你的處境所需要的，並且從一開始就為你準備好了。」我說在這種事情上知道該做什麼或不該做什麼相當可怕，就像在街道高處走鋼索一樣。然後祂們表示：「順服便不會墜落。」

一九六六年七月二十五日

今晚我來到祂們面前時，祂們立即表示：「你該去旅行了。」我說我願意，那要去哪裡呢？祂們表示：「很快你就會知道，不過我們很高興你願意接受指引。為了獎勵你，我們讓你問一個你想問，但之前還沒問過的問題。」我想了想，問祂們為什麼不每晚都來，或者說為什麼不每晚都將我帶到祂們面前。祂們表示：「要看到你因罪孽而疤痕累累的面容，我們必須鼓起極大的勇氣，不過你還是目前能找到最好的材料。」我立刻詢問是什麼罪孽讓我靈魂的面容受損，而祂們的答案也如我所猜想的，我不禁流下痛苦的淚水。無論一個人多麼無知，總是知道自己的罪，除非那個人在罪中迷失了。我對我親愛的朋友佩迪格里先生確實做了很糟糕的事，也許我不該稱他為朋友，他是如此高高在上。很多時候我都還是會感覺自己聽到佩迪格里先生被帶走時對我說的話。難怪我的面孔會使神靈周圍散發的光變得暗淡。

一九六六年八月二十七日

祂們已經很久沒帶我到祂們面前。祂們出現時，我感到寒冷害怕，但祂們不出現時，即使有人在身旁，我仍會感到孤獨。我好希望能遵從祂們的指示出發旅行，我問自己是否是因為祂們的引導而想離開康沃爾郡。有時我想起我的木封面聖經在海中漂流或沉沒，還是會寒毛豎起並感到寒冷，但這種冷又和神靈出現時的那種冷不一樣。不過隨後我想起自己在事物的中心，無論多久都應該等待。

一九六六年九月二十二日

我再次提筆是想記錄，我已經超過三個星期沒有見到祂們了。雖然知道得耐心等待，但有時還是會擔心祂們不再來帶我，因為我做了一些錯事。有時我情緒低落、意志消沉，就會很希望自己有個善良的妻子和幾個小孩。有時則是很想回到我的家鄉格林菲爾德，也就是棄兒學校所在的小鎮。

一九六六年九月二十五日

祂們又來了。我說我不確定關於要去旅行的事會不會還有更多指示，我一直在等待。祂們表示：「你等待是對的，現在你要多吃點東西，為旅程儲備好體力。你可以去科諾的店選一輛二手腳踏車，並且要學會騎腳踏車。」

一九六六年十月三日

祂們表示：「我們很高興你認真儲備體力並學騎腳踏車，過不久我們就會讓你踏上旅程。我們對你很滿意，所以你想問什麼都可以問。」於是我大膽地問了我幾個月來一直在想的事情，這段時間我將言語獻給神，所以盡量少開口講話。我說祂們現在既然讓我多吃點東西，那我是否也能多說點話，我年輕時曾是個健談的人，不甘願只回應「是」和「否」，還說了很多不聖潔的話語。講到這裡，祂們的光暗淡下來，天堂裡安靜了約莫半個鐘頭。因此我將自己獻上祭壇，祂們才終於表示：「我們經常想到你，以至於有時忘了你們這些泥土所造之物是多麼邪惡。」接著身穿紅衣的神靈（我想祂掌握主導權）表示：「你的舌頭受束縛，以便在即將到來的應許之時，你說話能像從嘴裡吐劍一般。」我非常感謝祂們，特別是較高階的紅衣神靈。然後祂們表示：「由於你是我們在屬靈國度的朋友，儘管你有著可怕的面孔與世俗的邪惡，我們允許你說多點話。如果無法忍受不說話的痛苦（因為這種靈性痛苦是塵世痛苦的三倍），你可以在暗處向死人布道，但不要讓活著的人聽見。」我因此得到很大的安慰，並再次感謝祂們。

一九六六年十月七日

長大後，開車比學騎腳踏車來得容易，今天我膝蓋和手肘上的傷好多了，瘀青也逐漸褪去。我變得強壯許多，不會像以前那樣容易在爬樓梯或從院子裡搬箱子時摔倒。

一九六六年十月十一日

祂們來了並表示：「你要向桑伯里先生提出加薪，他若是拒絕，你便離開康沃爾郡，去格林菲爾德的職業介紹所，他們給你什麼工作你就接受，不必考慮太多。」

一九六六年十月十二日

桑伯里先生拒絕幫我加薪。他說我值得加薪，但目前生意不理想，所以他負擔不起。他為我寫了推薦信，說我為他工作的兩年期間一直很認真、勤奮且誠實正直。桑伯里先生不是對神敬虔的人，我為此感到難過，心裡想著不知他以後會變成什麼樣子。

一九六六年十月十九日

艾希特這個城鎮不是停歇的好地方，在鄉下民宿是比較好的選擇，但有個女人卻因為我的臉而不讓我入住。我的腳踏車經得起長途騎乘的考驗。如果神靈沒有要我買腳踏車，我應該會坐火車，而且還比較便宜。我花錢花得像個富人。天氣持續晴朗。

一九六六年十月二十二日

索爾茲伯里和貝辛斯托克之間鄉野開闊，有許多筆直綿延的道路。一整天我看到四面八方都有暴風雨，但它們並沒有靠近我。我認為這表示我這趟旅程是神聖的，有亞伯拉罕的神靈護持。

一九六六年十月二十八日

格林菲爾德變了很多。我想回棄兒學校看看，不過我親愛的朋友佩迪格里先生顯然不會在那裡，因為他被藐視和厭棄。沒人想知道他後來怎麼樣了，也許我之後會去探聽一下。

這裡出現很多新建築，人也變多了。還有許多黑色和棕色膚色的男男女女，女人穿著各式各樣的服裝。基督復臨安息日會隔壁居然建了一座異教寺廟！我看到這座寺廟和清真寺後大受打擊，強烈渴望預言：你是殘殺先知的耶路撒冷。我跨坐在腳踏車上，一隻腳踩在人行道上，得用雙手摀住嘴才能不讓自己說出來。幸好教堂還在，我走進去，坐在跟上次同樣的位子，那已不知是多少年前了。我也去看了古柴爾德珍本書店，但那顆玻璃球已經不見，原來放玻璃球的地方現在放滿童書，其中有兩本聖經故事。職業介紹所這天沒有營業，所以我找了個落腳處，騎腳踏車去晃一晃，接著就回來繼續讀經。

一九六六年十月二十九日

職業介紹所裡的人看過我全部的推薦信後覺得很不錯，他說他可以幫我安排去一間學校工作。我一開始感覺很抗拒，因為想到棄兒學校和佩迪格里先生，還有那些悲傷的故事。但結果不是那裡，他說是比較偏遠的萬迪科特中學正在找人。他打電話給這間學校，把我的推薦信內容唸給電話那頭的人聽，然後他們哈哈大笑起來，這讓我很訝異，我不覺得自己的推薦信有什麼可笑之處。後來那人說學校事務員希望我直接帶著我的推薦信去面談。我沿著大街騎行，經過老橋，運河上的船比以前多了許多。我騎過奇普威克，然後騎上樹林中的的馬道（說實話，我沒有騎上去，而是用牽的上去）。接著騎下丘陵的另一邊來到萬迪科特村，也就是學校所在的地方。這裡距離格林菲爾德六英里，兩地之間有些丘陵地。學校主管湯姆森與我面談，他問我想要多少薪水，我說夠我養活自己就好。他提出一個數字，我說太多了，會帶給我麻煩。他沉默了半晌，而後向我解釋通貨膨脹的問題，說我可以把多的錢給他保管，除非必要就不去動用。我應該聽命於人。聽他這麼說，我欣喜地了解到這正是神靈想要的，除非是錯的事，不然我的任務便是順從。

一九六六年十月三十日

我和園丁長同住一間房，但他脾氣暴躁、鬱悶不樂，而且不准我用他的廁所，所以我只能去五十碼外馬具室旁的廁所。因為我已放棄很多世俗的生活，所以也不需要常用廁所。

一九六六年十一月七日

十月十一日以後，神靈就都沒有帶我到祂們面前。祂們把一切都交給我。我必須記住自己多麼接近事物的中心，所有事都會顯明出來。由於我粗糙的長褲（這是軍方淘汰的褲子）被腳踏車坐墊磨破，今天晚上我在破損處縫了一塊補丁。

一九六六年十一月十二日

這所學校和棄兒學校完全不同。我不知道有這樣的學校，這裡的男孩們富裕且高貴，照管他們的人比孩子的數量還多。就算步行一哩遠，也還在校地範圍內，不過其中有些是可以看到牛隻的田野。從學校大門進去後是一條很長的路，沿路兩側樹木繁茂。我不會接觸到學生，只與最低階層的人有來往。園丁長皮爾斯先生很厭惡我，他總是指派艱辛和卑微的工作給我做，但我想這也許是我了解自己為何而生的唯一方法。我每週有半天假期。布雷斯韋特先生說我如果事情早點做完，可以安排晚上休息。

一九六六年十一月二十

我幫忙園丁除草和採摘東西。皮爾斯先生仍然脾氣暴躁、鬱悶不樂，交代我做的都是一些會讓我弄髒的工作，這是他的天性。我也曾在車庫裡幫斯奎爾斯先生做事，我們有自己的幫浦。

一九六六年十一月二十二日

我和學生沒有接觸，但老師有時會和我說話，校長的妻子艾波比夫人也會。雖然她表面上看似不介意我的臉，但我敢肯定她會在我不在場時說些什麼。

介意。

一九六六年十一月二十四日

我替男孩們從灌木叢裡為撿回橄欖球，我想他們應該覺得我看起來很奇怪，卻一點也不

一九六六年十一月二十六日

儘管神靈沒有給我指示，我還是鼓起勇氣騎腳踏車去了棄兒學校。我盯著過去長滿蜀葵和亨德森倒臥的地方，一切依舊。就在我看著那裡時，有人打開了佩迪格里先生的窗戶（我指的是樓頂那扇通往鉛板屋頂的窗，也就是我後來跟著亨德森，看到他在那裡的那扇窗）。我從手臂形狀看出開窗的是個女人，也許她正在打掃房間。當然，我沒有看到我可憐的朋友佩迪格里，卻看到了當年發現亨德森屍體的年輕老師。貝爾先生老了許多。我當時腳踏車停在人行道旁，人坐在車上，看到他穿著打扮和以前一樣、戴著大圍巾從校長書房旁邊的前門出來，然後走出校門，沿著大街走。我便跟著他，貝爾先生最後走進了老橋邊的斯普勞森宅。讓我傷心的是，我坐在腳踏車上時，他從我身邊經過卻沒有認出我。看來我在格林菲爾德已經沒有留下什麼了，我一直將這裡視為我的家，並不是以為我那位朋友還在這裡，而是在我心中似乎把他與這裡聯繫在一起。

一九六六年十二月三十一日

今晚，我在等待萬迪科特教堂十二點的鐘聲時（有些留下來過節的老師也會敲響新年鐘聲，不是因為信仰，而是為了好玩），重讀了一次我在這個本子裡所寫的內容。我開始寫是為了留下神靈來訪的證據，以防像格拉斯頓的瓊斯那樣，被認為發瘋而被送進精神病院，但我發現我還記錄了很多別的事。我也發現自己把話寫下來，而不是說出來，能感到好受一點。靈修生活是一段試煉，如果沒有安慰的話語，沒有神靈告訴我因為我在事物的中心，一切都將清楚明白，我應該會受到誘惑，跟瓊斯一樣傷害自己。關於我是誰、我為何而生這些問題仍然沒有答案，而我得像個舉重的人一樣忍耐。鐘聲響起，我想流淚但又哭不出來。

一九六七年二月五日

發生了一件美好的事。天氣太冷，操場都結冰了，所以學生無法到外面玩耍，就在校舍建築裡溜搭。我正在清掃馬具室旁的角落（即使天氣已經冷到無法用鋤頭翻土了，皮爾斯先生還是找得到事情給我做），這時三個男孩走了過來。很少有學生靠近我，但這次他們就站在那裡看著我。當中最大的白人男孩問我為什麼戴著黑帽子！我馬上開始思考要怎麼回應，雖然除非必要我不能說太多話，但也許神覺得這些孩子必須承受點痛苦。我便決定順從，祂們要我回答我就照做。於是我說戴帽子是要維持頭髮整齊。男孩笑了出來，其中一人要我拿掉帽子。我照做後，他們笑得很大聲，我只能微笑以對，不過我發現他們根本不介意我修補過的臉，而是覺得有人跟我開了個玩笑。我在他們眼中是個小丑，於是我將頭髮撩開，讓他們看看我殘缺不全的耳朵，他們很感興趣，沒有一點害怕或恐懼。他們走後，我感受到前所未有的欣喜。我戴上帽子繼續打掃角落，心想如果我能處理好跟佩迪格里先生的事，那我最想要的就是繼續待在這所學校和孩子們在一起。我是否能從孩子身上找到自己為何而生的答案？

一九六七年四月十三日

我幫工友拆除橄欖球球門柱，他們沒有盡其本分。有人在說皮爾斯先生把學校園圃種的東西出售牟利。他們也跟我講了一些學生家長的事，但發現我都沒什麼回答，便不再和我說話了。他們說這裡有兩個人實際身分是警探，其中一人偽裝成園丁，我覺得肯定不會是皮爾斯先生，但這不關我的事。我很糾結不知該不該告訴湯姆森關於皮爾斯先生私自變賣園圃產品的事。

一九六七年四月二十日

我得了重感冒並且發燒，眼前景象都在晃動。而在我讀經時，神靈又來了，跟之前一樣是一紅一藍。祂們表示：「我們很高興你對皮爾斯先生的順從，儘管他是個壞人。他遲早會得到報應。而為了讓你好受些，你可以問我們問題，若是守序的問題，我們就會回答。」有件事已經困擾我好一段時間，我問說為什麼我頭上戴著血寫的數字走在康沃爾郡的街道時，幾乎看不到什麼影響。祂們表明：「審判並不是你想像的那麼簡單。這些數字的作用不僅在那個城鎮，還會遠至坎伯恩和朗塞斯頓。」祂們讓我繼續問，我想了想便問說我靈魂的面容是否已經痊癒，還是仍然醜陋。祂們表示：「在我們看來還是很可怕，但我們可以為了你欣然忍受。繼續問吧。」於是我幾乎忘了自己曾經問過，又問了一次我是誰？我是什麼？我為何而生？跟這些孩子有關嗎？祂們表示：「是一個孩子。當你戴著這那個可怕的數字走在街上時，一個像皮爾斯先生種的紫羅蘭般的紫黑色靈魂被擊倒，這個孩子也在這時健康平安出生，且智商高達一百二十。」我呼喊著：「我是什麼？我是人嗎？」然後就聽到皮爾斯先生在床上翻身，鼾聲大作。於是神靈逐漸遠離。我覺得也許今晚我不用睡覺。

一九六七年四月二十二日

快凌晨三點時，我突然大汗淋漓，覺得不睡不行。於是我就睡了，隔天也很難起身去完成皮爾斯先生交給我的工作。不過我還是很高興自己的天職和這些小男孩有關，儘管皮爾斯先生總是不讓我接近他們。拿撒勒人耶穌的智商就是一百二十。

一九六七年五月二日

今天我趁我半天休假去格林菲爾德。經常和我說話的校長夫人艾波比女士託我幫她帶點東西，沒想到她還說我可以在夫蘭克雷五金店找到那些東西！於是我就去了。接著我經過古柴爾德珍本書店，有點遺憾那顆玻璃球已經不在了，應該是賣掉了，不然我可能會買下它。我在書店窗外張望時，兩個小女孩從斯普勞森宅走來，看著窗裡的童書。她們如天使般美麗，我轉過頭藏起自己難看的那邊臉。然後她們又走回斯普勞森宅，由於書店門開著，我聽到裡面有個女人說，斯坦霍普家的這兩個小女孩是彼此的一切。我騎上腳踏車離開那裡，但我不禁希望自己是為她們而生。我看她們和看露辛達小姐或漢拉漢先生的女兒的感覺並不同，過去那些都從腦海中消失了，就像從未發生過一樣。很奇怪的是，我對四月二十日發生的事記憶模糊，所以我記不清當時看到的是一個孩子還是數個孩子。也許我為何而生的答案不是學校裡的孩子，而是這兩個斯坦霍普家的小女孩，或許只和其中一人有關，但我希望是兩個人一起。在我找尋自己為何而生的過程中，我應該趁我有半天休假的時候來觀察一下她們。下次神靈召喚我到祂們面前時，我會問問關於這兩個小女孩的事，她們一個黑髮，一個金髮。我也開始為她們禱告。

一九六七年五月九日

神靈並沒有召喚我到祂們面前。今天趁著半天休假，我又去了格林菲爾德，想看看能不能遇到那兩個小女孩，但她們沒有出現。我可能無法常見到他們，不過這無疑是神的旨意。我看著她們家所在的大房子，其中一部分是一家律師事務所，一部分是公寓。

一九六七年五月十三日

神靈又來了。我立刻問了那兩個小女孩的事，祂們表示：「該發生的事就會發生。」我突然感到害怕，因為我喜愛這兩個女孩勝於其他一切，我怕自己會因此違背神的律法。祂們沒等我說出口，便隨即表示：「你的擔憂沒錯。除非你被派去，否則不要到格林菲爾德。」祂們嚴厲地告誡，接著就將我推開，讓我再度陷入困難的境地。我必須甘心接受命運的安排，偶爾與小男孩說說話，並相信絕對會有善良的神靈（天使）看顧那兩個小女孩。而且她們是彼此的一切，所以也不需要我。

第二部　蘇菲

第八章

的確如古柴爾德夫人對古柴爾德先生所說，蘇菲和托妮．斯坦霍普這對雙胞胎是彼此的一切，但她們討厭這樣的說法。如果她們長得一樣那還好一點，但她們的差異有如黑夜和白天之別。馬帝第一次看到她們時，再不到一週就是她們十歲生日，蘇菲已敏銳地意識到她們有多麼不同。托妮的手臂和腿比較纖細，從喉嚨一直到兩腿之間的粉紅色曲線不那麼平滑。托妮的腳踝、膝蓋和手肘都有點突出，她的臉也跟四肢一樣瘦。托妮有一雙棕色的大眼睛和一頭亂髮，這頭髮長而細，感覺如果再細一點就看不見了，而且就像要消失一般幾乎沒有顏色。蘇菲則知道自己的身體更加平滑、圓潤且強壯，有著一頭深色卷髮。她的眼睛比托妮的小一點，卻有較黑而濃密的長睫毛。蘇菲的膚色白裡透紅，而托妮的皮膚則像她的頭髮一樣沒什麼顏色，感覺能看透進去。不必費心去了解蘇菲是怎麼知道的，她就是清楚知道托妮身體裡或多或少有自己的本質。會說「或多或少」是因為托妮並不完全活在自己的腦袋裡，而是鬆散地與她纖瘦的身體聯結在一起。托妮有時會跪下，仰起頭不發一語，在場的大人雖然難以理解她的行為，卻都莫名傷感了起來。最氣人的是，蘇菲知道托妮這時候根本沒在思考、沒有感覺，也不存在，就如煙霧一般從自身飄離，而那雙棕色的大眼睛從垂落的亂髮間向上望！這很神奇也很有效。每當這時候，蘇菲就會盡量躲進自己的世界，或者去想沒有托妮的寶貴時光，房間裡到處是孩子且充滿音樂，蘇菲跳起舞來，而且想要一直跳下去，一、二、三、跳、一、二、三、跳；她享受著三步一跳的平靜快樂，而且不知為何沒有托妮在場。另一個樂趣是，有些孩子並不會做這種簡單又可愛的事。

還有個長長的方形廣場，後來蘇菲當然也了解到那叫長方形，不過重要的是，那是她獨占父親的時間。是父親提議要去散步，這讓蘇菲欣喜若狂，後來她才明白為什麼父親要帶她去散步，是因為他覺得如果托妮不在，蘇菲可能會給他帶來麻煩！但不論是什麼原因，父親竟然牽著她的手，她抬頭看，對那張英俊的臉充滿全然的信任。他們走下兩級台階，穿過一小片草坪來到人行道。除了父親偶爾會哄哄蘇菲之外，他們都沒說什麼話。父親帶著她往右轉經過隔壁的書店，在夫蘭克雷五金店的大窗戶前停下腳步，跟她介紹割草機和其他工具，還說那些花是塑膠的。接著父親帶她經過一排小屋，告訴她這是為死了丈夫的婦女所設立的救濟院。然後他們右轉走進狹窄的小路，再穿過一道窄門來到運河旁的曳船道。父親向她解釋駁船以及過去如何使用馬拉駁船的方式進行運輸。他們再次右轉，停在一扇綠色的門前。突然間蘇菲明白了，彷彿融會貫通一般，她看出那扇綠門就在他們家庭院小徑的盡頭，而她站在油漆已經起泡的綠門前，對那種高貴氣派的樣子感到厭煩。於是蘇菲轉身就跑，跑得實在離水太近，就在快上老橋的階梯處被父親抓住，她已有心理準備但還是很生氣。父親拖著她走，而蘇菲想讓他在公廁前停下來，但他不肯。父親再次右轉後，蘇菲試圖帶他直走，讓他跟她一起沿著大街走，但他不肯，他們又再右轉便到了家門前。他們繞了一圈回到家，蘇菲知道父親覺得憤怒厭煩，而父親則希望有人來管管她。

他們在大廳時有一小段對話：「爸爸，媽咪會回來嗎？」

「當然。」

「那托妮呢？」

「孩子，不用擔心，她們當然會回來！」

蘇菲還有話沒說完，卻看到父親已進入書房。她還太小，無法說出就像要殺死托妮那般的想法。她沒說出口的是：我不希望托妮回來！

無論如何，當馬帝見到她們的那天，她們確實還算是彼此的一切。托妮提議去隔壁的書店看看有沒有值得收藏的新書。下週就要過生日了，也許應該跟目前在她們家的阿姨暗示一下，她是需要暗示才會有所行動的人。然而她們從書店回家後，卻不見阿姨，只有祖母在大廳裡。祖母替她們收拾好行李，開車載她們去羅斯維爾，來到她靠近海邊的平房。這實在太令人興奮，蘇菲因此把書、阿姨和爸爸的事全拋諸腦後，她們的十歲生日也就在不知不覺中過去了。而且，那時她才發現小溪是多麼有趣，可以聽見潺潺流水聲，比運河好玩得多。陽光下，蘇菲沿著溪流走在高高的草叢和毛茛叢中，毛茛奶油般油亮的花瓣帶有黃色粉末，這些植物都跟她一樣高，使得距離和空間感格外真實。眼前盡是綠草如茵、陽光普照。然後當她撥開草叢時，看到處處都是水流，那更遠處河岸、境外的水流、尼羅河、密西西比河、細流、淺水、卵石、潺潺聲、波光粼粼！接著看到鳥群穿過叢林，飛向土地的邊緣！地上有隻鳥全身都是黑的，頭上有個白點，而牠身後的草叢裡，一群毛茸茸的雛鳥嘰嘰喳喳、跌跌撞撞地跟在後頭！牠們來到水中，母鳥帶著九隻小鳥排成一列。牠們沿著小溪游動，而蘇菲就只是目不轉睛地一直看著！像是被攫住了目光，頭忍不住地往前伸，看得入迷、看得沉醉。

隔天蘇菲又穿過高高的花草叢來到溪邊。水鳥依然在那，就好像牠們徹夜等她似的。母鳥沿著小溪游去，後面跟著一排小鳥。母鳥時不時地發出「咯！」一聲，並不是受驚嚇，只是有所警戒。

這是蘇菲第一次注意到事物有時會「理所當然」地發揮作用。她想要扔點什麼東西，而現在草叢和乾泥土中躺著一顆大卵石，除非這顆卵石「理所當然」地發揮作用，否則它在那裡就沒有任何意義。那顆鵝卵石似乎不是她找來的，她只是移動了手臂，手掌就恰好握住一顆光滑的橢圓形卵石。怎麼會有顆光滑的橢圓形石頭既不是埋在土裡，也沒有被草掩蓋，而是在這麼明顯的地方，找都不用找就能伸手拿到？當蘇菲望向一叢淡黃色的繡線菊，看到母鳥帶著小鳥起勁地划水時，這顆石頭就出現在那裡。

對於小女孩而言，扔石頭是件困難的事，而且通常她們不會像男孩那樣為了好玩而扔上好幾個小時。不過在蘇菲學會扔石頭之前，令她感到不可思議的事就發生了。她看到石頭將劃過的弧線，看到石頭沿著弧線軌跡落在最後一隻小水鳥正要前進之處，是將會如此還是已經發生？她事後回想起來覺得很微妙，似乎一旦可以看見未來的情景，就必然會發生。但無論是否為必然，她都無法理解自己怎麼能舉起左手臂向後彎到左耳處，在適當時機以精確的角度和速度用力向前擺動上臂，鬆開手指和手掌將石頭扔出去。這一瞬間看似是在扔與不扔之間所做的選擇，而其實從一開始就是注定好的。小鳥、蘇菲和手中的石頭，一切都自然而然地發展至此，石頭在空中劃出一道弧線，排在最後的那隻小鳥正好往前游向石頭的落點，然後事情就發生了，水花四濺，母鳥從水面驚起，在水面上低空飛行，發出有如路面破裂一般的叫聲，小鳥們神祕地消失了，只見排在最後的那隻現在變成水波中的一團羽毛，舉在一邊的一隻腳微微顫抖，其他部分一動也不動，只是隨著水波盪漾。接下來還能看著這團羽毛慢慢隨著溪流消失在視線之外。

然後蘇菲就去找托妮，她走在繡線菊間，毛茛拂過她的大腿。

蘇菲再也沒有對小鷿鷈扔過東西，而且她很清楚為什麼不這麼做。這是一種清晰且微妙的理解，只有當你剛好拿到那顆石頭，扔出去後沿著預想的弧線移動，而且有隻小水鳥無可避免地來到與你命運相繫的地方時，才會這麼做。蘇菲覺得自己明白這一切，甚至更多，但她也知道無法用言語傳達、分享或解釋這種「更多」。舉例來說，這就像知道爸爸永遠不會再和妳一起繞那圈長方形，走到另一邊馬廄的門。也就像知道那個會哄妳的爸爸已經不在了，有什麼東西殺了他，或是他殺了自己，只剩老鷹般的面孔留在時而平靜時而煩躁的陌生人身上，而這個陌生人總是跟一個阿姨一起或自己待在書房裡。

也許這就是為什麼祖母家、小溪和草地讓人如此輕鬆，因為儘管草地是個能讓人領悟到「更多」的地方，但也能讓人從中享受純粹的樂趣。所以在漫長的假期裡，蘇菲徜徉在令人愉悅的水邊草地、毛莨、蝴蝶、蜻蜓、樹枝上的鳥兒和雛菊花環中，她胡亂地想著那道弧線、那顆石頭、那團羽毛只不過是命運使然，一切都能歸咎於命運！蘇菲知道無論是和小菲爾一起製作雛菊花環，或是難得和托妮一起在棚屋裡玩，都是命運使然。那些唱歌跳舞的時候、嘗試新事物和認識新朋友的時候，像是那個紅頭髮的高個子女人，她不被允許離開卻還是離開了，還有那個年紀只比蘇菲小一點的男孩，他讓蘇菲穿上他繡著紅色動物的牛仔襯衫，這都是命運，如果不是又如何呢？那年夏天是她們最後一次去祖母家，也是蘇菲最後一次觀察小鷸鷸。她離開在小路旁草地上尋找昆蟲的托妮，自己穿過草叢、繡線菊跑到水邊的草地，蘇菲一看到母鳥帶著小鳥，便沿著小溪追逐牠們。母鳥發出警告的叫聲，聲音短促刺耳，並且加速游走，小鳥也是愈游愈快。蘇菲在岸上追著牠們跑，最後母鳥驚起一陣水沫，就和小鳥們一起消失了。牠們瞬間消失得無影無蹤，彷彿從世間蒸發了一般。有一瞬間又看到那一排毛茸茸的隊伍竭力想要游得更快，脖子伸得長長的，腳在水下拍打著，然後下一瞬間就「啪！」的一聲不見蹤影。這實在是太令人驚訝又困惑，讓原本奔跑的蘇菲停下腳步，站在那裡看了好一會兒，直到看到母鳥急急忙忙地往回游，發出沉重的叫聲，蘇菲才發現自己的嘴因驚訝而一直張著，於是她闔上嘴巴。約莫過了半個小時，母鳥和小鳥們一起回來了，蘇菲又追著牠們。她發現水鳥們並不是憑空消失，而是消失在水裡。牠們太過驚恐時就會歇斯底里地潛入水中。雖然這些水鳥體型嬌小，但不管牠們有多小，只要是被追逐，無論追牠們的人跑得多快、體型有多大，牠們最終都能潛入水中逃之夭夭。於是蘇菲跑回去找托妮，告訴這個驚人的發現，心裡對小水鳥既是欽佩又覺得惱怒。

「傻瓜，」托妮說，「如果牠們不會潛水，就不叫做小鸊鷉了。」

這讓蘇菲伸出舌頭，將雙手大拇指伸進耳朵裡，其他手指在頭旁邊擺動著。這真的很不公平，有時托妮纖瘦的身體與空洞的臉在幾哩之外，卻能輕易地證明她也在場。她會憑空出現在蘇菲的腦海裡。在經歷一陣痛苦後，托妮會想出一些沒人想得到的結論，更惱人的是，這些結論還很顯而易見。不過蘇菲早已學會如何脫離本質上的托妮。她知道當本質上的托妮在她頭頂上時，她不會讓自己什麼也不做，或陷入睡眠、昏迷和純然的虛無，而是在托妮擔任巡守員的無形森林裡，輕快地飛過看不見的樹枝。頭頂上的托妮也許沒有多想，卻照樣能將世界轉變為其本質的模樣。例如，頭頂上的托妮可以把書本上看到的形狀變成實體，還會充滿好奇心地觀察圓形的球、方形的盒子或三角形的東西。蘇菲毫不費力就發覺托妮的這一面，畢竟她們是雙胞胎。

在托妮指出小鷿鷈的行為和牠們名字的關聯後，蘇菲感覺被騙而氣惱。魔法消失了，她站在托妮身旁思考著是否該再去追那些水鳥。她明白如果真要追牠們，不能順流而下，而是要逆水流而上，這樣水鳥承受的水流阻力大，她就能夠追上，然後仔細觀察牠們在水中何處，以及會從哪裡浮出水面。蘇菲心想，反正牠們終究得浮出水面！然而她其實已無心於此。這個祕密不再是祕密，除了那些水鳥之外，沒人會在乎。

蘇菲將頭髮從耳邊挽起。

「我們回去找奶奶吧。」

蘇菲與托妮費力地穿過茂盛的草地往樹籬走去，一路上，蘇菲心想著要問祖母為何很多事情一經解釋便會失去樂趣。然而這時有兩件事轉移了蘇菲的注意力，她們先是遇到來自農家的小菲爾，他就像咕咕鐘裡的小菲爾一樣有著一頭卷髮，她們和小菲爾一起去他爸爸的田裡玩耍，小菲爾給她們看他的東西，而她們也給他看她們的東西，蘇菲因此提議說他們三人應該結婚，但小菲爾說他得回家和媽媽一起看電視。菲爾離開後，她們在十字路口看到一個紅色郵筒，便拿石頭往裡面丟，玩得不亦樂乎。第二件事則是當她們回到平房時，祖母說她們隔天就得回格林菲爾德，因為她要去住院。

托妮突然不知哪來的想法。

「奶奶，妳是不是要去生孩子？」

祖母勉強一笑。

「不是，妳不會懂的。我可能無法走著出來。」

托妮轉向蘇菲，擺出她一貫的高姿態。

「她的意思是她會死。」

接著祖母幫他們收拾了一下行李，但她東西幾乎都是用丟的。祖母看起來很生氣，這讓蘇菲感到不平。後來他們上床睡覺，蘇菲覺得睡著的托妮好像沒了呼吸，蘇菲躺在床上想著，直到夜色漸濃。她想到醫院和即將死去的祖母，黑夜愈發令人悚然顫慄。蘇菲不禁思索起自己所知道關於死亡的整個過程，這的確令人悚然顫慄，但也很讓人興奮！她在床上翻來滾去，然後大聲說：「我不會死！」

這句話的聲音大到彷彿出自別人之口。接著蘇菲又縮進被子裡，不由得想著這個地方、這間平房，感覺都成了祖母死亡的一部分。祖母臥室裡的床似乎太大了，龐大的家具塞在小小的房間，就像房子縮水了一般。巨大的深色餐具櫃有著歲月的痕跡，櫥櫃就跟《藍鬍子》的故事情節一樣不能打開，此時的黑暗有如怪物窩在每個房間裡，還有祖母將被從醫院抬出來也十分神祕可怕。這時蘇菲突然若有所悟，死亡的神祕和祖母將面臨死亡讓蘇菲深入自己的內心，她因此對這個世界有了些了解。這些領悟從她的頭腦朝四面八方延伸出去，只有一個是安全的，那就是她自己，她在自己腦袋後方，那裡像今夜一樣黑，不過是她自己的黑暗。蘇菲知道自己位於這黑暗的盡頭，就好像她在隧道口看著外面的世界，無論外面是黃昏、黑夜還是白畫。當蘇菲明白這隧道就在自己腦袋後方，她全身竄過一陣奇異的顫慄，讓她想逃進白畫，變得和其他人一樣，然而那裡卻沒有白畫。於是她自己想像出了白畫，這白畫裡都是那些腦袋後方沒有隧道的人，他們快樂開朗且無知。這時蘇菲一定是睡著了，因為祖母正在叫她們起床。在廚房吃早餐時，祖母顯得神采奕奕，要她們不必把將她說的事放在心上，現在醫療常有奇蹟出現，也許一切都會好轉。蘇菲聽著這些話以及接下來的長篇大論，卻沒有聽進去，她太專心盯著祖母看，心想這是多麼嚴重的事，祖母就快要死了。更奇怪的是，祖母並不明白，還反過來安慰她們，好像快死的是她們一樣，這很愚蠢，而且現在祖母周圍有著清晰可見的輪廓，很明顯就是祖母即將離開這個世界。無論如何，蘇菲覺得應該還是有更多有趣的事，所以她只好不耐煩地聽完祖母安慰的話語，祖母也說到她們還小，會有其他人來照顧她們，這是她一直想告訴她們的。而在祖母停下來歇口氣時，蘇菲問了個問題。

「奶奶，妳會被埋在哪裡？」

祖母扔下盤子，爆出一陣不自然的笑聲，隨後又發出些其他聲音，然後她頭也不回地衝進房間，砰的一聲關上門。被留在廚房餐桌旁的雙胞胎不知如何是好，所以只是默默地繼續吃早餐。過些時候祖母從房間出來，顯得和藹且開朗。她希望她們不要太為可憐的老祖母難過，而是要記住她們三人共度的美好愉快時光。蘇菲覺得根本一點也不愉快，如果把鞋子弄得太髒，祖母劈頭就是一陣罵，不過蘇菲慢慢知道有些話最好別說。於是蘇菲越過馬克杯盯著祖母，她周圍還是有那種奇怪的輪廓，此時祖母故作愉快地說著話，她說她們回到爸爸那裡去時會非常開心，因為會有一位小姐來照顧他們。祖母稱她為換工的女孩。

這次換托妮提出問題。

「她人好嗎？」

「噢，是啊，」祖母說，她的語氣卻感覺不是如此，「她人很好，而且妳們爸爸也會留意狀況的。」

蘇菲只顧盯著祖母周圍的輪廓，沒心思去想新來的阿姨。托妮繼續問問題，而蘇菲則陷入思考。除了輪廓之外，祖母沒有什麼即將死去的跡象，所以蘇菲轉而去想這到底會造成什麼結果。她了解到祖母的死很可能會讓她無法再見到那片綠油油的草地、小鶺鴒、小菲爾和那個郵筒，蘇菲感到失望且有點憤慨。她差點就把這件事告訴祖母，但最後還是沒說出口。這時托妮肯定說了什麼，祖母又走進房間把門摔上。雙胞胎什麼也沒說，只是坐著，然後她們同時互看對方一眼，咯咯笑起來。難得她們真的是彼此的一切，而且還樂在其中。

祖母後來走出房間，已不像之前開朗。她把行李整理好，然後一語不發地開車送她們去車站。真的要準備回家了，這讓蘇菲轉而開始思考未來的情況，她小心翼翼地問問題，避免觸及祖母和祖母的將來。

「我們會喜歡她嗎？」

祖母明白她的擔憂。

「我相信妳們會喜歡她。」

過了兩個紅綠燈後，祖母又用那種沒有說服力的語氣說：「我相信她也會喜歡妳們倆。」

她們回到格林菲爾德後，發現那個來「換工」的女孩是她們的第三個阿姨。她和之前兩個阿姨一樣，從房間裡出來走下樓梯，彷彿那間臥室出產阿姨，就像溫暖的天氣會出現蝴蝶一般，而且這個阿姨比前兩個更像蝴蝶。她有一頭黃髮，身上散發著類似美髮師的味道，每天都會花很多時間往自己臉上塗抹東西。她的說話方式是雙胞胎從沒聽過的，無論是在家裡，還是在多塞特郡，或是在有白人、黃種人、棕色人種或黑人的街上都沒有聽過。她告訴雙胞胎她來自雪梨，蘇菲一開始以為雪梨是一個人，因此感到有些困惑。而不管怎樣，這位溫妮阿姨一旦對自己的臉感到滿意，就會變得快樂活潑。她經常吹口哨和唱歌，也常抽菸，雖然她發出很多聲音，卻絲毫沒有激怒爸爸。就算她自己不出聲，也能聽到她收音機發出的聲音。溫妮隨身帶著那台收音機，聽聲音就能知道溫妮在哪裡。蘇菲了解到雪梨是世界另一端的大城市後，便去問溫妮：「紐西蘭也在世界的另一邊嗎？」

「應該是，親愛的。我從沒想過這件事。」

「很久以前有個阿姨，我們的第一個阿姨，她說我們的媽媽到上帝那裡去了，但後來爸爸說媽媽是和一個男人去紐西蘭生活了。」

溫妮放聲大笑。

「親愛的，那也差不多，不是嗎？」

溫妮改變了很多事，花園小徑盡頭的馬廄現在變成雙胞胎自己的屋子。溫妮說她們很幸運能擁有自己的屋子，應該為此感到自豪，而她們年紀輕輕也就相信了她的話。後來她們也習慣了，就沒有必要改變什麼。父親則顯得特別高興，說她們不會再被他打字機的聲音煩擾了。蘇菲已習慣伴著打字機的聲音安然入睡，這也讓她更了解父親實際上是什麼樣的人，但她什麼也沒說。

溫妮帶她們去到海邊，這本來是件好事，卻出了狀況。她們在沙灘上，周圍是都是人，大多數人坐在躺椅上，小孩子則分散其中。這天沒什麼陽光，時不時還下著小雨，而有問題的地方在於大海，甚至連大人都覺得不對勁。雙胞胎正在觀察沙灘與水面交界處的波紋時，突然傳來喊叫聲，人們紛紛往岸上跑。海上出現一道泡沫巨浪，靠近後變成綠色空洞撲向她們，她們尖叫著，快要無法呼吸，就在海水要拖走她們時，溫妮把她們一邊一個地夾在腋下拉上岸，接著她們便趕緊回家。三個人都不停發抖，溫妮很生氣，因為她的收音機壞掉了，溫妮沒有收音機就像變了一個人似的。她們回到家並弄乾身體後，溫妮做的第一件事就是將收音機拿去修。然而那海浪後來還是會在睡夢中回來，沒有人能解釋它，儘管大人在電視上談論過，也依然無法解釋。托妮似乎不受影響，但蘇菲卻深受其害。她好幾次都被自己的尖叫聲驚醒。不過，托妮的情況很奇怪。有一次她們倆蹲在電視機前，觀看滑翔翼等各種有趣的冒險活動時，看到有人在太平洋衝浪的鏡頭。剎那間畫面上充滿正在逼近的波浪，鏡頭迅速拉近，讓觀眾彷彿置身在巨大的綠色空洞中。蘇菲感到胃一陣劇痛，內心恐懼不已，她閉上眼睛不去看，卻還是聽得到海浪咆哮著。等到電視準備要播跳傘運動時，蘇菲才睜開眼睛，卻發現她那淺色頭髮、對一切都漠不關心且跟她很不一樣的雙胞胎托妮昏了過去。

後來很長的一段時間裡，至少有好幾週，托妮經常待在她自己心中的那片森林。有一次蘇菲無意間提到海浪，講了之後她自己也忍不住發抖，而托妮則沉默了很久才說：「什麼海浪？」

溫妮從店裡拿回修好的收音機，她又到哪都隨身帶著。再次能聽到廚房裡有一個小型管弦樂隊在演奏，或是從花園小徑上傳來的男聲。當雙胞胎被帶上大街，經過清真寺來到學校，認識那些紛紛嚷嚷的同學時，那個男聲也跟著她們。雙胞胎被留在那裡，她們手牽著手，好像感情很好似的。放學後溫妮去接她們，她們還因此被同學笑，嘲笑她們的幾乎都是男生，也有幾個是黑人。

溫妮比其他阿姨待得更久，可見她在爸爸心中有多麼特別。她搬進爸爸的臥室，連同收音機和其他東西也都一併搬進去。蘇菲討厭這樣，卻又說不出原因。溫妮還講好讓雙胞胎使用馬廄往曳船道的老舊綠門，她跟她們的爸爸說她們應該學著去適應水。

因此那年夏天和秋天，雙胞胎有好一陣子都在探索曳船道，從老橋（上面有寫著建造者的牌子，建造時應該不包括那個臭氣沖天的廁所），沿著荊棘、珍珠菜和蘆葦之間狹窄的小路走一兩英里，一直到位於鄉間的另一座橋。橋邊有個寬闊的水池，池裡有一艘腐爛的駁船，在汽艇和划艇出現以前就是用這種船從綠門沿著運河運送東西。有一次她們走了更遠，爬上了運河另一邊的一條小徑，兩旁都是樹叢，她們一直往上爬，最後來到山脊上，一側可以看到運河和格林菲爾德，另一側則是長滿樹木的山谷。那次她們很晚才到家，卻沒有人注意到。從來都沒有過，有時蘇菲希望他們注意到。不過隨後蘇菲也就了解，溫妮已經把她們趕到馬廄去，還讓她們覺得自己很幸運能在那邊自在生活，其實只是想讓她們遠離她們的父親。

她們可以在馬廄裡隨心做自己喜歡的事，那裡有許多古老箱子，裝著歷代斯坦霍普家族留下來的裙撐、衣服、連衣裙、鞋子，有一頂假髮還殘留著一絲白色粉末，散發淡淡的香氣，令人難以置信。她們把這些東西全拿出來，幾乎都試穿過一遍。只可惜未經允許，她們不能帶其他小孩進來。那時海浪的事已經平息一些，偶爾才會在噩夢中出現，蘇菲漸漸覺得自己和托妮被迫再次成為彼此的一切。有一天她想到這件事，甚至還去扯托妮的頭髮來證明她們不是彼此的一切。不過這時托妮已發展出自己的打鬥方式，她瘋狂地揮舞纖細的四肢，那雙棕色的大眼睛一直處於放空狀態，就好像她已經逃離，留下瘦長的身體去承受任何傷害和疼痛。蘇菲開始覺得打鬥並非明智之舉。在學校總會遇到一些粗魯的同學，大多是男生，這時候最好就是把操場留給他們，不去惹上麻煩。所以她們都在馬廄裡玩耍，或走在大街上觀察各色人種，或是沿著運河和樹林間的曳船道探險。她們找到了登上那艘舊駁船的方法，還發現駁船內部很長，而且有幾個櫥櫃，前端有一間老舊的廁所，因為已經很久無人使用，所以也不再殘留臭味，至少不比這艘船的其他地方臭。

那一年就這樣不知不覺地過去了，她們開始上學，住在馬廄裡，還像大人一樣請貝爾先生與貝爾太太來馬廄喝茶。等到她們從厚重的褲子和毛衣換成穿牛仔褲和輕薄上衣時，她們的十一歲生日就要來臨。托妮提議去找她們喜歡的書當生日禮物，而蘇菲也完全同意。父親肯定會給她們錢的，這比思考要送什麼容易多了。如果讓溫妮幫她們選書會是個荒謬的錯誤，所以她們必須偷偷替她做出決定，還要讓她認為這生日禮物是她自己的主意。於是她們從花園盡頭的馬廄出發，沿著長滿醉魚草的小徑，走上台階從玻璃門進入大廳，經過在廚房裡聽收音機的溫妮，經過在書房裡用電動打字機的爸爸，然後走下兩級台階來到房子前面的大街。她們往右轉走到古柴爾德珍本書店，書店外有兩個寫著極低售價的箱子，裡頭裝滿沒人會想買的書。

古柴爾德先生不在店裡，古柴爾德太太則是在後面一扇門旁的桌子前寫東西。雙胞胎沒有注意到她，儘管她們打開店門時還被門鈴「叮！」的一聲嚇了一跳。她們逛了逛童書區，但大部分的書馬廄裡已經都有，因為書籍似乎總會從四面八方匯聚而來，雖然內容大多都很有趣，但也就沒那麼珍貴了。蘇菲很快就發現這些書太過簡單，她準備要離開時，卻看到托妮正以她特有的專注翻看書架上的舊書，所以蘇菲一邊等她，一邊翻著《阿里巴巴》，思考為什麼會有人想要這四本厚厚的書，爸爸書房裡就有一套，有人要的話都可以拿走。這時，那個常在公園裡幫助小男孩的老人進來了。托妮沒有理睬他，因為她那時正沉浸在一本大人的書裡，而蘇菲則禮貌地向他打招呼，雖然她不喜歡這個老人，但對他感到好奇，而且所有阿姨、清潔女工和表兄弟姊妹都很重視對人都有禮貌。當然他們也會說不要在街上與陌生人交談，但古柴爾德先生的書店並不是街上。那個老人在童書區晃來晃去，然後走到古柴爾德太太所在之處。這時候老古柴爾德先生也「叮！」的一聲從大街走進書店，隨即以開玩笑的方式和雙胞胎講話。然而才剛開口就停了下來，因為他看到那個老人。在一片寂靜中，他們聽到那老人遞給古柴爾德夫人一本書，說：「買給我姪子的。」托妮雖然一直埋頭看書，但還是察覺到了什麼，她好意提醒那老人別忘了他放在雨衣右邊口袋裡的那本書。在那之後，事情發展得又快又混亂。古柴爾德太太站起來憤怒地說要叫警察，古柴爾德先生則走向他，嚴厲要求他還回那本書。那老人走路像跳舞一樣，身體扭動著，膝蓋朝向內側，揮動雙臂，一面以他那如女人般尖銳的高亢嗓音抱怨著，一面沿著書架走向門口。蘇菲出於禮貌便替他開門，發出「叮！」的一聲，然後等他出去再把門關上。古柴爾德先生漲紅的臉很快就消退下來，他轉向雙胞胎，這時古柴爾德太太先開了口，隱晦地對他說：「我不明白他們為什麼要放了那個人。他只會一犯再犯，然後又會有某個可憐的小傢伙……」

古柴爾德先生轉移話題道：「至少現在我們知道是誰在偷童書了。」

說完這句話，古柴爾德先生又變回以前那種愛開玩笑的樣子，他彎下腰對雙胞胎說：「斯坦霍普小姐妳們好嗎？應該不錯吧！」

她們異口同聲地回答：「是的，謝謝你，古柴爾德先生。」

「那斯坦霍普先生呢？他還好嗎？」

「很好，謝謝你，古柴爾德先生。」

蘇菲知道一定要說很好，大家都這麼回答，就像他們都打領帶一樣。

「古柴爾德太太，我想我們可以給兩位斯坦霍普小姐喝點飲料？」古柴爾德先生以一種比平時更滑稽的方式說道。

於是她們跟著聰明冷靜、實事求是的古柴爾德太太，穿越店後面的門走進破舊的起居室，古柴爾德太太讓她們肩並肩地坐在電視機前的沙發上，接著便去拿飲料。古柴爾德先生站在他們面前，微笑著並踮起腳尖，說真高興能見到她們，而且最近還常見到面。他說他也有一個小女孩，現在應該說是大女孩了，他這個女兒已經結婚，還有兩個孩子，但遠在加拿大。接著他說道：「家裡有小孩會增添許多樂趣，」他當然還逗趣地補充說：「不能說是小孩，而是像你們兩位一樣可愛的小淑女。」而他話還沒說完，蘇菲就清楚意識到她可以運用自己的力量，與古柴爾德先生這個身材高大、又老又胖、藏書豐富卻行為愚蠢的男人做任何事，想做什麼都可以，只是不值得這麼麻煩。她們坐在那裡，腳趾剛好碰到地上的老舊地毯，一邊喝著飲料，一邊觀察周遭。牆上掛著一張大布告，上面用大字寫著伯特蘭・羅素將於某月某日在禮堂向格林菲爾德哲學協會發表關於人類自由與責任的演講。這張陳舊的布告顏色黯淡，奇怪的是還被掛在大多數人會放照片的地方；但隨後蘇菲在昏暗的光線下，看到伯特蘭・羅素下方還有一行小字，寫著「主席古柴爾德」，她便多少能理解了。古柴爾德先生還說個沒完。

蘇菲問了自己好奇的事：「古柴爾德太太，請問那個老人為什麼要把書拿走？」

接著是一陣長久的沉默。古柴爾德太太喝了一大口飲料，才開口說：「這個嘛，親愛的，這是偷竊。」

「但是他很老了，」蘇菲從杯緣看出去，「他真的很老。」

她說完這句話後，古柴爾德夫婦面面相覷了好一會兒，最後古柴爾德先生說道：「他想把書當作禮物送給小孩子，但他……他有病。」

「有些人會說他有病應該去看醫生，」古柴爾德太太說，語氣透露著她並不這麼認為，「而有些人覺得他就是個齷齪、邪惡的老人，他應該……」

「露絲！」

「好吧。」

蘇菲覺得每當她想知道什麼真正有趣的事時，大人就會避而不談。古柴爾德太太差點就講出口，但她還是說了別的。

「W.H. Smith 連鎖書店在禮堂和超市贈送平裝書已經讓我們很難經營下去了，現在還有這個齷齪的老佩迪格里加速我們的衰敗。」

「至少我們現在知道是誰在偷東西，我要和菲利普斯警官說一下。」

蘇菲看著試圖改變話題的古柴爾德先生。他顯得更胖，臉色更紅潤，頭微微側向一邊，笑容滿面。他將手展開，一手拿著茶杯，一手拿著茶碟。

「不過要先好好招待兩位斯坦霍普小姐……」

這時托妮開口說話，她的聲音微弱而清晰，每個音節的發音都像精美畫作中的線條一樣精確。

「古柴爾德太太，什麼是超驗哲學？」

古柴爾德太太的杯盤碰撞發出聲響。

「願上帝保佑這孩子！這是妳們爸爸教妳們的嗎？」

「不是，爸爸沒教我們。」

蘇菲見托妮又放空了，便幫她向古柴爾德太太解釋。

「這是妳店裡一本書的名字，古柴爾德太太。」

「親愛的，《超驗哲學》這本書，」古柴爾德先生說道，他既像在說笑又沒什麼好笑的，「一方面可以說盡是空話，另一方面則被認為是終極智慧。正如大家常說的，自己選擇自己承擔後果。美麗的小姐一般也不必去理解超驗哲學，她們本身就是所有純潔、美麗和善良的典型。」

「西姆。」

顯然無法從古柴爾德夫婦那邊問到什麼東西。於是再過一下子，蘇菲與托妮表現出乖巧懂事的樣子，異口同聲地說（這是雙胞胎為數不多的好處）她們得走了，然後離開沙發，莊重地道謝。她們要走出書店時，聽到老古柴爾德先生正在說「可愛的孩子」，古柴爾德太太打斷他的話，說道：「你最好今天下午就去跟菲利普斯警官說。我想佩迪格里又開始作惡了，他們應該永遠把他關起來。」

「他不會動斯坦霍普家的女孩。」

「誰家的小孩都一樣吧？」

那天晚上，蘇菲在床上沉思了很久，幾乎就像托妮一樣，思緒飄飛到樹上。蘇菲想到他們說「斯坦霍普家的女孩」，但她不覺得她們是誰家的女孩。她把身邊的人想了一遍，包括連同羅斯維爾的一切一併消失的祖母、爸爸、清潔女工、阿姨們、一兩個老師和一些小孩。蘇菲清楚知道她們只屬於彼此，不屬於其他任何人。既然她不喜歡和托妮屬於彼此，又怎麼會想屬於其他人。而且她腦袋後方有個完全隔絕的黑色地帶，她從那裡往外看所有這些人，甚至托妮也在外面，這個坐在隧道口的蘇菲除了自己之外，怎麼可能屬於任何人？這一切都很愚蠢。難道雙胞胎、爸爸和阿姨、貝爾夫婦和古柴爾德夫婦就是彼此相屬？但爸爸可以躲進自己的書房。下巴抵著膝蓋的蘇菲突然理解，爸爸在書房裡時，他可以像托妮一樣出神，沉浸在他的棋盤中。

想到這裡，蘇菲睜開眼睛看到天窗透進一絲微光，她又閉上眼睛想留在內心世界。她知道自己的思維方式與大人不同，但他們人數眾多，又那麼大……

還不都一樣。

蘇菲靜止不動，屏住呼吸。她想到那老人和書，似乎理解了什麼。雖然很多人都會告訴她該怎麼做，但現在她親眼目睹了。可以選擇像古柴爾德夫婦、貝爾夫婦和休格森老師一樣成為他們所認為的好人來獲得歸屬，也可以選擇做真實的自己，那個坐在隧道口的自我有自己的願望與規則。

也許有雙胞胎又很了解對方性格的唯一好處是，一早蘇菲就可以馬上與托妮討論這天要做什麼。蘇菲提議去偷糖果，托妮不僅答應還幫忙出主意。托妮說她們應該去巴基斯坦人開的店，因為那些巴基斯坦人總是無法將目光從她頭髮移開，所以托妮可以去吸引店主的注意力，蘇菲就能趁機偷東西。蘇菲也覺得這行得通，如果托妮讓頭髮垂落在臉前，然後故作純真地撥頭髮並從髮間向上望，就會像施展魔法般讓人著迷。於是她們去了克里希納兄弟開的店，這太容易了。年紀較輕的克里希納站在門口對一個黑人說：「走開，你這黑人，我們不做你生意。」雙胞胎側身經過他進到店裡，較年長的克里希納從好幾大袋紅糖間走出來，說這家店的東西都任她們挑選。接著他塞給她們各種奇妙糖果和一些棒棒糖，說是招待所以堅持不收錢。雙胞胎感到羞愧，便放棄了這個計畫，而且她們知道如果去古柴爾德先生的書店偷書，結果也會是如此，更何況書那麼無聊。蘇菲現在還了解了一件事，她們有非常多玩具和零用錢，家裡所有清潔女工和表兄弟姊妹也都這麼認為。最糟糕的是，她們發現學校裡有一群孩子會偷東西，不過規模更大，有時還闖空門偷竊，然後將贓物賣給那些買得起的同學。蘇菲認為偷竊是對是錯沒有絕對，但無論對錯都很無聊。也因為偷竊太無聊，所以才不偷竊。蘇菲有幾次深入思考這件事，好像對錯和無聊都是可以加減的數字。她也敏銳地發現還有一個數字，可以被加或減，但她卻不知道這數字是多少。敏銳洞察再加上第四個數字讓她驚慌失措，幾乎陷入恐懼之中，但她知道自己不是蘇菲，而是坐在黑暗隧道入口的自我。這個自我毫無感情地生活和觀看，像操弄精密的洋娃娃一般操縱著蘇菲，這個孩子詭計多端，不自覺地討人喜歡，還很天真無邪，容易相信別人。在所有白皮膚、黃皮膚、棕色皮膚和黑色皮膚的小孩中，只有她被操縱。其他孩子肯定無法察覺到這種事情，就像他們無法在腦中進行數學運算，還得費力地將數字寫在紙上。而有時蘇菲又突然能很輕易地走出去加入他們。

這樣的發現可能很重要，但她們接著就迎來一切可怕事情的開端，不過托妮似乎沒有像蘇菲受到那麼大的影響。事情發生在她們十一歲生日當天，他們有個從提摩西店裡買的蛋糕，上面十根蠟燭插了一圈，一根在中間。父親竟然也從書房下來和大家一起喝茶，還表現得風趣幽默，但這並不適合他那張老鷹般的臉，他的臉總是讓蘇菲想起王子和海盜。父親說了些生日祝福後，還沒等她們吹蠟燭，他就宣布他和溫妮要結婚了，以後溫妮就是她們的媽媽。父親話一說完，蘇菲恍然大悟，難怪溫妮總是直接走進父親的房間，脫掉衣服上床睡覺，而且許多人稱呼她為斯坦霍普太太，也許溫妮已經有了孩子（就像故事裡會出現的情節），而且是父親想要的那種，不是像她們這樣的雙胞胎。有那麼一刻蘇菲感到極度痛苦，想到溫妮濃妝豔抹的臉、黃色頭髮、奇怪的說話方式，以及身上散發的美髮師氣味。蘇菲知道這不可能發生，也不允許發生，但她還是覺得很難過，本來應該要吹蠟燭，她卻放聲大哭起來。但就連哭都不對，因為她在溫妮面前表現出內心的悲傷，而且還在父親面前表現出來，等於是告訴父親他是多麼重要，所以蘇菲的悲傷情緒中又夾雜著憤怒。她也知道即使自己哭完了，也無法改變什麼，事情仍沉重得令人難以承受。她聽到溫妮說：「親愛的，給你處理。」

這位「親愛的」就是她們父親。他走到蘇菲身邊跟她說話，伸手安慰，但父親一碰到她，她便扭開身子。一陣沉默之後，父親以可怕的聲音吼道：「天啊！孩子們！」

蘇菲聽到父親踩著重步走下木樓梯進入馬車房，然後沿著花園小徑快步離去。大廳的門被重重甩上，玻璃沒有破碎真是個奇蹟。溫妮追了上去。

蘇菲哭完之後，什麼都沒有改變，她從床上坐起，看著在自己床上的托妮。托妮和平常一樣，只是臉頰有些泛紅，但沒有淚水。托妮只是漫不經心說：「愛哭鬼。」

蘇菲傷心得無法回應。她巴不得現在就離開爸爸，忘掉他和他的背叛。蘇菲擦了擦臉，跟托妮提議一起去走曳船道，因為溫妮曾叫她們別這麼做。雖然比起那可怕的消息，這只是很微弱的反擊，但她們還是馬上出發了。只是當她們通過壞掉的船閘到達那艘舊船，溫妮和爸爸確實變得比較渺小且遙遠一些。她們在船上閒晃時發現一窩鴨蛋，感覺已經被留在那裡很久。蘇菲看到鴨蛋時，腦袋裡一切都清楚了。她想到可以如何折磨溫妮和爸爸，把他們折磨到發瘋，最後像古柴爾德先生的兒子一樣被關進精神病院。

接著事情就照著她們原本預期的發生了，一切都是如此「理所當然」，彷彿整個世界都在幫忙。她們就這樣回到家，吃了一些生日蛋糕上的糖霜（沒理由浪費），她們也決定要打開那個大人說不能開的舊皮箱，並在裡面找到那串生鏽的鑰匙。這串鑰匙可以打開那些通常都鎖著的東西。那天晚上，蘇菲坐在床上，膝蓋靠著自己剛開始隆起的乳房，她想清楚了有一顆鴨蛋是給溫妮的。蘇菲在黑暗中漸漸生出一種強烈的渴望，她渴望變得怪異——沒有其他詞可以來形容，就是想變得怪異而強大。蘇菲嚇壞了，蜷縮在床上，不過她腦中的黑暗隧道依然存在，而在那個遙遠的安全地帶，她已經想好要怎麼做。

隔天蘇菲發現事情其實很容易，只要走那些大人沒有注意的地方，而且行動夠迅速，就不會有人看到或聽到。於是蘇菲迅速地打開父親床邊小桌子的抽屜，在抽屜裡打破一顆鴨蛋便趕緊離去，然後把這支鑰匙放回那個久無人用的沉重鑰匙圈。蘇菲覺得這是自己能做到最接近怪異的事情，但她還是無法滿足。那天蘇菲在學校一副心事重重的樣子，連休格森老師都注意到了，老師問她怎麼了，她當然回答沒什麼。

那天晚上，蘇菲躺在馬廄天窗下的床上，思考著如何變得怪異。她試圖將怪異的事連結在一起，但失敗了。這不是算術。一切都在漂浮：祕密隧道、意義重大的事，還有想要傷害溫妮與父親的那種深刻、強烈且迫切的慾望。蘇菲沉思、想望、打算，隨後又陷入沉思。她實在太想做些什麼怪異的事，因而引起浮想。她看見自己悄悄經過花園小徑，打開玻璃門進入室內，爬上樓梯溜進臥室，來到父親和溫妮的大床前，溫妮背對父親蜷縮著睡覺。接著蘇菲走到床頭燈旁的小桌子前，桌上現在放著三本書，她手拿鴨蛋伸進鎖著的木抽屜裡，在之前那顆蛋旁打破手上的蛋，她就這樣留下兩團又臭又噁的東西在那裡。然後蘇菲轉過身來往下看，想把自己腦袋裡的黑暗部分投射給熟睡的溫妮，讓她做噩夢，溫妮因此在床上猛地抽搐，大聲尖叫。尖叫聲把蘇菲驚醒了——但也不能說是驚醒，因為她根本沒有睡著——而她就躺在自己的床上，尖叫聲也是她自己發出的，她被這種怪異的事嚇壞了，於是喊道：「托妮！托妮！」但托妮睡得很熟，所以蘇菲只好在床上蜷縮成一團，因害怕而渾身發抖。她開始覺得不能再這樣繼續做怪異的事，畢竟最後贏的總是大人，因為做太多怪異的事會讓自己不舒服。不過後來吉姆叔叔從那該死的雪梨來了。

起初大家都喜歡吉姆叔叔，連父親也是，他說吉姆是天生的喜劇演員。然而在變調的生日派對後不到一週，蘇菲注意到吉姆開始花很多時間和溫妮在一起。蘇菲對這一切感到疑惑，又有點害怕是因為自己的怪異他才出現。畢竟吉姆確實「淡化」了當時的情況，蘇菲為自己找到這個詞而感到自豪，他的出現淡化了每個人的心情。

六月七日，也就是生日過後大約兩週，蘇菲已經習慣自己是十一歲的時候。她蹲在老玫瑰叢後面，看著螞蟻不知道在忙些什麼，這時托妮沿著花園小徑飛奔而過，爬上木樓梯回到她們自己的房間。蘇菲見狀大感訝異，便去探個究竟。托妮沒有多作解釋，只說：「來！」

她抓住蘇菲的手腕，蘇菲有所抗拒。

「我需要妳！」

蘇菲聽到她這樣說非常驚訝，所以就跟著她走。托妮快步沿著花園小徑走進大廳，她先站在父親書房門外整理一下頭髮，而後抓著蘇菲的手腕打開了門。父親在裡面看著西洋棋盤。儘管外面陽光明媚，但棋盤上的桌燈仍是開著的。

「妳們兩個有什麼事？」

這是蘇菲記憶中第一次看到托妮的臉如此通紅。她輕輕喘了口氣，然後以微弱平淡的語調說：「吉姆叔叔正在阿姨的臥室裡與溫妮發生性關係。」

父親慢慢地站起來。

「我……妳們……」

一陣讓人刺痛、炙熱、感到不自在的沉默。父親快步走出房門，然後穿過大廳。她們聽到他在另一邊樓梯說話的聲音。

「溫妮？妳在哪裡？」

雙胞胎跑了出去，托妮的臉現在沒那麼紅了，蘇菲跑在前頭，她們經過玻璃門跑到花園。蘇菲再一路跑回馬廄，她不知為何感到興奮、驚恐、害怕又得意。她到了房間才發現托妮沒有跟來。約十分鐘後托妮才回來，動作緩慢，但臉色比平常還蒼白。

「怎麼了？爸爸生氣了嗎？他們真的在做那件事嗎？就像那樣嗎？托妮！妳為什麼說『我需要妳』？妳聽到什麼？妳聽到他說什麼嗎？爸爸說了什麼？」

托妮趴著，額頭枕在手背上。

「沒什麼，他就只是關上門下樓。」

在那之後大約平靜了三天。一天下午雙胞胎從學校回家時，見到大人正在激烈爭吵。蘇菲經過他們走向花園，一半希望是自己所做的怪異事情發揮作用，但又鬱悶地知道真正發揮作用的應該是托妮所做的事，也就是向父親揭露祕密。但無論是誰做的，那天都達成目的了，溫妮和吉姆叔叔當晚就離開了。托妮似乎並不會想表現得怪異，所以她總是盡可能地接近大人，再把聽到的事跟蘇菲說，但沒有試圖解釋發生了什麼。她說溫妮和吉姆叔叔走了，因為吉姆是澳洲人，而溫妮厭倦了英國佬，反正這一切全是錯誤，她覺得她們的爸爸太老了，還要考慮到孩子，她不希望傷了大家的和氣。蘇菲半是遺憾半是高興地知道並不是自己做的怪異事情趕走溫妮，不過吉姆叔叔一起離開確實可惜。托妮還揭露了一項資訊，讓蘇菲見識到她的雙胞胎是多麼精心策畫和執行計謀。

「她有護照，她是外國人。她的本名不叫溫妮，叫溫瑟姆。」

雙胞胎覺得這很有趣，她們為得知此事高興了好一陣子。

在溫妮之後就不再有阿姨了，父親很多時候都在倫敦的一個俱樂部看西洋棋棋局。許多清潔女工會來打掃房子裡沒有租給律師事務所與貝爾一家的部分，還有一個父親堂妹之類的人不時會來家裡，檢查她們的衣服，教她們經期和上帝的事。但她是個無趣的人，所以不值得當朋友，也不值得折磨她。

實際上，在溫妮被趕走之後時間就停止了。她們就好像爬上山坡來到無垠的高原一般。也許有部分是因為父親忽略了她們的十二歲生日，沒有溫妮或其他阿姨提醒他。雙胞胎在那一年也漸漸意識到自己智力非凡，其實也不是什麼新發現，只是這解釋了為什麼其他孩子都顯得如此遲鈍。對蘇菲來說，「智力非凡」只是她腦袋裡一堆無用的垃圾，也不是真正與值得擁有或值得去做的事有關。托妮似乎也一樣，除非你像蘇菲那樣了解她，不然很難知道她在想什麼。這或許代表著她們很快就會在某些科目上被分配到跟其他孩子不同的班級。更微妙的是，托妮有時會隨口說出一針見血的話，可以看出這些話都經過深思熟慮，卻沒有證據能證明。

她們月事來臨時，蘇菲感到疼痛且憤怒，而托妮似乎無所謂，彷彿她可以讓身體自行運作，精神則去到別處，擺脫所有的感覺。蘇菲也有這樣平靜的時刻，不只是思考而是沉思，月事帶來的痛苦讓她開始深思自己所做的怪異之事以及其中的含義，這是她自從溫妮離開後第一次去回想。蘇菲還做了一些奇怪的事，有一次接近聖誕節時，她跑到那些阿姨曾經住過但現已荒廢的房間，然後想著，我為什麼來這裡？她站在破舊的單人床前，床上有一條老舊的電熱毯，皺巴巴且長滿鐵鏽，就像外科手術器械般難看。蘇菲沉思著，覺得自己會來這裡似乎是因為想知道阿姨代表什麼，以及她們有什麼共同點。接著蘇菲因為一些齷齪噁心的想法而興奮地顫抖，她發現自己真正想知道的是那些阿姨到底有什麼本事讓爸爸找她們上床。正當蘇菲這麼想的時候，她聽見父親從書房出來，一步跨兩階地跑上樓梯，關上浴室的門，接下來就是洗澡的水流聲。她想起床邊的鴨蛋，奇怪為什麼從來沒有人提起這件事。蘇菲想去看看，但現在父親在浴室裡，她不能貿然進他臥室，所以她站在阿姨房的單人床邊等他下樓。

任何阿姨正常都會想搬離這個房間。床邊有一張舊地毯、一張椅子、一張梳妝台和一個大衣櫃，除此之外什麼都沒有。蘇菲躡手躡腳地走到窗前，沿著花園小徑望向馬廄的天窗。她打開梳妝台最上面的抽屜，發現角落有溫妮的收音機。蘇菲拿出來細看，有種來自溫妮的熟悉感。當她打開收音機時，感到有些得意。電池還有電，因此收音機流瀉出小型流行樂隊的演奏聲。這時蘇菲身後的門打開了。

父親就站在門口。蘇菲看著他，發現托妮之所以皮膚這麼白的原因。他們陷入了長久的沉默，最後蘇菲先開口：「這個可以給我嗎？」

父親低頭看著她手上裝了皮套的收音機，點點頭，吞了吞口水，便迅速走下樓。勝利、勝利、勝利！這就像把溫妮關在籠子裡，永遠不讓她出來一樣。蘇菲仔細地聞了聞收音機，確定沒有殘留溫妮的氣味，便把它帶回馬廄。她躺在床上，想像著有個小溫妮被關在收音機裡。當然這樣想很愚蠢，但她同時也想到，有月事很蠢！蠢！蠢！應該也要用臭鴨蛋來趕走這件事。

從那以後，蘇菲就對這台有溫妮在裡面的收音機上癮了。她覺得所有收音機都有主人在裡面，幸好這台收音機裡已經有人了。她經常聽收音機，有時把耳朵貼著喇叭，有時戴耳機自己獨享。就這樣她聽到了兩段談話，這兩段話並非對那個人見人愛、笑臉迎人的小女孩說，而是直接對著坐在祕密隧道口的蘇菲說。其中一段是關於世界正在衰退，她一直都知道這件事，如此顯而易見，這就是為什麼傻瓜是傻瓜以及為什麼有這麼多傻瓜。另一段話是關於有些人比較容易猜對撲克牌的顏色，超出統計上他們能猜對的機率。蘇菲著迷地聽著那個人認為這根本是胡扯，他說沒有什麼神奇的能力，如果有人猜對撲克牌顏色的機率高於統計，那就應該重新檢驗統計數據。他愈講愈激動，感覺他一定瞪大了眼睛。這讓隧道口的蘇菲笑了起來，因為她對數字很擅長。她記得鴨蛋，也記得自己小時候走過那些沒人注意的地方，所以她知道他們的實驗是因為漏掉什麼才得不到完整結果，他們漏掉的是那發臭的公廁、打破的規則、對人的利用、深層的願望、敏銳的洞察，全都匯聚在隧道的另一頭。

到了晚上這些事情變得清楚，蘇菲從床上跳起來，很想做些怪異的事，那種渴望就像嘴巴渴望某種味道，對怪異又飢又渴。她覺得自己如果不做點從未做過的事，看些不該看的東西，就會永遠迷失自我，變得跟一般女孩沒什麼兩樣。彷彿有什麼在推動、促使她去做某件事。蘇菲試著打開生鏽的天窗，但只有辦法開一條縫，就像鉸鏈磨損的金庫門。她只能看到傍晚暮光下波光粼粼的運河。但隨後曳船道傳來了腳步聲，她用力把頭側著擠進縫中，以前從來沒有用這個角度看出去過，不僅能看到曳船道和運河，還能看到曳船道再過去一些的老橋，以及那又髒又臭的老舊公廁。那個在古柴爾德書店偷書的老人正走進公廁，蘇菲多麼希望他就留在那個骯髒的地方，就像收音機裡的溫妮一樣永遠出不來，她皺著眉頭，咬緊牙關，專心一意地想用念力讓他在那骯髒的地方出不來。這時有個戴黑帽子的男人拘謹地騎著腳踏車經過老橋往郊外去，一輛公車從橋上駛過，而那老人依然在公廁裡！但蘇菲堅持不住了。那個戴黑帽子的男人已經騎遠，公車也已開進格林菲爾德的大街。她決定放棄，所以也無法判斷是不是自己讓那老人被困在那裡。儘管如此，蘇菲轉身離開天窗時，她心想：那老人還在裡面，有可能不是我把他困在那裡，但也有可能是。突然間蘇菲又變成了穿著睡衣站在臥房中央的小孩子，恐懼如魔術師的高帽般突然出現，導致身體僵住無法動彈，於是她驚慌地呼喊：「托妮！托妮！」

但托妮睡得很熟，搖都搖不醒。

她們十五歲時，蘇菲感覺自己剎那間豁然開朗。班上只有托妮與她同齡，其他同學年紀都比較大，這些女孩胸部豐滿，臀部寬大，而且看到代數就怨聲載道，叫苦連天。蘇菲坐在教室後排位置，因為她已經會了。托妮也坐在後面，而她不但會了，還思緒飄散，只留下她仰著臉的身體在那裡。就在這時，蘇菲看到並且知道她們正逐漸變成另一種模樣。她也看出托妮雖然總是懦弱悲傷，但她的確是個美麗的女孩，不過美麗的並不是她飄動的煙灰色頭髮、纖細的身體，或是那彷彿能看透過去的臉龐。托妮不只美麗，她真的美極了。蘇菲如此清楚地看到這一點，內心感到一陣劇痛，隨之而來的是憤怒，那懦弱悲傷的托妮……

蘇菲徵得老師同意離開教室，急切地在一面骯髒的鏡子前審視自己。雖然不像托妮那麼美，但也還行。她膚色較黑，不像托妮透明得彷彿能看透過去，但她勻稱、漂亮、健康陽光、迷人且誘人，還很堅強。如果身邊沒有老跟著那個懦弱悲傷的托妮，這樣確實已經很令人滿意。蘇菲凝視著骯髒鏡子中的自己，突然一切都看得清楚明白。那天晚上複習完法文動詞和美國歷史後，蘇菲與托妮躺在各自的床上。蘇菲將音量調得很大聲，也許是想挑戰、無禮挑釁，或甚至是侮辱她那總是沉默的雙胞胎。

「蘇菲，你別這樣好不好！」

「對妳來說有差別嗎？」

托妮半跪著變換了姿勢，蘇菲則以她豁然開朗的嶄新目光看著托妮驚人曲線的變化和流動，從灰色的頭髮到前額，再到修長的肩頸線條，然後從胸部往下看到腳，腳趾頭正踢掉涼鞋。

「確實有差別。」

「那麼妳只好忍受下去了，親愛的托妮。」

「我不再是托妮，我是安托妮亞。」

蘇菲爆笑出來：「那我是蘇菲亞。」

「隨妳高興。」

接著這奇怪的傢伙又飄走了，只留下身體在那裡。蘇菲想用收音機把屋頂掀掉，但又覺得這樣的舉動太過幼稚。她躺了回去，看著天花板上一大塊潮濕的黴斑。蘇菲猛然意識到，這豁然開朗的光明讓她腦後的黑暗地帶變得更不可思議，也更加明顯，因為它就在那裡！

「我的腦後也有眼睛！」

蘇菲猛地坐起，大聲地說，然後托妮轉過頭來看著她。

「啊？」

而後她們誰也沒再說什麼，不久托妮就轉回去。托妮不可能知道，但她卻是知道的。我的腦後有眼睛，視角更為寬廣，坐在隧道口那個叫蘇菲的傢伙可以透過這雙眼睛往外看，而這個傢伙實際上沒有名字，它可以選擇要走進光明，也可以待在這個深不可測的祕密部分，這突如其來的分裂產生了所有力量……

蘇菲不禁興奮地閉上眼睛，她在新舊感覺之間找到了看似確切的關聯，包括那臭掉的鴨蛋、想做怪異事情的強烈欲望，以及想將黑暗帶入光明世界來擾亂平靜的渴望。當她閉上前面的眼睛時，感覺腦袋後方的另一雙眼睛就睜開了，凝視著無盡延伸的一束黑光。

蘇菲從沉思中醒來，睜開她光明那一面的眼睛，看到蜷縮在另一張床上的身影同時是女孩也是女人，臉上的表情卻並非光亮迸發和綻放，而是黑暗與衰敗的感覺。

從那一刻起，蘇菲不再照著社會要求而行事，她會用自己的測量標竿，考慮什麼是「應該」、「必須」、「想要」和「需要」。如果那些東西此時不適合這個臉蛋甜美、腦後也有眼睛的女孩，她就會用竿子碰一下，它們轉眼間便消失無蹤。

她們步入十五歲不久後，校方建議托妮去上大學，不過托妮有些猶豫，因為她更想去當模特兒。蘇菲不知道自己要做什麼，但她覺得上大學或當模特兒日復一日地穿別人的衣服毫無意義。就在蘇菲還無法想像到外地生活時，托妮已經去了倫敦，還待了好一陣子，令校方和父親十分生氣。過不久後，在那個女孩被認為是易碎品的年代，托妮被國際刑警組織列為失蹤人口，就像電視上看到的那樣。後來大家所知道的就是她曾出現在阿富汗，因為搭到毒販的便車而深陷麻煩之中，托妮似乎因此得在監獄裡待上幾年。蘇菲對托妮的大膽感到驚訝，又有些嫉妒，所以決定要讓自己也有些進展。她確信托妮現在一定已經破身，於是用鏡子檢查自己的童貞，但她並不覺得有什麼特別的。蘇菲嘗試跟幾個男孩發生關係，卻發現他們根本不行，而且他們的生理機制也很可笑。不過蘇菲也因此體認到自己的美麗可以對男人產生多驚人的力量。她觀察了格林菲爾德的交通狀況，找到了最佳地點，也就是老橋過去一百碼處的郵筒旁。蘇菲在那裡等待，看著一輛卡車和一台摩托車經過，選擇了搭第三輛車。

這個人開的是一輛小貨車，他皮膚黝黑，很有魅力，他說他要去威爾斯。蘇菲會搭他的車是因為她認為他說的很可能是實話，這樣如果她日後不想再見到他也容易得多。離開格林菲爾德十英里後，這人駛進一條小路，把車停在樹林旁，抱住蘇菲，呼吸變重。在蘇菲的提議下，他們進到樹林裡，蘇菲在樹林中見識了他的本領，而疼痛感卻超乎想像。等他完事後，他拔了出來，擦拭乾淨，拉上拉鍊，然後一臉得意又警戒地低頭看著她。

「妳不要告訴別人，知道吧？」

蘇菲微微驚訝。

「幹麼要告訴別人？」

他看著她，神情少了些警戒，多了些得意。

「原來妳是處女呀，但現在不是了，我占了妳。」

蘇菲拿出隨身攜帶的紙巾，擦去大腿上的血痕。那男人得意洋洋地說了句：「上了個處女！」

蘇菲穿上內褲。平常她習慣穿牛仔褲，而今天穿的是洋裝，也算有點先見之明。她好奇地看著那個一臉心滿意足的男人。

「就這樣？」

「妳什麼意思？」

「性。性交。」

「天哪，不然妳還覺得會怎樣？」

蘇菲沒有回應，因為沒那個必要。如果這個人可以代表普遍男人，那她確實學到了男人意想不到的本性。這個人告訴她這樣隨便上別人的車非常危險，她可能會被勒斃棄屍，她絕不能再做這樣的事。如果她是他女兒，他一定會用皮帶把她綁起來，而且她才十七歲，為什麼會……

這時蘇菲失去了耐心：「我還不到十六歲。」

「天哪！妳剛說……」

「十月才滿十六歲。」

「天哪……」

蘇菲立刻就發現自己錯了，這又是另一個教訓，她應該一直堅持最單純的謊言，就像堅持最單純的實話一樣。那人又生氣又害怕，開始恐嚇說如果蘇菲跟任何人提起他曾載過她，他會找到她並割斷她的喉嚨，聽到這裡，蘇菲發現他是多麼的脆弱和愚蠢，她感到相當厭煩，便打斷他。

「是我挑上你的，傻瓜。」

他向蘇菲走去，但蘇菲在他手碰到她之前就趕快說下去：「你的車子駛近時我才拿出搭便車的紙板。我已經把你的車號寫在上面，是要給我爸爸看的。如果我沒……」

「天哪。」

他在樹叢間遲疑地往前一步。

「我不相信妳！」

蘇菲唸出他的車牌號碼，並叫他把她載回到她上車的地方，當他咒罵起來，蘇菲又再說了一次車號。最後他當然還是把蘇菲載回去，蘇菲知道這是因為自己的意志比對方強。她太喜歡這樣的想法，所以忍不住跟他說了很多話，讓他又更生氣，而蘇菲則沾沾自喜。接著最奇怪的是，那人語氣放軟，說她真的是個可愛的孩子，不該在這種事情上糟蹋自己。如果她下週同一時間在同樣地點等他，他們可以固定見面。她會喜歡這樣的，而且他有些錢……

蘇菲靜靜地聽著，偶爾點點頭，因為這樣可以讓他一直忙於計畫。不過蘇菲不會告訴他自己的名字或住址。

「小傢伙，妳不想知道我叫什麼名字嗎？」

「說真的，不想。」

「『說真的，不想。』真是找死，妳遲早會被殺掉的，絕對會。」

「讓我在郵筒旁下車就行了。」

那人在蘇菲身後大喊，說下週他會在同一時間經過那裡，蘇菲對他投以微笑好擺脫他，然後刻意走小巷繞了遠路回家，避免被那台貨車跟蹤。蘇菲仍然驚訝於性事居然這麼沒有意義，除了第一次必經的疼痛，這件事是如此微不足道，根本一點意思也沒有，與用舌頭觸碰臉頰內側的感覺差不多，也許有多一點，但並不多。

有人說女孩子第一次事後總是會哭。

「我可沒哭。」

過程中蘇菲的身體曾不由自主地一陣顫慄，她等了一會兒，卻什麼也沒發生。性教育總是會講到一些關於配偶關係的內容，還說女孩有時需要很長時間才會達到高潮，但這件事這麼無聊，如果沒有高潮還有什麼意思。蘇菲最後沿著曳船道走回家時，覺得大家對這件事似乎太過小題大作，電視或電影中的纏綿呻吟，那些詩歌、音樂和繪畫，都把這件事描繪得很美好，其實這是件非常簡單的事，但人們卻把這麼簡單的事搞成這樣，實在太愚蠢了。

那天蘇菲提早從學校回家，她與清潔女工打過招呼，聽到電動打字機的聲音，想起今天下午父親也要研究西洋棋俱樂部的棋局，接著蘇菲就去了浴室，像電影裡那樣想把自己徹底清洗乾淨，身上混雜的血液和精液讓她隱隱有一股厭惡感。蘇菲緊咬著下嘴唇，她感覺到有個梨形的東西卡在腹中，像是一顆定時炸彈，然而自己的身體也不一定可信。一想到這顆定時炸彈可能會爆炸，她就開始更仔細深入地清洗身體，即使洗到會痛也不停手。然後蘇菲感覺到子宮後方有另一個東西，這東西在平滑的內壁後面，很容易就能感覺到，糞便正沿著盤繞的腸道向下移動，蘇菲渾身一抖，心裡清楚感受到：我恨！我恨！我恨！等她平靜一些時，心想著這動詞後面沒有接受詞，是一種純粹的感覺。

清洗乾淨並恢復過來後，這種強烈的恨意就像是沉入水底，蘇菲又變回先前那個年輕女孩，她會注意去聽周遭環境的聲音、對怪異的各種可能性感到困惑、刻意不去理會老師要他們盡力發揮才智的建議。她也會和一般女孩一樣談論衣服與男孩，講著誰和誰在一起、哪個人長得很帥，聊些流行語、音樂和明星之類簡單的話題。

托妮依然下落不明，而蘇菲盯著自己平淡的臉，擔心性事真的毫無意義，儘管這本身是件再簡單不過的事。她想了一遍自己認識的人，包括死去的祖母和幾乎快忘掉的母親，蘇菲看到他們形象又更覺憂慮。似乎就算是被迫和一個不是你真正喜歡的人在一起，也好過獨自生活。蘇菲懵懂無知地以為財富地位會讓事情有所不同，而且她現在已經十六歲了！所以她挑上一輛昂貴的汽車，卻發現開車的男人比看起來老得多。同樣也是在樹林裡，這次並不痛，但花更長時間，她不明白為什麼。這個男人給了蘇菲一大筆錢讓她變換各種動作，她都照做了，雖然這些動作令蘇菲覺得噁心，但並不比讓他們在她身體裡更噁心。蘇菲回到家時，嘴上說：是的，艾林太太，學校今天提早放學，心裡卻想：現在我是個妓女！洗完澡後，她躺在床上想著自己是個妓女，但即使她大聲說出來，似乎也不會改變或影響到她，只有那卷藍色的五英鎊鈔票是真的。她覺得是不是妓女根本不重要。這就像偷糖果一樣，想做就能做，只是太無聊了，甚至無聊到無法激起蘇菲說「我恨！」的興致。

此後蘇菲把性看作是一種已經探索過並且摒棄掉的瑣事。它無非就是在床上懶洋洋地自娛自樂，伴隨著相當不尋常的想像，確實是很私密的事。

安托妮亞回家了，父親在書房狠狠罵了她一頓。雙胞胎在馬廄裡沒什麼交流，托妮也不願意細說自己的生活。蘇菲不知道托妮是怎麼和父親談的，但不久之後托妮就住進倫敦的一家青年旅舍，至少她在這裡是安全的。托妮說自己是個演員，也努力朝這個方向前進，但儘管她聰明又美麗，卻毫無長處。似乎除了上大學之外，托妮別無選擇，但她發誓自己絕不進大學，還開始大談帝國主義、自由和正義。托妮似乎比蘇菲更不善於對付男孩或男人，但還是有許多人欣賞她孤高冷傲的美麗。當托妮再次消失時，沒有人感到驚訝，後來她從古巴寄來一張充滿挑釁意味的明信片。

蘇菲找到一份旅行社的工作，這份工作不需要什麼門檻條件。幾週後，蘇菲告訴父親她要搬到倫敦，但會保留她在馬廄裡的房間。

父親神情厭惡地看著她。

「看在老天的份上，去找個人結婚吧。」

「你自己的婚姻就不是好典範，對吧？」

「妳也不會好到哪裡去。」

後來蘇菲想清楚父親那句話的意思，很想回去往他臉上吐口水。不過這句道別時所說的話至少讓她更確信自己有多恨父親，應該說是他們有多麼憎恨對方。

第九章

旅行社的工作枯燥但不費力，剛開始有一段時間蘇菲還會每天往返家裡，後來公司經理的妻子幫她找到了一間很好卻很貴的房子。經理的妻子也在一個業餘小劇團負責戲劇製作，她一直想找蘇菲參與演出，但蘇菲知道自己跟托妮一樣沒什麼演戲天分。她和男孩們出去約會過幾次，但都不會讓他們進展到無聊的性愛階段。蘇菲真正喜歡的是躺在電視前，漫不經心地看著各個節目、廣告，甚至是空中大學課程，她就讓一幕幕在眼前掠過。她有時會去看電影，通常是和男孩一起去，有一次是和瘦長的金髮女同事梅布爾一起去看電影，但也沒有太大樂趣。有時蘇菲想知道為什麼一切都無關緊要，感覺自己可以隨意讓生命慢慢流逝，但大多數時候她不會去想這些事。隧道口的蘇菲操縱著這個漂亮的女孩，她可以笑容可掬、賣弄風情，甚至有時認真嚴肅：「是的，我明白你的意思！我們正在毀滅這個世界！」但隧道口的蘇菲沒說出口的是：我才不在乎。

不知道是父親還是清潔女工收到了托妮寄來的明信片，這次圖片旁印刷的文字是阿拉伯文。托妮只寫說：「我（然後她劃掉了我）我們需要妳！！」就沒有其他的了。蘇菲把這張明信片放在房間的壁爐臺上，然後就忘了這件事。她已經十七歲，不再傻傻以為她們是彼此的一切。

有個笨拙老實的人會不時來到蘇菲的辦公桌前，詢問她有關航程和航班的問題，但蘇菲覺得他根本無意乘坐。這個人第三次來旅行社時便邀蘇菲出去，她也就答應了，因為十七歲的漂亮女孩大多都會這麼做。他叫羅蘭．加勒特，他們一次去看電影，一次去迪斯可舞廳，但他們沒有跳舞，因為羅蘭不會跳。約會兩次之後，羅蘭提議蘇菲可以去租他媽媽家的一個房間，會比較便宜，也確實如此，她幾乎沒花什麼錢就租下這個房間。蘇菲問羅蘭為什麼這麼便宜，羅蘭說他媽媽都是這樣，他不過是在保護一個女孩而已。蘇菲卻覺得這種保護似乎來自加勒特夫人，但她沒說出口。加勒特太太是個憔悴的寡婦，頭髮染成了棕色，瘦得只剩皮包骨。她站在蘇菲的房間門口，倚著門柱，細瘦的雙臂交疊，嘴角叼著一根滅了的菸。

「親愛的，我想妳這麼性感一定遇到不少麻煩吧？」

蘇菲正在整裡櫃子裡的內衣。

「什麼麻煩？」

接著陷入長長的沉默，蘇菲不想打破沉默，後來是加勒特太太開口。

「羅蘭很踏實，非常踏實。」

加勒特太太的眼窩很深，看起來就像是燒焦了一樣，深陷其中的雙眼反而顯得格外明亮水潤。她伸出一根手指輕碰自己的眼窩，繼續說道。

「在公家機關工作，他很有前途。」

蘇菲終於知道為什麼她不用付什麼錢就能租到這個房間。加勒特夫人竭盡全力撮合他們兩人，很快蘇菲就和羅蘭同睡一張床，享受著避孕藥帶來的自由。羅蘭表現得中規中矩，就像在履行公務員工作或銀行業務之類的職責，儘管蘇菲一如往常地不怎麼投入，他似乎也能自得其樂。加勒特太太一直想讓蘇菲覺得自己已經跟羅蘭訂婚。但這太荒唐了，羅蘭自己找不到女孩，就由媽媽來幫他找。想到要與羅蘭的前途綁在一起，蘇菲感到恐懼又好笑。當然其中還是有些樂趣，像是蘇菲就很享受對他們倆那種淡淡的蔑視，很多是他們無法真正理解的事。羅蘭有一輛車，所以他們能去一些酒吧之類的地方，蘇菲也想試試這新玩意，羅蘭一開始並不願意，覺得這樣太危險，蘇菲則認為不會有問題，而羅蘭最後拗不過，還是教她開車了。之後羅蘭說想見蘇菲的父親，蘇菲覺得很有趣，所以真的帶他去了斯普勞森宅，當然是選了父親不在家而會在倫敦的一天。於是他們就去了馬廄，羅蘭有如建築師或考古學家般，津津樂道那裡的布局。

「這裡本來是給車夫和馬夫住的，妳看，而且一定是在運河築成以前建造的，所以現在馬車出不去。這就是房子向下傾斜的原因。」

「向下傾斜？我們的房子？」

「那裡原本應該還有其他的馬廄……」

「只有一些存放東西的倉庫。我小時候那裡是間大五金店，我記得叫夫蘭克雷。」

「那扇門出去是哪裡？」

「曳船道和運河，還有老橋和鎮上最髒的廁所。」

羅蘭嚴厲地看著她：「妳不該說這樣的話。」

「抱歉啦。但我一直是住在這裡，我和我姊姊。過來看這裡。」蘇菲帶路走上狹窄的樓梯。

「妳父親可以把這地方改成一間小別墅。」

「這是我們的地方，我和托妮的。」

「托妮？」

「安托妮亞，我姊姊。」

羅蘭環顧四周。

「所以這裡是妳們的？」

「曾經屬於我們倆。」

「曾經？」

「托妮已經好久沒回家了，甚至不知道她在哪裡。」

「這裡到處都貼著照片！」

「托妮有宗教信仰，耶穌什麼的。真可笑。」

「那妳呢？」

「我們可不一樣。」

「不過妳們是雙胞胎。」

「你怎麼知道？」

「妳告訴過我。」

「有嗎？」

羅蘭揀起桌上的東西。

「這些是什麼？少女的寶物嗎？」

「男生就沒有寶物嗎？」

「沒有這種的。」

「這可不是洋娃娃，而是手偶。手指可以放在這裡，我以前常玩，有時會覺得……」

「覺得什麼？」

「沒什麼。這是我用陶土做的，但因為我沒有把底部弄得很平，所以會一直搖晃。辛普森太太為了鼓勵我，還是把它拿去燒製，我後來就沒再做了，太無聊，而且還要收拾。」

羅蘭又拿起一把珍珠柄小刀，柔軟的銀刀片收入刀柄之中。蘇菲將刀子拿去並打開給他看，整個展開也不超過四吋長。

「這把刀是為了保護我的貞潔，尺寸剛好。」

「可是妳不知道在哪裡？」

「什麼在哪裡？」

「托妮，妳姊姊。」

「她投身政治，對政治就像信仰耶穌一樣虔誠。」

「那個櫃子裡有什麼？」

「骷髏，家族骷髏。」

儘管如此，羅蘭還是像有得到同意般打開了櫃子，這種毫無分寸的舉止讓蘇菲很惱火，她在心裡問自己：為什麼要把他帶來這裡？我為什麼要忍受他？但這時羅蘭已經把她所有的舊衣服都翻了一遍，甚至包括芭蕾舞裙，而且這些衣服都還散發著淡淡的香味。羅蘭抓住一把花邊，突然轉向她。

「蘇菲……」

「噢！別這樣。」

然而他還是抱住蘇菲，發出意亂神迷的聲音。蘇菲心裡嘆了口氣，但還是把手環繞在他的脖子，因為蘇菲知道在這件事上，順從比抵抗省事多了。蘇菲想著這次要怎麼樣服務，當然最後都還是羅蘭那套一成不變的模式。他讓蘇菲躺到床上，同時脫掉兩人的衣服，還不忘表現出那種意亂情迷的渴望，他認為這能展現性感誘惑。蘇菲很順從，因為羅蘭年輕，力氣大，相貌還算不錯，肩膀寬闊，肚子也平坦。然而即使蘇菲順從了，腦中還是浮現出疑問：大家總是說生命如此可貴，人生只有一次，要去過自己想要的生活。但如果只是像安托妮亞做那些無意義的宗教或政治活動，或像自己這樣呻吟擺動，那生命還有什麼可貴之處。蘇菲就這樣躺著，被血肉、軟骨和骨頭壓住。那軀體沒有臉，只不過是她左肩上擺動的一頭亂髮。有時頭髮會停止擺動，短暫浮現出困惑的表情，然後又繼續晃動。

「這不是妳要的嗎？」

「不只這樣……」

羅蘭再度動了起來，變得更有幹勁。被壓在底下的蘇菲想從中找到別的感受，羅蘭壓在她身上的重量剛好，動作很自然且令人愉悅。不過即使是蘇菲在車上對那個老男人順從，在某些方面也是令人愉悅的，比如錢的部分，雖然那已經涉及不法。這種持久、有節奏的活動會有許多交談，就像是一段社交舞？而且各個部分都配合得這麼好，這種荒唐可笑的親密行為一定是有意為之的？這時被激到的羅蘭突然動作愈來愈快，彷彿這是某種體育活動，也像是公開表演跳舞後自己私下享受舞蹈。這的確讓蘇菲有了感覺，她心裡想著如果換個頭在她的肩膀上搖晃，這種感覺肯定會更有趣、更強烈。

這種想法讓蘇菲非常愉悅，所以她大聲說出：「一種令人暈眩、環繞全身的愉悅。」

「什麼？」

羅蘭倒在蘇菲身上，氣喘吁吁，而且十分氣惱。

「妳故意在這種時候打斷我，這可也是為了妳！」

「但是我……」

「天哪，小姐……」

蘇菲心中湧起一股深沉的憤怒，她發現自己右手還握著那把小刀，便拿刀狠狠刺向羅蘭的肩膀。蘇菲先是明顯感覺到羅蘭的皮膚抵抗著，隨後皮膚被刺穿，刀片沒入血肉中。羅蘭發出一聲哀號，接著猛地掙脫開來，整個人蜷縮起來，咒罵著，呻吟著，一隻手按在肩膀上。蘇菲靜靜躺在床上，感受著剛才皮膚的破裂和刀片的順暢滑動。她把這小刀舉到眼前，刀上沾染了些微血跡。

不是我的，是他的。

奇怪的事情發生了。刀片帶來的感覺在蘇菲體內擴張，充滿了她，也充滿整個房間。這種感覺讓她一陣顫抖，然後止不住地拱起身體。她咬緊牙根卻還是叫出聲來。未知的神經和肌肉掌控了她，並在一次又一次的收縮中將她推向某種毀滅性的完滿。

接著彷彿時間停止一般，蘇菲消失了，只剩一種本身不可能存在的釋放。

「我還在流血！」

蘇菲回過神來，猛烈且困倦地喘息著。她睜開眼睛，羅蘭正跪在床邊，手仍按著肩膀：「我頭暈。」

蘇菲咯咯笑起來，還打了個哈欠。

「我也是……」

羅蘭把按在肩上的手舉到眼前，看著手掌。

「噢，噢。」

蘇菲終於看到他肩膀的傷口，傷口不大也不深，會流血主要是因為剛剛手掌施加的壓力。比起羅蘭充滿肌肉的身體和傻氣又寬大的臉龐，傷口才那麼一丁點大。蘇菲對他感到強烈的輕蔑。

「到床上躺一下。不，不是托妮的床，是我床上。」

蘇菲起身讓羅蘭躺下，他的手再次按住肩膀。她穿好衣服，坐在那把舊扶手椅上，他們討論著要如何讓傷口痊癒，但當然沒這麼容易痊癒，血還在流。羅蘭開始發出鼻息聲，但很微弱，就像睡覺時的鼾聲。蘇菲回想自己身體的劇烈變化，如此強烈的快感，然後又回復平靜。這就是性教育課程所說的「高潮」，人們都在談論、書寫和歌唱這件事，只是沒有人說過刀子能幫助達到高潮，算是種怪癖？

忽然世界變得清楚起來。這都是很久以前所發現的公理某種必然的結果？或是延伸？這其實就是很簡單的事情，但電影與書籍上描述的，還有報紙上報導的可怕事件，讓整個國家為之瘋狂了好幾個星期。當然，所有人都像羅蘭一樣憤怒，也像羅蘭一樣感到害怕，但所有人都無法停止閱讀、觀看，以及嘗試刀片滑入、繩子、槍和疼痛的感覺……無法停止閱讀、聆聽和觀看……

不管握在手裡的是卵石還是刀子，就簡單行事，或將這種簡單延伸成絕對的怪異，無論怪異是否有什麼意義，但如果努力的結果因汙物而潰爛，它就一定是有意義的……

選擇遠離所有愚蠢的偽裝。

羅蘭叫了一聲，然後坐起來。

「我的肩膀！」

「沒事啦。」

「我得拿到，快點。」

「拿到什麼？」

「抗毒素。」

「抗什麼？」

「破傷風之類的，天哪，要打一針，還有……」

「全部都要……！」

羅蘭真的有所行動，蘇菲也勉強上車，他顯得心事重重又暴躁。

「你小時候跌倒了會怎樣？」

但羅藍只是專心開車而沒有回應。他拖著自己受傷的龐大身軀去就醫，也不管蘇菲是否有跟來。結束後羅蘭回到剛才被刺的房間，也許是比較熟悉了，他進房後就昏睡在地。等他稍微恢復一些，便默默地開車載蘇菲回他媽媽那裡去，一言不發地進了自己的房間。

蘇菲並不想待在家，所以她獨自出門，去到那家叫「骯髒迪斯可」的舞廳，這名字本來是個玩笑，但後來確實變得很髒。相較之下，就連她穿的牛仔褲和上面印著「買我」字樣的運動衫都顯得很甜美。舞廳裡很嘈雜，但她在那裡沒多久就被一個擠過來的男生拉去跳舞。這個人表現得氣宇不凡、很有想法，而且不假思索地把她帶下舞池，讓蘇菲覺得自己也很特別。不久，他們周圍就空出了空間，所以兩人愈跳愈狂野，不停縱情舞動。大家紛紛開始鼓掌，掌聲與歡呼聲就快蓋過音樂，只聽得到節奏。當節奏停止時，他們喘著氣看向對方。然後他輕聲說了再見，便回到他的桌子旁，那裡還有另一個男人。這時有個黑人把蘇菲拉去跳舞。等那個黑人放她走後，蘇菲回去找剛才那個男生，結果他們在半路相遇，他對她喊道（他的第一句話！）：「心心相印，一心一意。」宛如太陽升起一般。這次他們有了默契，不是去展現舞技，而是互相探問了解彼此。蘇菲瞥見坐在桌邊的另一個男人，她認識這個人，叫做傑瑞，這個人並不比她更奇怪，而一切就這麼發生了。

傑瑞大聲問說：「妳爸還好嗎？」

「我爸？」

這時音樂節奏突然停下，傑瑞還來不及反應，便在一片安靜之中大喊：「那天晚上和妳在一起的那個傢伙，穿著休閒服的老紳士！」

傑瑞聽到自己的聲音時，用雙手摀住耳朵又立刻拿開：「天哪！妳是個什麼樣的女孩？猴子說他們走了。我們就像手掌和手套一樣契合。」

「嗯？」

「上床。」

「當然。」

「說定了？」

「有必要說定嗎？」

「對，一鳥在手勝於兩鳥在林。不要嗎？今晚不行嗎，約瑟芬？」

「不是這樣，只是……」

蘇菲必須先處理好一些事，比如說擺脫羅蘭等人。

「只是什麼？」

「今晚不行，但我保證之後絕對可以。」

於是傑瑞給了蘇菲他的地址，然後他們坐在一起聊天，最後傑瑞說他想睡覺，該準備道別了。直到他們分開後，蘇菲才想起他們並沒有說好之後要在哪天見面。一個黑人跟蹤她回家，蘇菲到家時發現門不僅鎖著，還插上門閂，所以她按了門鈴。過一下加勒特太太就來開門讓她進屋裡，並瞥了一眼在另一條人行道上徘徊的黑人。隨後加勒特太太跟著蘇菲走到她房間，站在門口，這次不是倚著門柱，而是筆直地站著。

「妳會學到教訓的，是吧？」

蘇菲沒有回應，只是和氣地看著加勒特太太焦黑的眼窩中閃著水光的眼睛。加勒特太太抿了抿自己的薄嘴唇。

「羅蘭方面，男孩就是男孩，應該是說男人，他最後總會安定下來，雖然這年頭情況不同了……」

「我累了，晚安。」

「妳還會更慘，比現在慘得多。安定下來。我不會說出他的事。」

「誰？」

「那個黑人。」

蘇菲笑了出來：「他！有什麼不能說的？」

「有什麼不能說?我從沒聽過……」

「我倒想知道我是做了什麼。」

「妳還敢問!」

「只是開個玩笑,我真的累了。」

「妳跟羅蘭吵架了嗎?」

「他去了醫院。」

「不會吧!為什麼?星期天去醫院幹嘛?他……」

蘇菲把手伸進肩背包裡摸索,接著拿出那把小刀。她想笑但又忍住了。

「他被我的水果刀割到,所以去找什麼抗破傷風的東西。」

「割到?」

「他覺得刀子可能很髒。」

「他老是嫌東西髒,不過他為什麼會用到那把刀子?」

蘇菲腦海中浮現切水果這樣的回答,而且話已到嘴邊,但看著那雙水亮的眼睛,她突然明白要否認一切是多麼容易。那雙眼睛無法看透事情,蘇菲在這裡一切都是安全的。加勒特太太的眼睛不過是反光鏡,所看到的只是光的投射,她可以讓自己的眼睛接收和反射光線,而她的反光鏡後方漂浮著兩個人,不必給他們什麼,也不需要說任何事情,一切都很簡單。

而接著蘇菲在那雙眼睛看到了別的東西。無論是從她當時對世界的認識，還是從加勒特太太的姿勢、呼吸或臉部表情的微妙變化中看出，蘇菲看到那雙反光鏡還流露出其他訊息。她看到加勒特太太想要叫她搬走，但又想到她要是真的搬走的話羅蘭該怎麼辦，如果他已經迷戀上她……

蘇菲等著，不想讓事情變得複雜，所以只是等著。

加勒特太太並沒有大力甩門，而是無聲地關上門，這同樣能表現出她的憤怒。過了半晌，蘇菲聽到樓梯傳來急促的腳步聲，才鬆了一口氣。她走到窗前，那個黑人還站在對面的人行道，神祕莫測地看著這間房子。但這時他往旁邊瞥了一眼便匆匆跑走，街上一輛警車駛過。蘇菲又站了一會兒，然後才慢慢脫去衣服，憶起那種滿足，匱乏與憂思一掃而空，就像巨大的拱門倒塌。蘇菲知道這種滿足完全不是因為羅蘭，而是因為無名的男子氣概。如果一定要有名字，那會是傑瑞的名字、傑瑞的臉。就是明天。

第十章

蘇菲整天都在回答客人的各種問題，像是搭飛機到曼谷要花多少錢、如何從亞伯丁到馬蓋特、如何從倫敦途經某處再到蘇黎世，或是如何乘車去奧地利。蘇菲覺得這項工作不僅愚蠢至極，還隨著時間流逝愈發無聊。下班後，蘇菲趕緊回家，看著時鐘等到迪斯可舞廳差不多開始營業便出門，她連走帶跑地趕去，深怕自己到得太晚。然而傑瑞不在那裡，等了一陣子也沒有等到，最後她跳了一會兒舞，面帶雕像般的微笑，不帶感情地拒絕許多共舞邀約。她覺得這一切都無法忍受，完全讓人受不了，而且也不夠怪異，過去的想法怎麼又會回來了！如果去了某人可能會去的地方還找不到他，那就只有一個辦法。

隔天早上，蘇菲沒有去上班，而是直接去了傑瑞給她的地址。傑瑞聽到敲門聲才醒來，睡眼惺忪地走去開門。蘇菲提著自己的一大袋物品勉強側身擠進屋內。她本來想為自己凌亂的樣子表示歉意，但眼前的景象和聞到的氣味讓她把話嚥了回去。

「唷！」

傑瑞不禁感到羞愧：「抱歉這裡很亂，我也還沒刮鬍子。」

「別刮鬍子。」

「妳想要我留鬍子嗎？」

傑瑞還在宿醉，他情不自禁地想靠近，但被蘇菲用袋子擋住。

「還不是現在，傑瑞。我會留下來的。」

「啊，我得去上個廁所，還有梳洗。噢，煮點咖啡好嗎？」

蘇菲在水槽所在的骯髒角落忙碌著。她在清出空間來放水壺時，心想如果睜一隻眼閉一隻眼又閉氣的話，這裡還可以算是一間公寓。難怪大家都說男人對氣味不太敏感。

傑瑞換好衣服、梳洗得整齊乾淨，他坐在凌亂的床上，蘇菲則坐在椅子上，他們越過手中的杯子看著對方。傑瑞的身高令她滿意，但身材偏瘦又鬆散，頭和臉在白天看起來——說俊俏也不是，說帥氣也不對，那就不必費心去形容了吧？節奏——傑瑞彷彿看到了蘇菲腦海裡浮現的這個詞，他吹起口哨，吹出一首沒什麼聲調變化的曲子，同時用一根手指敲擊著杯子側面。節奏是傑瑞最特別之處，這就是為什麼……

「傑瑞，我沒工作了。」

「被開除了？」

「我自己走的，太無聊了。」

傑瑞停下平板的曲子，驚訝地吹出一聲音調高昂的口哨。這時他們頭上突然傳來爭吵聲，接著是幾聲重擊聲，然後便安靜下來。

「真是好鄰居。等我一下。」

傑瑞放下咖啡，拿出卡帶播放器後將其打開，空氣波動起來。他放鬆地跟著節奏擺頭，閉上眼睛，噘起豐潤的嘴唇。蘇菲覺得這是不會說出那個字眼的嘴唇，而她自己也從來不說，這樣就不能像鴨子那樣配對，不是嗎？

「那你現在跟哪個女生在一起？」

「都沒有，親愛的。」

傑瑞睜著大又黑的眼睛對她微笑。有哪個女孩能夠抗拒這樣的微笑、這樣的眼睛和這樣垂落額前的黑髮？

「是嗎？」

「濃重的黑夜。」

「就這樣？」

「出自一個軍官和紳士之口。」

「所以那是……」

「就是。要看我的授銜令嗎？就算退役了還是有軍銜。少尉。想像在阿爾斯特遭射擊，砰！」

「你遭射擊？真的？」

「這個嘛，如果我還沒退役就會。」

「真想看你穿軍服。」

傑瑞將蘇菲拉到床上並抱住她，她也回抱並親吻他，接著他動作變得更加親密。

「現在不行，傑瑞，還太早了，我接下來會什麼事都沒辦法做。」

「反正也沒什麼事好做，要等他們開始辦公。」

不過傑瑞還是把手從蘇菲身上移開。

「聽著，親愛的，妳得申請失業救濟。但我知道妳不會一直靠救濟。」

蘇菲意識到他們從初見時就有某種共同想法，也就是完全接受各自的本來面目，或完全接受對彼此的看法。

「最好別讓人知道我們住一起。」

「哦，所以我們住一起了嗎？」

「是這樣沒錯。」

「而且妳還能賺點錢。」

「嗯？」

「窗外那間店。」

「那工作太吃力了，我已經……那你呢？」

「用騙的。妳有認識什麼有錢的老女人嗎？」

「沒有。」

「以前有很多。昨天晚上我們還在說，現在都只有沒錢的老女人了，對年輕軍官真不公平。親愛的，不是領社會安全福利金就是……砰，砰。」

「砰？」

「去當傭傭兵。只要能證明自己品行端正，至少可以當個隊長，而且錢很多。」

「那很好……」

「如果受傷或被俘就不好了。以前不太會受傷或被俘，黑人善於分辨誰是誰，現在可能莫名其妙就中槍了。不過我有些想法……不，我不會告訴妳，親愛的，以免妳多嘴。」

蘇菲抓住他的手臂搖晃著。

「不能有祕密！」

「妳想擺脫我嗎？妳需要我的社會安全福利金，我也需要妳的。」

蘇菲倒在他胸前咯咯笑起來，心裡話脫口而出。

「感謝上帝，我不用再裝了！」

接下來一兩天，蘇菲去了職業介紹所，並想辦法把傑瑞的公寓整理得適合兩個人住，她也能在這段分開一下的時間想著他。確實，他們不能用「愛」這個絢麗燦爛的字，然而當你年輕時，縱使告訴過自己這有多荒唐，你還是會情不自禁地不時看看當下的情況，然後對自己說：是這樣嗎？奇怪的是，這兩個關係極密切的人可能會發脾氣但不會真的惱怒。有時他們倆發現什麼有趣的事，就會忍不住擁抱傻笑，無需言語。還有他那雙大眼睛充滿笑意，或一綹頭髮垂落額前時，蘇菲便感到一陣甜蜜。噢，他真可愛！

蘇菲站在職業介紹所的櫃台前，身後有許多同樣失業的人，她在心裡大聲說：「真可愛！」臉上突然閃現出驚訝的笑容，然後漲得通紅。而且當蘇菲交出填好的表格時，她也知道傑瑞不會去工作，因為他不能工作，他像個孩子要怎麼工作？現在傑瑞擁有了我的全部和我的身體，就在不知不覺中等著白白獲得積木盒或火車組……

第四天晚上，傑瑞跟蘇菲說了他朋友比爾的事。

「他是個奇人，還曾經中彈。他們找上他的指揮官，所以他出手幹掉了六個人。」

「他真的開槍殺人？」

「結果他就被開除了！真不可置信！那他們覺得士兵是幹嘛的？」

「我不懂你的意思。」

「他說殺人是最高目標，要大獲成功。很理所當然不是嗎？如果不能殺人，就不會有數百萬的士兵這麼做。天哪，我是說真的！」

「噢你……是啊，是啊！」

「這整件事真是太蠢了。」

「你的朋友比爾……」

「他不太聰明。但他們也不想要士兵有自己獨立的思考。那些聽話的士兵最後還不是進到切爾西醫院，然後他們就會去把這些人開除！」

「但為什麼？」

「我不是說了嗎？他喜歡殺人，他隨心所欲，所以他們要他不可以這樣。也許他們覺得他應該要他媽的眼裡噙著淚水。抱歉說了髒話。」

「聽起來很像吉姆叔叔。他是澳洲人嗎？」

「純正的英國人。」

「真想認識他。」

「妳會認識他的。他不像我這麼英俊瀟灑，親愛的，可別忘了妳是誰的小寶貝狗。」

「我咬你喔。」

蘇菲還真的咬下去。

他們跟比爾約在酒吧見面。比爾有一些錢，剛好夠他們三個人喝酒，但他也說不清錢是從哪來的。他比傑瑞年長得多，卻對傑瑞十分敬重，甚至有一兩次稱他為「長官」，這讓蘇菲感到好笑。比爾跟傑瑞長得很像，不過額頭較短，下巴較長。

「傑瑞跟我說過你的事。」

比爾靜靜坐著，傑瑞連忙說：「老兄，是你不會介意的事。都是過去……」

「他當然不會介意。比爾，是吧？」

「傑瑞，她真的能接受嗎？」

「比爾，你覺得呢？」

「蘇菲，妳聽說的是什麼事？」

「殺人。」

一陣長時間的沉默。傑瑞猛然一抖，接著便不停喝酒。比爾則冷眼打量著蘇菲。

「他們給我們軍火。」

「親愛的，也就是子彈。真槍實彈。」

「我的意思是，這是不是冥冥中有股力量在引導？感覺一切都安排好了，當你做這件事時就像有顆石頭自然而然出現在手中，準備被你扔出去？」

「這是我們的職責。」

這時換蘇菲陷入一陣沉默。我想知道什麼？我想知道那些卵石和嘶嘶作響的收音機，還有那無盡的衰敗是怎麼回事！

「我厭倦了大家所說的一切，他們就只是無知地活著，但我想知道真相！」

「沒什麼好知道的，親愛的。不過是吃喝拉撒睡。」

「是啊，傑瑞。你得看清真相。」

「所以會發生什麼事？」

「比爾，我想她說的是當你把人幹掉時會發生什麼事。」

隨後是更長時間的沉默。蘇菲看著比爾露出微微一笑，他的目光轉向，掃視一遍蘇菲的身體後再跟她對視，接著又移開視線。蘇菲心中微微一震，知道發生了什麼事，她心裡想著：他喜歡我！噢，他多麼喜歡我啊！

比爾看著傑瑞。

「放蕩的女人都一樣。」

他轉回來看著蘇菲，嘴角掛著一抹微笑。

「扣下扳機，人就倒地了。」

「全倒下了，親愛的，輕而易舉。」

「那會痛嗎？會拖很久嗎？有沒有……有沒有很多……」

比爾的笑容又加深了些，他懂蘇菲想問什麼。

「如果是近距離射擊就不會，懂嗎？看到有人還在扭動，我會再補一槍。」

「這需要高超的技術，親愛的蘇菲。妳別煩惱這種事了，交給我們這些厲害的男人就行。妳不必追根究柢。」

比爾對著她點點頭，微笑著，彷彿他們能互相心領神會。蘇菲心想：噢，他多麼喜歡我啊，但我又不想和他牽扯到一起，真愚蠢！

蘇菲別開視線。

她很快就發現這兩個男人見面不只是為了喝酒。經過一番暗示性的談話後，他們停了下來，比爾再次看著她，傑瑞則拍拍她的肩膀。

「親愛的，妳要不要去補補妝？」

「你才去補妝！」

「哇，」比爾裝出女人的嗲聲說，「去補妝吧。抱歉了，蘇菲，我說真的。」

所以她還是去了，反正這也沒什麼大不了，而且她嗅到了其中有些什麼祕密，可以等之後再慢慢了解。

隔天傑瑞說他跟人有約，顯得非常興奮，甚至有些顫抖。蘇菲因此發現他有在服用一種黑色的小藥丸，這東西小到可以藏在拇指指甲下，也可能掉入兩塊木板間的縫隙中。那天傑瑞很晚才回來，他臉色蒼白且疲憊不堪，蘇菲開玩笑說他一定是去跟哪個女人廝混。然而當傑瑞將一把不知真假的槍放回抽屜時，她便明白這是怎麼回事。他們在那張單人床上做愛，激情過後，傑瑞的頭枕在她赤裸的乳房上。隔天傑瑞又變回平時的樣子，他拿出一疊鈔票，說是在鬥狗賽贏來的，顯然忘了她有看到那把槍。傑瑞與比爾時不時會去幹一票，然後接下來一兩天就玩個痛快。有一次他們與比爾和他現任女友黛西見面，黛西是個龐克打扮的怪人，腳蹬六吋高跟鞋，身穿廉價褲裝，死白的臉上畫著煙燻眼妝，稻草般的頭髮一邊用髮膠抹平，另一邊筆直豎起。蘇菲覺得見過一次面就夠了，但她發現黛西與傑瑞的黑色藥丸有關。

傑瑞後來又帶蘇菲去參加另一個聚會，這次沒有黛西也沒有比爾，但還是有許多奇怪的人。這個聚會是在一間有幾個房間的公寓舉行，那裡播放著音樂，大家聊天喝酒。只有他們兩人去，因為傑瑞說比爾那副模樣並不合適這種場合。傑瑞希望蘇菲表現得端莊得體，因為他想要結識人脈拉攏關係，但事情發展卻不如預期。不知怎的，聚會突然變得喧鬧起來，有人開始用一張上面有墨漬的紙玩起愚蠢的遊戲，大家必須說出這些墨漬像什麼，有些答案非常齷齪和詼諧。然而當輪到蘇菲時，她看著紙中間的黑色形狀，卻什麼也想不出來。然後蘇菲就發現自己躺在沙發上盯著天花板，喧鬧的聲音消失，大家都站在周圍低頭看著她。她用手肘把自己撐起，看到舉辦聚會的女主人站在公寓門口和門外的人說話。

「沒事，露易絲，真的沒事。」

「但那尖叫聲很可怕！」

傑瑞解釋說蘇菲是因為太熱而暈倒，並把她帶走，而且是到一兩天後蘇菲才弄清楚當時發生了什麼事，也才知道為什麼自己會嗓子疼。那天晚上他們離開聚會後，傑瑞說他們需要冷靜一下，於是他們去一家酒吧靜靜地喝酒，看著高掛在角落的電視。而蘇菲對自己內心的黑暗感到困惑，漸漸覺得這裡實在太安靜了，便提議去別的地方。但傑瑞堅持要待在這裡，他專注地看著電視，露出微笑。

「天啊！」

「怎麼了？」

「費多！我的老朋友費多！」

電視上正在播一種室內運動，一個肌肉發達的年輕人在高吊環上表演。也許是因為他臉上專心投入的嚴肅神情，蘇菲覺得他和其他年輕選手看起來都差不多。

「費多！他曾經和我一起……」

「曾經？」

「他現在是老師。貴族學校之類的，萬迪科特中學。」

「我知道萬迪科特，滿偏遠的，在格林菲爾德的那一邊。」

「噢，真棒，費多！了不起的傢伙！天哪，他流汗流得像淋上肉汁的烤肉料理。」

「他們幹嘛這麼賣力？」

「要展現給女孩看啊。贏得獎賞，獲得提拔，健康、財富和名氣都到手，表演就結束了。」

✓

蘇菲說服傑瑞和比爾讓她加入。黛西沒有一起，她對這種事沒有興趣，並不想參與。他們搶了三間店，卻只拿到兩百多英鎊。蘇菲覺得這樣風險太高，便說服他們去巴基斯坦人開的店試試。確實頗有成效，當傑瑞拿假槍指著那些巴基斯坦人時，他們就退縮了。蘇菲還要比爾告訴他們，如果他們來找麻煩，組織就會炸掉這間店，嚇得那些巴基斯坦人急忙把錢裝進袋子裡，這一幕讓蘇菲想到以前也是這樣拿到一堆糖果，便覺得有趣。

之後蘇菲躺在床上衡量他們所冒的風險和得到的錢，對身邊的傑瑞說：「這樣不太好。」

傑瑞在蘇菲耳邊打了個哈欠。

「什麼不好？」

「搶劫。」

「真古板！妳去信教了呀？」

「被抓的機率太大了。」

「百分之一。」

「那你搶到一百家店的時候呢？」

一陣漫長的沉默。

「我的意思是……誰是擁有大筆錢財的人？那些財富可以讓你生活變得美好、自由自在、去想去的地方、做自己喜歡的事……」

「我不會去搶銀行的，小寶貝。他們已經學乖了，那裡有很多先進的防盜設備。」

「我是要說阿拉伯人。」

蘇菲感覺到傑瑞笑得身體都跟著抖動。

「那肯定不行，不然我們三人就要等著被收屍了。晚安，美人。」

蘇菲因為自己瘋狂至極的想法而咯咯笑起來，把嘴唇湊近傑瑞的耳邊說：「他們都會送孩子去哪裡上學呢？」

這次沉默的時間更長了。最後傑瑞總算開口說道：「真該死，即使是比爾也會這樣說。天啊！」

「萬迪科特中學，傑瑞，你朋友工作的地方。那裡的孩子很多可都是王子。」

「天哪，妳真的……」

「你的朋友，叫什麼來著……費多？傑瑞，我們可以綁架一個孩子，然後要求……要求一百萬或十億贖金，他們會付錢的。他們無論如何都得付，否則我們……傑瑞，快吻我、摸我、上我，我們得挾持個王子，好跟他們勒索贖款，我們還可以把他藏起來、綁起來、嘴巴塞住，噢，如果沒有、沒有、噢……噢……噢……」

事後兩人又並肩躺著，蘇菲把手臂搭在傑瑞的胸膛，而黑暗中的傑瑞顯得疲憊且困惑。當他發出平穩的呼吸聲、安穩地睡著時，蘇菲用力搖醒他。

「我不是在開玩笑，也不是說說而已，我是認真的。別再搶那些店家了！還不如去偷幾瓶牛奶！」

「這太過火了。」

「對我們來說並不過火，傑瑞。我覺得這樣剛好。如果我們再繼續搶劫商店，總有一天會被抓。所以我們要幹一票大的，大到沒有人會想到要有所防備……」

「這太過火，而且我要睡了。」

「我還沒說完，我不要再搶劫商店了，太沒意思。如果你還想要我，就會……我們可以富裕一輩子！」

「絕對不行。」

「聽著，傑瑞，反正我們可以先去看看那學校是什麼樣子。認識一下你朋友費多，也許還能邀他一起。我們去看看情況如何……」

「絕不可能。」

「我們要去看看才知道可不可能。」

「不，我們不去。」

又是一陣漫長的沉默，而這次蘇菲沒再開口說話。接著當傑瑞再度入睡後，她在心裡默默對自己說：會的，我們會去，親愛的。你等著看吧！

第十一章

他們把車停在樹蔭覆蓋的小徑，這條小徑可通往山丘頂。他們走上去後發現山頂上的舊路荒無人煙，而且風很大。在青蔥翠綠和靛藍色的地平線上，雲彩與燦爛的陽光相繼出現，就像電影畫面一般。只有雲朵飄動著，就連綿羊似乎也較喜歡靜止不動。他們還要走一段上坡才會到平坦的山頂。這條路可越過山頂，然後一路顛簸，一直延伸到這個城鎮遙遠的中心。蘇菲停下腳步。

「等一下。」

傑瑞轉向她並微笑著。他臉色紅潤，頭髮散落於額前。逐漸緩過氣來的蘇菲頭暈目眩地想著，傑瑞從來沒有這麼好看過。

「親愛的，妳不擅長健行？」

「你的腿比較長。」

「有些人覺得健行很有趣。」

「那可不是我。真不懂他們為什麼會這樣覺得。」

「大自然的美麗。妳也是大自然裡美麗的事物，所以……」

蘇菲掙脫了他的懷抱。

「我們在辦正事！你能不能專心在這件事上？」

他們並肩前行，如同一對來鄉村旅遊的情侶。這時傑瑞指著山頂上的水泥柱。

「這是三角測量基準點。」

「我知道。」

傑瑞驚訝地看著蘇菲，同時展開地圖。

「我們來研究一下地圖，了解周圍環境。」

「為何？」

「好玩啊。大家都會這樣。」

「為什麼？」

「我其實很喜歡這麼做，讓我回想起那些衝鋒陷陣的時光。」

「我們要了解什麼周圍環境？」

「我們可以辨識六個城鎮的位置。」

「可以嗎？」

「一向都可以，大英帝國有辨識城鎮的傳統。別管那些過往的事了。有沒有注意到空中有什麼？」

「有什麼嗎？」

「還有專門寫健行的書呢！」傑瑞站在那個水泥柱旁，頭髮和手中的地圖隨風飄揚。他開始唱道：「給我我愛的生活，其餘就讓它散去……」

蘇菲內心深處燃起一把怒火。

「天啊，傑瑞！難道你不知道……」她快步趕上，並繼續說：「你看不出來我很煩躁嗎？你不會明白這種感受。」

「聽著，蘇菲，這行不通的，是吧？」

「你同意了。」

「同意來勘查。」

他們隔著柱子看著對方。蘇菲覺得也許是空中的什麼東西，讓傑瑞想起了其他地方和其他人，所以他退縮了，準備臨陣脫逃。

這個衝鋒陷陣的人，我的意志還比他強。

「傑瑞，親愛的，我們不一定會真的做什麼，但我們已經花了三天時間勘查。我們知道他會走這條路，我們可以跟他偶遇，然後與他接觸，就這樣。我們先別爭論了。」

傑瑞飄揚的頭髮下那雙眼睛仍注視著她。

「一個個來處理。」

蘇菲繞過柱子去握住他的手臂。

「地圖員，那我們現在要怎麼走？」

「從這裡往下，看到這條虛線了嗎？下面就是我們昨天從山谷另一邊看到的地方。他會帶著孩子們沿著這條虛線朝我們走來，然後轉往左邊繞回去。健康的山野健行活動。」

「應該沒錯，快走吧。」

這條路通往下面一道鐵絲網圍欄，這道圍欄似乎一直延伸到山谷底部的樹叢。蘇菲指著一堆灰色的屋頂。

「就是那裡。」

「另一邊很多樹那裡就是我們昨天去的地方。」

「他們就在那裡！」

「天哪，沒錯。我們來得正是時候。他就在那裡，一眼就能看到他。他離我們很近了。有看到他在抬腿暖身嗎？來吧。」

男孩們正從隱約可見鉛製屋頂那裡的谷地走上來。穿著紅色運動服的小男孩像一串跳動的紅點，後面還有一個大紅點上下彈跳著追趕他們。整個隊伍快步上山，逐漸能看清楚後面那個大紅點是個穿著鮮紅色運動服的精瘦年輕人，他誇張地抬起膝蓋跑著，不時對著前面的男孩們喊叫。傑瑞與蘇菲停下腳步，男孩從他們身邊跑過，看著他們並咧著嘴笑。後面那個年輕人也停了下來，盯著他們。

「傑瑞！」

「費多！我們有在電視上看到你！」

這個叫費多的年輕人一聲令下，讓男孩們先別繼續前進。他和傑瑞擁抱、輕拍對方的背、打鬧搥胸、互開玩笑。傑瑞向蘇菲介紹費多，費多曾經是馬斯特曼中尉，但大家都稱他為費多、汪汪或小狗，不過主要還是叫他費多。

「連這些男孩也是，」他得意洋洋地說，「他們都叫我費多。」

雖然費多身高不高，卻相貌堂堂。他的頭很小，容貌因長久曝晒而飽經風霜。蘇菲現在知道為什麼傑瑞曾說，費多靠著舉重練出寬闊的胸膛，在彈翻床上努力練出結實雙腿，還會透過驚險刺激的攀岩訓練平衡感。他的頭髮又黑又捲，額頭很低，舉止有些遲鈍。

「費多是個正面積極的國家運動員，」傑瑞說道，而蘇菲覺得他語帶惡意，「妳一定不敢相信他抓舉有多厲害。」

「抓舉？」

「舉重。妳知道他能舉多少重量嗎？」

「我相信一定很多，」蘇菲靠向費多大聲說，「能舉起這麼重的東西真了不起！」

費多也覺得自己確實相當了不起。蘇菲刻意把他捧得高高的，費多高興得瞳孔擴大，讓他的小眼睛感覺變大了些，他叫孩子們在原地練習跳躍。傑瑞告訴費多他們在地圖上看到這間學校，又在電視上看到費多，想說可以來拜訪他，沒想到就在這裡遇到了！

「大家繼續跳，」費多喊道，「我們馬上就可以走了。」

「馬斯特曼先生，你真會激勵學生。」

「請叫我費多，我任你擺布。」

費多舞動著，朝空中揮拳，然後放聲大笑。他接著說蘇菲可以隨意指使他，那會是他的榮幸。

傑瑞突然插話。

「費多，你工作如何？」

「你說學校的工作嗎？嗯，你也能看到我都在做這些鍛鍊身體的事。當然這與真正的越野訓練不同，我不能真的讓這些孩子太過賣力，所以大多時候還是我來負重。而且……」費多小心翼翼地環顧四周，確認了山間只有羊和男孩，才繼續說，「我還得照看好他們。」

蘇菲高聲說：「噢，費多！你被困在這個鳥不生蛋的地方……」

費多挨近蘇菲，伸手想握住她的手臂，但又覺得不妥而作罷。

「就是這樣。看到那個小鬼了嗎？不，別讓他發現妳在看他。像我一樣用眼角餘光偷瞄就好。」

蘇菲瞄了一眼，就是一些小男孩而已，只不過其中有三個是黑皮膚，兩個是棕色皮膚，其他大多數都是白皮膚。

「那個魁梧的黑人小孩？」

「小心點！他可是皇室成員！」

「費多，這太令人興奮了！」

「蘇菲，他父母都是很好的人。當然他們不常來這裡，但我還是有跟他們說過話。他媽媽說：『馬斯特曼先生，請好好鍛鍊他。』她很會記名字，他們夫妻倆都是。他爸爸則是對舉重很有興趣，他說：『你覺得自己抓舉的極限是多少？』我告訴你，只要我們……」

傑瑞拍了拍費多的肩膀，讓他不再沉浸在自己的世界。

「所以你除了做這些，還有其他工作嗎？」

「我沒說嗎？這些小孩並不知道，但這其實要擔負很大的責任。就拿那個棕色皮膚的小傢伙來說，他可是石油大王的兒子，可以稱得上是王子，當然這並非我們一般所認知的王子。他爸爸算是個領主，在獵鹿時發現石油而致富，甚至有辦法買下這個城鎮。」

「我想他已經買了，」傑瑞不同尋常地說，「也沒別人買得起。」

「費多，你的意思是他爸爸真的很有錢？」

「億萬身價。好啦，我得走了。蘇菲，你們兩個……我四點左右有空，要不要去村裡喝杯茶、吃些司康之類的手作點心？」

還沒等傑瑞回答，蘇菲就接受了邀請。

「費多，太棒了！」

「那就約在銅壺茶館，差不多半小時後見。」

「我們會去的。」

費多又一次開心得瞳孔放大看向蘇菲，接著蹦跳著繼續上路。他追趕那些小男孩，發出像狗驅趕牛群一般的聲音，孩子們也以哞哞叫、尖叫大笑回應。費多顯然很受歡迎，蘇菲看著他的背影時這麼想著。

「他們真的都一直在練舉重？」

「拜託，妳也在電視上看到了！」

「確實。」

「親愛的，妳還沒回過神喔。」

蘇菲知道傑瑞對於她和費多的眼神交流感到惱火，而這讓她覺得得意又好笑。

「別傻了，傑瑞，這再好不過了。」

「我都忘了費多是這麼愚蠢的人，天啊。」

「他是我們可以利用的人。」

「是妳的。」

「你同意了。」

「我只是先來了解情況。妳也聽他說了，他們這裡戒備森嚴！我們可能已經被監控了。」

「不可能。」蘇菲靠近他，「你不知道隱形是吧？」

「我是個軍人。如果我想躲，就沒人找得到我。」

「不只是躲藏。這三天我了解到，我們是隱形的。不是因為某種魔法，不過也有可能，但無論如何，不是因為魔法，只是因為他就在這裡，而且你認識他。我還能……掌控他……有時是巧合，有時則是刻意的安排。我知道事情就是如此。」

「我可不知道。」

「我之前在旅行社工作時，我做了很多表格，要處理許多日期和數字。我熟諳這些東西，我真的得心應手，就像爸爸熟諳西洋棋那樣。我只是不習慣用言語形容這種理解，也許這本來就無法形容。至於那些數字，我剛去上班時那裡有個女孩，她是個沒什麼頭腦的金髮美女，貌若天仙。經理真是會挑人，雖然她不怎麼會做事，但有什麼好擔心的呢？大家看到她都會瞪大眼睛。不過她真的很笨，你知道嗎？我還看到她用表格去計算一筆帳的百分之十是多少！」

「她就是這樣才特別容易討男人歡心。」

「重點是，有次她要在表格填寫日期，結果那天剛好是一九七七年七月七日，所以是七、一撇、七、一撇、七七。愛麗絲填好之後，用她那雙藍色大眼睛看著這個日期，還發出愚蠢的笑聲——經理說那笑聲有如鳥鳴——他很窩囊，總忍不住想插手幫忙。而她說：『這真是巧合，不是嗎？』」

傑瑞轉過身，沿著鐵網圍欄往下走。

「確實是。」

「可是……」

蘇菲追上他，拉住他的手臂。

「難道你看不出來嗎，親愛的，這才不是巧合！巧合會在混亂黑暗與一堆雜亂中產生，你不知道是怎麼發生的，但是這四個七，你可以看到它們出現，然後向它們揮手告別！這是系統……但是巧合……不僅僅是巧合……」

「老實說，蘇菲，我不懂妳在說什麼。」

「一切都在衰敗、鬆開。我們只是陷入糾結。所有事情都只是糾纏在一起，但它們會自己一點一點地鬆開，變得愈來愈簡單，而我們可以幫忙將其分開。」

「妳要不有了宗教信仰，要不就是瘋了。」

「做好人只是另一種糾結，何必呢？無論如何，就繼續盡你所能解開糾結。順從心意，在黑暗中，讓重物自然落下、鬆開煞車……」

蘇菲心中浮現事實真相：透過憤怒能讓事情變得簡單。但她知道傑瑞不會明白。

「就像性行為中的崩潰。」

「性，性，沒有什麼比得上性這件事！性會永遠存在！」

「噢，是啊！但不是你想的那樣……並非一切都如此，那種漫長的抽搐、舒展，空間與時間的顫動和解脫，不斷地化為虛無……」

蘇菲就在那裡，身上沒有收音機，她卻聽到自己或某人的嘶嘶聲、劈啪聲和轟鳴聲，彷彿是黑暗空間中不協調的交響樂。

「持續不停，一波又一波地拱起、舒展、消退、退去……」

學校的鉛製屋頂出現在視野中又消失，這時她看到傑瑞擔憂的臉。

「蘇菲！蘇菲！妳能聽到我說話嗎？」

蘇菲居住的這具身軀正被一個男人抓著肩膀前後搖晃。

「蘇菲！」

蘇菲微微張開難以動彈的嘴唇回答他：「你不能等一下嗎？我正在說……我是另一個人……」

傑瑞的手靜止不動，但仍握著她的肩：「放輕鬆吧。好一點了嗎？」

「沒事。」她一說出口便覺得可笑，於是咯咯傻笑起來，「根本就沒事！」

「我們得喝一杯。天哪，這就像……我不知道像什麼！」

「你這麼聰明，親愛的！」

傑瑞仔細凝視著蘇菲的臉。

「我一點都不贊同，老靈魂。告訴妳，這太怪異了。」

這裡風和日麗，有晴朗的日光、陽光、微風和山丘。

「你說什麼？」

「一時間真讓人擔心。」

「你說『怪異』。」

一切都匯流在一起，使她充滿力量。

「剛說到這裡戒備森嚴且受到監控，但我們來的時間特殊。你看，並不是他們看不到我們，而是他們沒有看到。在我小的時候，糾結會自然解開、理清、滑動鬆脫。你得想得簡單，這才是事物的真實樣貌。」

「我開始意識到妳是個怪人。我不確定我們該不該繼續下去。有些事我就是不會……」

「我們會繼續，你等著看吧。」

「我喊停就停，由我來決定。」

「當然，親愛的。」

「我會盡可能地去做。但如果真的辦不到，我們就停手，明白嗎？」

蘇菲給了傑瑞一個特別燦爛的微笑，傑瑞則呵護備至地吻了她並牽起她的手，他們靜靜地沿著鐵網圍欄往下走，宛如一對前來踏青的戀人。

銅壺茶館裡空蕩蕩的，只有仿造的十八世紀家具和黃銅馬飾。他們坐在店裡等著費多，一個看起來笨笨的女孩冷眼看著他們。費多氣喘吁吁地進來，傑瑞假意逢迎，起初表現出有點嫉妒的樣子，接著又更浮誇地吹捧。費多很快就開始狂妄，他拿出隨身攜帶的照片，其中一張是他在臺上領受獎牌，蘇菲對於他只得到第三名感到十分訝異。由於蘇菲表現得很有興趣，讓費多受到鼓舞，他又從胸前的口袋裡拿出更多照片給她看，有正在舉重的費多全身肌肉閃閃發亮、正在攀岩的費多懸掛在可怕的深淵上笑得燦爛，還有跳彈翻床的費多在空中翻騰。當蘇菲挑釁地對這些活動的重要性有所懷疑時，費多根本不明白她的意思，心想她是指這樣很危險嗎？女孩可能會覺得……

蘇菲順著他所想的回應。

「噢，這一定非常危險！」

費多想了一下。

「我曾在攀岩時摔落過。」

被晾在一旁的傑瑞這時惡毒地說：「你不就是那時摔到腦袋了？」

費多卻還認真講起自己當時受傷的地方。蘇菲插話進來，盡量讓自己忍住笑意。

「噢，但這不公平！為什麼我們不能……？」

傑瑞粗聲大笑。

「就憑妳！天啊！」

但費多已經講起他覺得女性適合參與的體育運動。

「還有槌球，」傑瑞說，「別忘了槌球。」

費多說他沒忘，並以放大的瞳孔給了蘇菲一種征服的目光。喝完茶後，費多陪他們走到公車站，讓他們搭公車回傑瑞的車子那邊。費多還盛情邀請他們再來，可想而知他絕對不是想邀請傑瑞。

蘇菲和費多吻別，讓他又興奮地吼叫，蘇菲還故意讓他聞到自己身上的香氣。他們兩人回到自己車上後，傑瑞看著蘇菲，內心既憤怒又欽佩。

「妳幾乎要勾搭上他了，天啊！」

「他也許有利用價值，甚至可能加入我們。」

「可搞錯了，親愛的，妳也許有致命吸引力，但還沒辦法創造奇蹟。」

「為什麼沒辦法？」

「妳以為自己是什麼歷史上空前絕後的人物嗎？」

「我不懂什麼歷史。」

傑瑞狠狠地踩下油門。

「妳不需要懂，這是妓女的本能。」

此後傑瑞沉默了，蘇菲思考他所說的話。她覺得男人很奇怪，傑瑞會很冷靜地建議她去利用男人，但又會因為她接近可笑的費多而感到生氣。仔細思索一番後，蘇菲發現問題在於不能讓男人目睹這一切，妓女的客人都是互不見面，然而傑瑞認識費多。

兩天後，他們收到費多來信再次邀請。傑瑞完全不理睬，覺得他們之前一定是瘋了才會去找費多。當蘇菲說自己得考慮一下，傑瑞便以為她也不想赴約，他拍拍蘇菲，然後就吃下藥丸和比爾一起搶劫去了。蘇菲從電話亭打電話給費多，說她與傑瑞應該不會去了。在費多鍥而不捨的追問下，蘇菲承認他們要見面並不容易，傑瑞不難相處，只是想比較多。她也不忍這樣破壞他與傑瑞的老交情。才不呢！就她而言，沒有什麼比這更好的了。實際上……

蘇菲不讓自己繼續想下去，而這時在數哩外電話那頭的費多突然想到一個絕妙的主意而大叫起來。他邀請蘇菲到南倫敦看他舉重比賽，這樣他們也可以見面聊聊。

費多贏得了他那個量級的賽事，蘇菲覺得比賽過程很有趣，讓她勉強能忍受瀰漫在空氣中的汗臭味。賽後，費多還喘吁吁就去跟蘇菲表達自己的愛慕之情，還邀請她家長會的時候來學校。蘇菲本以為費多會直截了當地約她上床，沒想到卻是找她去家長會，這就跟找她來看舉重一樣搞笑。

「我又不是家長。」

費多解釋說那天能讓家長看到他把他們的小孩訓練得多麼敏捷。蘇菲接受了這樣的說法，卻也開始懷疑他的求愛事實上會帶有道德感。嫁給一個舉重運動員！顯然傑瑞不在眼前，費多心裡就沒這個人存在。蘇菲聽著自我又天真的費多述說自己的人生：他祖母的錢，以及他將在王室成員面前表演舉重，還暗示如果她願意，也許有天能把她介紹給他們。

「不過我也無法保證，如果有得到同意，我才能介紹妳。」他說。

最後蘇菲還是去了家長會，她穿著棉質連身裙，戴著草帽，不想引人注目卻仍相當顯眼。然而並沒有王室成員到場，費多感到極度沮喪，後來是跟蒙斯特芬勛爵和福丁布里奇侯爵聊了幾句才讓他心情愉快一些。蘇菲還觀察了費多的宿舍，發現除了有幾排照片之外，那裡就像體育館的附屬建築。她現在知道讓費多加入他們的想法根本毫無意義，並不是他會覺得這麼做不對，而是會覺得這很危險，他可以承擔攀岩的風險，但不會想冒險跟他們幹那種事。而當他的女朋友或妻子也沒有任何未來。費多只會在比賽之餘給予陪伴和發生性行為，適度的性生活對身體是健康的。女人對費多的另一個用途則是作為他完美身材的觀眾，稱讚他是最有男子氣概的男人，那窄削的窄臀，又緊實又翹的屁股、寬闊的肩膀和光滑的皮膚！

費多就跟女人或美麗的少年一樣自戀，他還比蘇菲更喜歡欣賞自己的美麗胴體。窗外鼓笛樂隊在操場上演奏，家長參觀著各種成果展，即使他摟著蘇菲，蘇菲知道他還是比較愛自己。儘管如此，蘇菲還是讓費多把她抱到他那狹窄的床上，這時候拒絕他會很無聊，但與他上床其實也不怎麼有趣。不過令蘇菲驚喜的是，費多在完事後就聲稱他們已經算是訂婚了。在回倫敦的路上，蘇菲愈想愈覺得難以置信，一旦打入這些有錢人家小孩周邊的圈子，就很方便調查他們。她心裡想著，這很簡單，我已經在圈子裡了！

黛西的男人出獄了，所以比爾必須盡快離開。他來告訴他們這一切，所以他們三人在傑瑞那個髒亂的公寓房間裡商討接下來的計畫。他們上一次行動很失敗，冒很大風險卻只拿到一點酬勞，因此這兩個男人也願意聽蘇菲說說那些無傷大雅的幻想。然而當她開始描述學校情況並提出建議時，傑瑞卻把她當成孩子一樣拍拍她的頭。

「蘇菲，就像我說的，他們放了妳難以想像的儀器在那裡。譬如妳沿著一條路走，半小時後一架裝有儀器的直升機還能靠著妳走過時留下的那一點點溫度追蹤到你。如果躲在樹林裡，他們也能透過妳的體溫找到妳。在螢幕上妳看起來就像一團火。」

「他說得沒錯，明白嗎？妳得小心。」

「我們來計劃一下去搶銀行吧，老靈魂，雖然很冒險但不至於太過瘋狂。」

「但這想法很新，你明白嗎？誰在乎那些儀器？我們現在有了費多，他跟我介紹過校園配置。我可以找到任何我們想要的東西。任何一切。那就是力量。費多還把我介紹給校長夫人。要知道，我爸爸會覺得這是最後一個摩希根人——他家族最後唯一倖存的人，比爾，我是說，算了。反正我的意思是這就像下棋！」

「沒有人能告訴妳所有事，小姐，有些事甚至連他都不知道。」

「老兄，你說得太好了。掩護火力。想想妳現在人好好的，然後砰的一聲！全都沒了。妳拉攏錯人了。」

「傑瑞，這是沒什麼人做過的事，所以很有機會成功。我們……我和我姊姊托妮，我們做過測驗，你太高估人們的智力了。他們不是你所想的那樣，大多數人不是沒通過，就是只得到一百分左右，而我們毫不費力就通過測驗。嗯，我知道自己天賦異稟。我們需要更多的人、更多資訊，這我會弄到手。我們要有武器，也許還要炸藥，我們得找個安全的地方來躲藏和藏人質。這裡也許可以？或是馬廄和舊駁船，船上有櫥櫃，還有老舊的廁所……」

「我們得想辦法全身而退，天啊！」

「糟糕，抱歉，小姐。」

蘇菲伸手去拿收音機。它不再是屬於溫妮的老電器，蘇菲已能輕鬆握在掌中。她打開開關，房間頓時出現其他人的聲音。

沒錯，是黑色那個，開始行動，完畢。

傑瑞笑了。

「妳不會以為有人會用妳從那東西找到的頻道吧？」

這並不荒謬，蘇菲想。為什麼我如此確信自己有理？她手裡的收音機斷續傳來平淡的說話聲。**是的，既然你這麼說。不，我說的是黑色那個。**也許他們不是警察。也許……在收音機內包含整個世界的無限空間中，充滿了聽得見的神祕和混亂，無盡的混亂。她轉動著頻道旋鈕，說話聲消失，交替出現音樂、談話、提問、一陣笑聲、一些外語，突然大聲，又變得微弱。她將旋鈕轉回去，找到了所有電臺之間的點，時空瞬間拉回這間髒亂的房間，房裡似乎總是散發著下水道和食物的氣味，還有一張凌亂的床，窗外照進來的光線看起來灰濛濛的，彷彿整個世界只不過是這個房間的附加物。緊接著傳來星辰間、星系間黑暗的聲音，那是一團亂麻鬆散開來無聲的聲音。她知道整件事會很簡單，這只占了混亂糾結的一小部分。

衰敗。黑暗。

一個像是雜訊的微弱聲音傳來。**我找不到數字。我說的是黑色那個。**

一股幸福喜悅的感覺席捲蘇菲全身。

「這會很簡單。」

「誰說的？」

「我想的。」

這是蘇菲意志的勝利。彷彿有一股力量，讓這兩個男人討論起他們顯然不相信能達成的行動。他們開始討論各種可能遇到的問題，但都討論不出個結果來。蘇菲想到自己已經熟悉那間學校和那裡的人，所以當兩個男人胡亂給對方一些沒有幫助的建議時，她顯得漠不關心。蘇菲除了語氣之外根本沒聽到他們在說什麼，從語氣便知道他們感覺自己正拍打著圍繞這樣一個富裕特權中心的鋼牆。最終他們停了下來，比爾終於走了。傑瑞從抽屜裡拿出他珍藏的威士忌，他們喝了點酒就脫去衣服開始做愛，但蘇菲卻心不在焉。

「妳心思不在這裡。」

「傑瑞，你有沒有覺得，我們因為這件事而更了解彼此？」

「我不覺得。」

「有，我們更親密了。」

接下來一段時間傑瑞抽動、喘息、緊抓和呻吟，而蘇菲就只是等著一切結束。她友善地撫拍他的背，揉亂他的頭髮。

傑瑞靠近蘇菲耳邊低語。

「沒有什麼比兩個人在一張床上更親密的了。」

「我說的是了解彼此。」

「我們有嗎？」

「嗯，我有更了解你。」

傑瑞低聲柔和地說：「說說看我是怎麼樣的人吧，醫生。」

「我為何要說？」

「我經常做一個惡夢，醫生……我可以稱呼妳佛洛伊德嗎？我夢到一個討人厭的蕩婦……」

「這就奇怪了，傑瑞，我確定你不會做夢，你這個人就算做夢也只是做自己發大財的白日夢。」

「噢，天啊，我應該打妳一頓，讓鄰居都聽見，但別忘了，我是發號施令的人。」

「你？」

「好啦，親愛的小辣椒！該睡覺了。」

「不要。」

「真是欲求不滿。」

「不是那個，是關於學校，還有那些問題……」

「只有死路一條。」

蘇菲沉默了一會兒，想著傑瑞真是容易放棄，需要有人推他一把。

「我還得再回去。」

傑瑞翻身仰躺著，伸了個懶腰，打了個呵欠。

「蘇菲，妳喜歡上他了啊？」

「費多？怎麼可能，他這麼無聊！只是我們三個討論過後，我覺得我還得跟他打聽一些資訊。」

「別忘了妳是誰的小寶貝狗。」

「汪汪，我的天哪！就算上床了也只是因為實在太過無聊。這對他來說可是婚前性行為。」

傑瑞側過身來對她微笑，迷人又充滿孩子氣。

「必要的話也不是不行，但是親愛的，拜託別太享受。」

蘇菲感到有些惱怒。

「我的未婚夫可不是那樣的人，他還要專心訓練。傑瑞，不過你還是可以假裝吃醋！」

「我們都得有所犧牲。妳告訴他，如果他能幫我們弄到一個小孩，他要是想上我也沒問題。他的抓舉有進步嗎？」

「你不知道我得忍受什麼，校長夫人覺得我們一結婚就應該馬上生孩子，她就是這樣全心投入家庭。我還需要一些錢。」

「我們缺錢，妳也知道。」

「我必須穿得得體，菲莉絲不太喜歡看到別人穿休閒長褲。」

「菲莉絲？」

「菲莉絲．艾波比，校長夫人。像頭母牛。」

「別再胡說這些了，晚安。」

「費多？你好啊，親愛的，聽見你的聲音真是太好了！好極了！我本來擔心你會和學生出去了。是呀，我知道我們是星期六會見面，但我有個好消息！仲介公司重新安排工作，所以我多了三天的時間，而且有給薪水！我馬上就能去找你了！」

「噢，太好了，蘇菲，太好了！」

「嗚嗚對呀！」

「真的很棒！不過妳知道我得工作，還要進行訓練。」

「親愛的，我知道。我覺得你很棒。你在做什麼？抱歉，我聽不到你的聲音，是電話線……你在做什麼？你在訓練什麼？你要讓三角肌更發達嗎？噢，親愛的，三角肌是哪裡？我能幫什麼忙嗎？」

電話聽筒內微小的聲音開始講起三角肌。蘇菲把聽筒拿遠，厭惡地看著它。那微小的聲音繼續說，蘇菲只是等著，漫不經心地看著一個男人從眼前走過，這個人的臉有兩種色調，看起來很嚇人。那微小的聲音呼喚她……

「蘇菲！蘇菲？妳還在嗎？」

「對不起，親愛的，我在找零錢。你會很高興見到我嗎？」

「當然！艾波比太太常問起妳。我會想辦法在學校幫妳安排一個房間。」

「噢，太棒了。那我們就可以……」

「訓練！別忘了我還要訓練，親愛的！」

「你能幫我弄到房間嗎？問問女舍監吧，她肯定迷戀你。」

「別這樣，蘇菲，妳在開我玩笑！」

「好啦，我只是嫉妒，親愛的。這就是為什麼我要早點去，我得看好你。」

「妳不需要這樣，我和傑瑞不同。」

「確實不同。」

「妳沒跟他在一起了吧？」

「當然沒有！如果一個女孩有了你……」

「如果我有了個女孩子……哇嗚！」

「哇嗚！」

（天哪。）

「妳會搭之前那班公車嗎？」

「同樣那班。」

「蘇菲，親愛的，我得掛電話了……」

「那就今天下午見。我要透過電話給你一個大大的吻。」

「我也回妳一個。」

「親愛的！」

蘇菲掛上聽筒並站在那裡看著它，彷彿能看到那聽筒裡費多的微小身影，他的身材是如此迷人，喜歡人體雕像的人應該都難以抗拒。她以呈現在外的那個自己說：「哎呀！」

蘇菲搭上公車，車子蜿蜒穿過老橋開往奇普威克，然後繞過丘陵進到山谷裡的萬迪科特村，費多已經在那裡等公車到達。無論是否做得到，她都得想辦法拋開心中的憤恨。她必須演戲，卻又無法真的很投入。不過這五天也不算太難熬，她內心始終有些雀躍，因為她有許多關於學校的事情需要一一去了解，儘管有些事必須像對鳥巢裡的小鳥一樣小心地接近。如果費多機警一點，或者稍微沒那麼專注於自己健壯的身材，他可能會懷疑蘇菲為什麼一直想知道那些孩子的事。這些小男孩也很討人喜歡，他們很可愛，甚至感覺可以吃下肚。他們不是叫她「小姐」或「蘇菲」，無論什麼年紀的孩子都鄭重地稱呼她為「斯坦霍普小姐」。他們幫她開門，還會撿起她掉落的東西。有次她問一個男孩問題，他不是說：「我怎麼知道？」而是回答：「斯坦霍普小姐，我會為你找到答案。」然後就跑去找答案了。當費多工作時，蘇菲非常喜歡看著這些感覺很可口的小男孩，他們是如此漂亮。看著其中一個極為珍貴、身價非凡的目標，她忍不住心想：我可愛的寶貝！我可以吃掉你！

至於費多，他還在訓練階段，讓蘇菲鬆了口氣。但他們還是上過一次床。那天蘇菲坐在枯死的榆樹下，看著孩子們打板球，費多來到她身邊。

「蘇菲，熄燈後到我的房間來。我會把門半開著。」

「但是親愛的，你還在訓練階段！」

「偶爾一次對身體有益，而且……」

「而且什麼？」

「我們訂婚啦。」

「親愛的！」

「親愛的！別讓貝林漢姆發現！」

「他會怎麼樣？」

「反正就照我說的，熄燈以後再來。」

「那值班老師呢？」

「老拉塞福？」

「我不想碰見他，他會覺得我是個壞女人。」

費多一臉狡猾。

「他會以為妳是要去廁所。」

「費多，那為什麼不是你來我的房間？」

「如果被發現會讓我被解僱。」

「什麼！這什麼時代了？天哪，費多，他們會想……看看這枚戒指！我們訂婚了！現在都已經一九七零年代！」

費多一副意味深長的模樣。

「不，蘇菲，噢，親愛的，這裡的情況不同。」

「那你也可以讓人覺得你是要去廁所啊。」

「妳也知道廁所不在那個方向。」

蘇菲很生氣，但還是妥協了，為了要獲得寶貴的資訊，這也算是合理的代價，所以便答應去他房間，那天晚上他們就真的上床了。蘇菲從來沒有如此無感，毫無感官享受或情感。她像根木頭般躺著，但對費多來說這樣似乎就已經夠讓他滿意。在費多射精完後，蘇菲也做不出什麼表示愛意的動作，她為了不讓人發現而低聲說：「結束了嗎？」

蘇菲很高興能回到校長夫人給她安排的房間。性行為似乎沒有讓他們更黏彼此，反而讓他們想分開一下。隔天他們只是輕輕一吻就告別了。

「蘇菲，再見。」

「費多，再見，好好訓練三角肌。」

這次蘇菲直接回去傑瑞的公寓。傑瑞也在家裡，他在酒吧喝醉酒回家後便陷入昏沉。當蘇菲把四個塑膠購物袋扔到床上時，他把頭從枕頭上抬起，睡眼惺忪地看著她。

「哎呀！」

「傑瑞，天哪，你看起來真糟糕！」

「我得上個廁所，幫我弄點……」

「咖啡嗎？」

當傑瑞從廁所出來時，即溶咖啡已經準備好了。他用雙手梳理頭髮，盯著放在壁爐上方架子上的剃鬚鏡。

「天哪。」

「我們為什麼不搬離這個骯髒的地方？找個好一點的公寓。我們不必屈居於此。」

傑瑞頹然坐到床邊，專注地喝起咖啡。不久，他一手撐著頭，另一手將空杯子遞給蘇菲。

「還要，還有藥丸。在左上角捲起的紙裡。」

「這些是……」

「妳讓我頭痛。夥伴，安靜點好嗎？」

於是蘇菲也幫自己弄了杯咖啡，坐到傑瑞身邊。

「我想是因為菲莉絲。」

「嗯？什麼菲莉絲？」

「艾波比太太，校長夫人。」

「這和她有什麼關係？」

蘇菲自顧自地笑了笑。

「她想把我培養成某種樣子。我已經順利通過第一關。校長夫人，現在她要……你一定無法相信。女人，尤其是身邊有小男孩的女人，必須非常注意自己的身體。」

「怕被強姦？」

「不是，你這低劣的傢伙！」

「妳像是在跟那些小男孩講話。」

「是要注意個人衛生，親愛的。這是校長夫人所在意的。」

「她覺得妳很臭，也就是所謂的體臭。」

「她就是希望我用香水，還會說：『親愛的蘇菲，我只噴了一點點。』」

蘇菲躺在床上對著天花板笑，傑瑞露齒笑並直起身子，咖啡和藥丸似乎對他發揮了作用。

「不過我還是明白校長夫人的意思。」

「我臭嗎？」

傑瑞不經意地伸手撫摸蘇菲的乳房。

「別這樣，傑瑞，現在不是時候。」

「被費多弄得沒力了？他上了妳多少次？」

「完全沒有。」

傑瑞將自己的杯子放在地上，也接過她手中的杯子放下，然後翻了個身，半躺在她身上，並微笑看著她的眼睛說：「妳真是個騙子，老靈魂。」

「說到這個，親愛的，那我不在時你又亂搞了多少次？」

「小姐，說真的，一次也沒有。」

接著他們相視而笑。傑瑞俯下身，頭靠著蘇菲的頭，並把臉埋進她的髮間，低聲呢喃，他呼出的氣息搔弄著她的耳朵。

「我已經硬到不行，隨時可以讓妳欲仙欲死。」

但他並沒有真的行動，他只是躺在那裡，呼吸很輕，比費多還要輕。蘇菲拉出被傑瑞扯到的頭髮，輕聲回道：「我已經找到那些問題的答案了。」

「金手指一定會對妳很滿意。妳真的要繼續進行下去，是嗎？」

「比爾也宿醉嗎？」

「他從來沒宿醉過，老天對他太好了。」

「那太好了！我們再來開會討論一下吧！」

傑瑞看著蘇菲，無奈地搖搖頭。

「有時我覺得妳……妳絕不會放棄，是嗎？」

於是，他們三人再次聚在那個陰暗的房間，兩個男人討論起來，蘇菲沒有提出什麼意見，只是回答他們關於學校情況的問題。然而蘇菲愈來愈清楚他們正逐漸遠離現實，進入幻想世界。一開始蘇菲還耐心聽著，後來慢慢覺得無聊，她自己也開始幻想，在腦海裡想像一些不切實際的情景：他們會派出一架直升機，放下鉤子，吊起一個黑皮膚、棕色皮膚或白皮膚的王子殿下；他們挖了一條祕密隧道；他們擁有刀槍不入的身體與無法抵擋的力量，因此子彈會從皮膚上彈開，沒人能動得了他們超人般的肉體；或者她變得無所不能，可以隨心所欲地改變事物，所以她能把男孩從床上抓走，靜靜地帶到那個地方……什麼地方？蘇菲從幻想中驚醒，她看到那是什麼地方，還有它在哪裡，就彷彿那個地方自己有思想，才帶給她這些想法。

那兩個男人沉默地看著她。她不記得自己說過什麼，只是疲倦地對他們微笑。蘇菲看得出來他們因為討論出的結果是這件事行不通，心情放鬆多了。她溫和地微笑著說：「是啊，但如果夜裡突然爆炸起火，他們會有什麼反應呢？」

沉默持續一陣子，傑瑞才終於謹慎地說：「我們對此一無所知。我們不知道什麼會燒起來，不知道孩子們會往哪裡跑。我們什麼都不知道，不只那個，還有妳告訴我們的一切。」

「他說得沒錯，蘇菲。」

「我會再回去的，如果有需要我會常去。我們已經開始了，所以不要……」

比爾猛地站起身。

「那就等妳回來再說。天哪。」

等比爾離開後，另外兩人才繼續對話。

「傑瑞，高興點！幻想一下發大財吧！」

「噢，天哪。比爾又不是膽小鬼，這種事本來就要非常小心！」

「問題是我沒有什麼理由再去。」

「就說妳很想他。」

「笨蛋，他們都以為我在旅行社上班。」

「說妳被開除了。」

「這會破壞我的形象。」

「那說妳自己要辭職的，妳想找更好的工作。」

「但這理由還是不能讓我這麼急著回到費多身邊……」

「可以假裝慌張地去說他讓妳有了。」

「讓我有了？」

「懷孕了。」

沉默片刻。

「我告訴過你，元帥，我沒有和他發生關係。」

「那跟他說我讓他當爸爸了。」

接著他們在床上打滾嬉笑，後來突然演變成專注、激烈、大膽嘗試、情慾十足、持久、緩慢而貪婪的性愛。各自達到高潮後，他們躺回那張皺巴巴的床上，處於骯髒的窗戶透進的灰暗光線中。蘇菲甚至懶得補妝，而是恍惚地躺在那裡。

「傑瑞，有一天你會變成一個老色鬼。」

「不，我不會。」

灰暗的光線如潮水襲向蘇菲。

「為什麼不會？」

「別問我，反正妳也不會明白。」

傑瑞突然坐起來。

「我們又不是靈媒。別這樣了，我留妳在這裡有什麼好處？」

「你難道沒有享受到？」

「我得告訴妳一件事，寶貝，妳可不是婦女解放運動者。」

蘇菲笑了出來。

「我喜歡你，我真的很喜歡你！我覺得你是唯一……」

「唯一怎樣？」

「沒什麼。我說過我會再去。我可以說我把戒指掉在那裡，跟他說那是多麼貴重，親愛的，不僅是錢的問題，還有它蘊含的情感價值……噢，親愛的費多，我把事情搞砸了，你能原諒我嗎？不，與傑瑞無關……而是我把戒指弄丟了！嗯，我當然哭了！噢，親愛的，那戒指至少價值兩鎊五……我們要從哪裡再弄到那麼多錢呢？你也知道，傑瑞他……你最吝嗇的事蹟是什麼？」

「妳才吝嗇於付出。」

「我總有一天會揍你一頓。」

「來啊，來啊。」

「你能幫我保管這個戒指嗎？不對，我應該要在學校的某個地方找到它，對吧？這樣更有說服力。」

「別忘了找找費多的枕頭底下。」

「你真是……」

然後，出於事情複雜得難以理解，出於那些不被承認但彼此都心知肚明的謊言，出於猜測、複雜性和陰暗面，他們倒在了彼此的懷裡，笑得渾身顫抖。

蘇菲把戒指帶回萬迪科特中學藏在某處，然而事態發展卻令她震驚。一方面，當費多聽到戒指弄丟時，他確實非常生氣，並告訴蘇菲他花了多少錢買戒指，價錢遠高於兩鎊五，而且還有些金額沒繳清。另一方面，漂亮的斯坦霍普小姐遺失訂婚戒指的消息傳遍了學校，整個學校重新組織起來，連她不認識的老師都帶領大家幫她尋找，至於孩子們當然也是熱心幫忙！雖然算是達到她的目的，但還是多少有些尷尬。校長阿普比博士決定首先要做的就是確定斯坦霍普小姐上次待在學校時的詳細行蹤。儘管校長夫人菲莉絲覺得這主意很讓人難堪且難免引起聯想，但校長仍然著手執行。因此斯坦霍普小姐曾到她未婚夫的房間去看照片的消息不脛而走，不過大家都很正經看待這件事。蘇菲還擠出眼淚來，結果這招發揮很大效果。菲莉絲溫柔地告訴費多，他是個多麼幸運的男人，戒指不過是個金屬環，女孩真正需要的是她的未婚夫向她保證她比任何物品都珍貴千萬倍。校長也跟著要責罵費多。

「你知道嗎，費多，聖經上是這麼說的：『好女人的價值超過紅寶石。』」

「那可是蛋白石。」

「呃，好吧。我們並不迷信，對吧？」

後來不知是蘇菲還是雜活工在一棵垂死的榆樹下發現戒指，大家才鬆了一口氣。應該是那個雜活工找到的，因為聽說蘇菲激動地跟他道謝，還對著他那張可怕的臉報以甜美的微笑。然而當蘇菲要費多去酬謝這個雜活工時，費多似乎從未見過或聽說過這個人。在這之後菲莉絲堅持他們應該開她的車一起去兜風，就別管閱讀課了，只要不用教學生如何拼寫艱難的單字，她可以去代課。現在你們兩個年輕人去獨處一下。費多別生悶氣！別這麼殘忍！你要知道，女孩可不像你的士兵！她們需要……蘇菲，把他帶走跟他談談。你們可以去修道院看看，西側那裡美極了！

於是他們開車出去。起初費多還悶悶不樂、手足無措，但逐漸軟化、緩和下來，然後又變得熱情起來。蘇菲很高興這是自己最後一次忍受他，她說今天真不是個好日子。費多是了解女孩的，是吧？顯然是如此，但也了解得不多，想到這又讓他鬱鬱寡歡。

蘇菲對他的厭倦感突然襲來，甚至蔓延到了傑瑞、比爾和羅蘭以及全世界所有男人。她心想，今晚我不回傑瑞的公寓了。我會打電話給酒吧請他們轉告傑瑞，然後我要回馬廄睡，管他呢。我需要更大的東西，我……需要……

尊重？仰慕？恐懼？需要？

蘇菲要費多在格林菲爾德的大街放她下車。由於和費多鬧得不太愉快，蘇菲下車後顯得輕鬆自在許多。她沿著街道輕快地走向斯普勞森宅，高興地揮舞著塑膠袋，經過自助洗衣店、中餐外賣店、蒂莫西．克里希納家、波特韋爾葬儀社、蘇巴達爾．辛格的男士西裝店。當蘇菲經過古柴爾德書店門前時，她興高采烈地向古柴爾德太太打招呼，彷彿仍維持著十八世紀的禮儀。她從側邊推開門進入大廳，律師事務所的一名職員朝她走來，誤以為她是客戶。而正在上樓的艾德溫．貝爾心裡想著：我知道會這樣輕鬆愉快進門的一定是蘇菲，親愛的蘇菲回來了！

蘇菲在書房外聽了聽，沒聽到什麼聲音，便直接走進去用電話。

「爸爸！」

他接受了蘇菲的輕吻，但當蘇菲的手劃過書桌把東西弄亂時，他不禁大聲說：「當心啊！該死的，妳們這些女孩子就一定得這麼笨手笨腳嗎？妳應該……另一個……安托妮亞呢？」

「我怎麼知道？沒人知道。」

「好啊，那妳們倆都別指望我會再匯錢給妳們。如果是錢的問題，妳最好知道……」

「爸爸，不是為了錢，我只是回來看你。畢竟我是你的女兒，你忘了嗎？」

「妳不是要打電話。」

沉默片刻。

「等等再打。這是什麼？」

他低頭看著被弄亂的東西，然後把它們重新擺回那部小機器上。

「他們說這是電腦，但我比較傾向稱之為加法機器，它透過一些變數來運算……」

「它會思考嗎？」

「學校什麼都沒教嗎？你看這一步，這東西很不聰明。我和它下棋時只需八步就能將其將殺，而且還花了我數百英鎊！」

「那你幹嘛買？」

「我得研究一下這東西，了解它的功能還有它怎麼製造出來的。這讓我想到解碼的時代。」

蘇菲拿起袋子準備離開時，看到爸爸像書中的父親一樣往後靠向椅背，刻意表現出有點關心女兒的模樣，她覺得好笑。

「嗯，蘇菲，最近過得如何？」

「旅行社的工作實在太無聊了。」

「旅行社？噢，是啊！」

「我想找別的工作做。」

他將兩手指尖相碰，雙腳桌子下伸直，側頭看著蘇菲。他露出燦爛的微笑，一臉有所圖謀，蘇菲隨即理解父親為什麼這麼輕鬆就能讓阿姨一個接一個地來到他的臥室。

「妳有男朋友嗎？」

「你覺得呢？」

「我是說，妳有穩定交往的對象嗎？」

「你的意思是有固定的床伴嗎？」

父親對著天花板無聲地笑起來。

「妳嚇不了我的。我們以前也會亂搞男女關係，只是我們不太談論而已。」

「媽咪之後的所有阿姨都走了。托妮和管家離開也是為了去找媽咪，不是嗎？」

「這我有想過。」

蘇菲在隧道口的自我意識說話了，不過是由她展露於外的人格說出：「我希望這不會打擾你玩你的玩具。」

「玩具？什麼玩具？妳居然說這是玩具？」

「我想媽咪也不喜歡這些棋子。」

父親變得焦躁不安。他的聲音升高，還帶有一絲緊張。

「妳要打電話就打，我會離開這裡，妳不想讓人聽到妳講電話的內容吧。我不想再談到妳媽，懂不懂。」

「我懂啊！」

他對蘇菲大吼。

「怎麼可能！妳懂什麼？這些浪漫情事……這些……」

「繼續說啊。」

「這些就像是發臭的糖蜜，吞噬、淹沒、束縛、奴役……這……」他伸手揮過堆滿紙張與遊戲的桌子：「這就是人生，也是在牛奶、尿布、啼哭吵鬧聲中的一種消停……」

他停了一下，然後以平常那種冰冷的聲音繼續說：「我並沒有不歡迎妳，但是……」

「但是你在忙你的玩具。」

「沒錯。」

「我們家庭不太健全，對吧？」

「這形容很貼切。」

「你、媽媽、托妮和我……我們不再像以前那樣，這就是無可避免的衰敗。」

「熵增定律。」

「你甚至不能說是討厭我們，而是根本不在乎，是吧？」

他看著蘇菲，渾身不自在。

「走開，呃，蘇菲，妳快走吧。」

蘇菲拿起裝滿東西的塑膠購物袋往門口走，她回頭看著父親皺起的眉頭、老式的側分髮型、衣領與領帶、花白的鬢角和臉上的皺紋，不過他那張老鷹般的臉仍十分陽剛。蘇菲忽然明白了，自己一直都想回到那年生日她永遠失去父親之前，回到在長方形廣場散步，那個小女孩抬頭並獲得父親關愛的那幾分鐘、那半小時。即使現在看來，這也是一種廣闊無垠的情感，讓傑瑞、費多或比爾的愛慕就如溪流上的泡沫般微不足道，什麼都不是，像個笑話……

面對父親的怒氣，蘇菲轉而以一個憂心忡忡的女兒的態度說道：「但是爸爸，你不能繼續一個人生活。你會變老，你需要……你可以說性不重要，但你要怎麼辦，我的意思是……」

蘇菲的目光無法從父親的臉上移開，那兇猛陽剛的嘴、鷹鉤鼻，那雙能把人看透的眼睛。蘇菲雙手拿著袋子置於身體兩側，她無法掌控自己美麗而愚蠢的身體，在父親面前，她未穿胸罩的乳房挺起，其脆弱敏感又不受控制的尖端變得硬挺，讓她襯衫的布料突起，就像是個清晰的記號。蘇菲看到父親的目光從她泛紅的臉往下，經過頸部來到這個明顯的記號。她的嘴張開、閉起，又再張開。

「你要怎麼辦……」

蘇菲耳朵裡出現血液搏動的聲音，因此聽不清自己說了什麼，只見父親的視線往上看向她的眼睛。父親的臉頰也泛起了紅暈，他的手向後移，緊緊抓住轉椅的扶手。他靠近蘇菲一側的肩膀聳起，像是要擋在兩人之間，同時盯著蘇菲看。彷彿是為了展現他的自由、大膽，能說出任何不可告人之事，他轉了一下椅子，毫不隱藏地直面著蘇菲說話，他的話就像一記重擊，摧毀兩人間的關係，將蘇菲逐出這個與人隔絕的書房。

「我要怎麼辦？」接著氣憤憎惡地說：「妳想知道？真想知道？我自慰。」

就這樣，父親陷在扶手椅裡，蘇菲則拿著袋子在門邊。父親像個木偶般刻意變換姿勢，他低頭看著那台下棋機器，身體前後挪動，兩手接連離開椅子扶手。這個男人全神貫注於他的學習、他的工作、他的事業、他自己的一切。男人到底有什麼用。

蘇菲站在那裡。這一次，隧道口的自我意識也無法發揮作用，這對於她這樣一個女孩來說太過分了。她感覺臉腫腫的，眼眶盈滿淚水。

她吞了口水，看看窗外，然後又看向父親冷漠的側臉。

「大家不都會嗎？」

父親沒有回答，只是繼續低頭看著下棋機器。他右手拿起原子筆，但也沒有要寫什麼，拿著原子筆的手微微顫抖著。蘇菲內心感到沉重，深陷意想不到、無法理解的痛苦中。這種充滿整個房間的情緒風暴就像是實際存在的物體，被牆壁局限在一個長方體空間，令她難以理解，只知道父親的重重一擊落在他們之間，他們之間有分離、告別和擺脫彼此後如釋重負的心情，以及殘酷和輕蔑的行為，除此之外什麼都不存在，也不可能存在。

「嗯……」

蘇菲感覺自己的腳好像緊黏在地上，她用力把腳拔起，踉踉蹌蹌地轉身，也因為兩手拿著袋子而重心不穩，然後她笨拙地用一隻腳把門開得大一點，出去後再用腳將門帶上，手顫抖著的沉默身影消失在關上的門後。她匆匆穿過大廳，想辦法打開玻璃門，然後像前一扇門一樣用單腳拉上身後的門，跌跌撞撞地走下台階，快步走過醉魚草下的柏油路，經過爭豔的迷迭香與薄荷，以及枝條散亂的玫瑰。她爬上狹窄的樓梯，來到有天窗的老舊房間，倒在自己冰冷舒適的床上。她忍不住哭了起來，對一切感到憤怒。在這種憤怒之中，她聽到自己內心深處的聲音：這一切的祕密就是憤怒。蘇菲滿眼熱淚地看著自己的憤怒和憎恨，知道這一切都將會解開。她腦海中浮現一個女孩（並不是手裡拿著臭鴨蛋的女孩）帶著自己女孩的身體、氣味和乳房走上花園小徑，笑著走回大廳，猛然推開書房的門對父親大笑來激怒他。這時一個真實的女孩也跟著那幻像中的女孩下樓，經過小徑，走上台階並打開玻璃門。她聽到書房裡不停敲打電動打字機的聲音，而她就是辦不到，她只好離開，淚流滿面地回到自己房間躺在潮濕的床上，憤怒與憎恨翻騰攪動著，嘴巴和胃裡都是苦味，甚至比苦更糟，是酸蝕燒灼的感覺。

最後蘇菲只是躺著，既沒有想法也沒有感覺，帶著一種既不評論也不批評的知覺，而這種知覺就是毫無掩飾、不帶感情的「我是」或者「它是」。這時內在那個沒有名字的傢伙又出現了，那個永遠坐在那裡、凝視著外面的傢伙。現在它依然在隧道口凝視著外面，也意識到後方的黑暗面不斷延伸擴大到極限。那傢伙審視了這次未能激怒父親的情況，也知道之後還有機會引起憤怒，甚至默默地在心裡說：很快就會的。

蘇菲開始覺察到這張床、這個地方、自己的身體和自己的平凡。她感覺右臉頰上有床單皺褶的壓痕，而且她的臉頰因憤怒、憎恨和羞恥而充血腫脹，所以壓痕比平常更明顯。她坐起身，下床走去鏡子前，看到哭紅的臉上的壓痕，雙眼周圍更是紅腫。

就像是用紅色布料縫成的。

這是誰說過的話？哪個阿姨？托妮？媽咪？父親？

蘇菲開始自言自語。

「這可不行！我們必須讓狀態恢復，不是嗎？女孩的首要任務就是把自己打扮得甜美可人，還要性感迷人。我們親愛的未婚夫或男朋友會怎麼想？或是我們親愛的……」

有人輕輕地走上木樓梯。腳步幾乎沒有發出聲音，只有重量產生極微弱的嘎吱聲。蘇菲看到一顆頭出現，接著是一張臉和肩膀，那一頭深色的頭髮和她自己的一樣捲曲。精緻的臉龐上有一雙漆黑的眼眸。一條圍巾，一件敞開的長版雨衣，露出一套在格林菲爾德顯得太時髦的褲裝，褲腳塞進高跟長靴裡。那女孩上樓後，站在那裡面無表情地看著她，蘇菲也看回去，兩人都沒有說話。

蘇菲摸索著肩背包，拿出口紅和鏡子開始補妝，還花了相當長的時間。她覺得滿意後，便把東西放回包包裡，撣掉手上的灰塵，才開口聊天。

「我沒辦法那麼輕易就戴假髮或戴隱形眼鏡。還是妳剪頭髮了？」

「沒有。」

「巴基斯坦、古巴，還有……我知道妳去過哪裡。」

一個微弱而遙遠的聲音從那張化了妝後讓人不太熟悉的面孔傳來：「看得出來。」

「這次輪到英國了，是嗎？那些高高在上的混蛋！」

「我們正在考慮，四處觀察。」

似乎為了證明她在觀察，托妮開始在房間裡走來走去，凝視著牆上原本黏著照片的地方。蘇菲突然感覺到一種喜悅在內在深處甦醒，不斷地湧現，無法平息。

「妳和他見過面了嗎？」

托妮搖搖頭，拿起還黏在牆上的照片碎片。蘇菲的欣喜之情愈加高漲。

「妳說過『我們需要妳』，是吧？」

「所以呢？」

「妳有男人，還有錢，肯定如此。」

托妮沒有移動腳步，她非常緩慢地在床尾坐下，等待著。蘇菲則凝視著天窗外和老房子的百葉窗。

「我有門路，是個計畫，已經掌握資訊了，可以試試看。」

蘇菲也慢慢坐到床上，正視托妮戴著隱形眼鏡、令人迷惑的眼睛。

「我親愛的安托妮亞，一切重新開始吧！我們將成為彼此的一切。」

第三部　事實

第十二章

在斯普勞森宅隔壁，西姆．古柴爾德坐在自己的店裡思考著「當務之急」。沒有人來逛書店，所以他有很多時間可以想。但他又心想，每分鐘都有飛往倫敦機場的飛機呼嘯而過，還時常有巨大的卡車轟隆隆地駛過老橋，根本沒辦法想事情。而且在思考了「當務之急」（他有時稱之為重振旗鼓）一兩分鐘後，他又會忍不住擔憂自己太胖，頭髮日漸稀少，左下巴還有個早上刮鬍子刮出的傷口。他知道自己當然還是可以工作，可以重新整理一下書店，並在通貨膨脹後將書籍重新標價。在這樣快速發展的城鎮中，這確實是唯一可行的做法，尤其是他已經又禿又老，還了無生氣。他也會思考自己還能發展什麼生意，投資石油感覺不錯，而且可以持續一輩子。還是要賣麵包和奶油，但沒有果醬。現在店家也不供應果醬了，怎麼辦？怎麼找巴基斯坦籍員工？還是要找黑人？古籍書商是用什麼高超獨特的手段，能讓那些白人遠離電視，重新拾起古老書籍閱讀呢？如何讓人們相信裝訂精美的書本裡蘊含著本質上的美、善和仁慈？沒錯，這是在喧鬧城鎮中值得思考的問題，但並不算是「當務之急」。

他每天都會思考這些事，也習慣於因為某種內心壓力而不自覺地站起身來。壓力來自於他會去想自己的缺點，所以他站了起來，因為如果不這麼做，他就會被這些想法淹沒，這令人無法忍受。他盯著書架上的神學、神祕學、形上學、刊物和《紳士雜誌》，而這正是他站起來後會看到的一幕。

大約一個月前的一場拍賣會上。

「兩百五十鎊、兩百五十鎊，還有人要出價嗎？兩百五十鎊最後一次……」

這時米德蘭書店的魯珀特·哈辛轉向他，西姆說：「我要出手了。」

「什麼？這套雜誌缺了一年你也要？」

魯珀特一直張著嘴。他看了一眼拍賣師，然後又看向西姆，覺得這樣也夠了。但就在魯珀特猶豫的時候，這些雜誌已經被牛津書店的桑頓買走了。

西姆這完全是肆意妄為，不但對自己生意沒幫助，還妨礙了魯珀特。就是為了好玩，他內心那個惡魔般的自己以此為娛樂。而且怎麼樣都很難去彌補，他無法讓魯珀特·哈辛以兩百五十鎊買到那些《紳士雜誌》，自己再加價十分之一也沒辦法。因為這只是一個人任意妄為的一小部分，就像已經有大量垃圾、汙物、骯髒碎屑堆積成山，而這就是堆在上頭的那一點點。這垃圾堆實在太大了，又何必要把上面那一點汙物撿起來呢？

西姆眨了眨眼睛，抖了抖身子，他每次陷入這種思考時都會這麼做，讓自己脫離垃圾堆，回到書店的陽光中。他今天早上走在一邊是小說、詩集和文學評論，一邊是聖經、祈禱書、手工藝和嗜好等書的書架中間時，出現這種大膽而憤世嫉俗的想法。這也是他眼看祖先傳給他的古老家族事業日漸走下坡時會浮現的念頭。如今他甚至對幾年前自己擺放在大玻璃窗一側的童書不屑一顧。露絲買完東西剛回來時，她什麼也沒說，但後來當她把茶端到西姆桌上時，她掃視了一下書店。

「我看你想改變我們書店的形象。」

他嘴上雖然否認，但這的確是事實。他還記得那時看到斯坦霍普家的小女孩手牽手走在街上，頓時覺得店裡的每一粒灰塵都太沉重，他自己也太沉重，而生活（他所懷念的）其實如同這兩個孩子那般歡快又單純。於是他懷著一股熱情開始進童書，並將這些書放在櫥窗的左側。有時會有父母會在聖誕節買書給孩子，偶爾也會作為生日禮物，但童書對於營業額的提升並沒有什麼幫助。

西姆有時會想，父親以前決定書店陳設時是否也有著某種私心。他父親雖然是理性主義者，卻在店裡擺放靈視鏡、《易經》和卜卦用的蘆葦，還有整套塔羅牌。西姆非常清楚自己的動機，他想用童書吸引斯坦霍普家的雙胞胎，來把他們當成自己的孩子。因為他女兒瑪格麗特已經結婚，遠在加拿大，兒子史蒂文則是在監牢裡，雖然他父母每週都會去探視他，但他們已經有很長一段時間無話可說。這兩個聰明的小女孩真的被吸引進了書店，她們當時身高還抓不太到門把，卻帶著一種特權階級的平靜自信。她們像小貓嗅聞東西似的專心觀覽書籍，打開書本一頁頁翻讀，閱讀速度飛快無比。不過她們感覺確實有在讀，那美麗的托妮看完一本童書又拿了一本大人的書來看，另一個女孩則是對著書裡的圖片咯咯笑，黑色的卷髮在她的小腦袋上搖動……

露絲也不免觸景傷情，所以她請這兩個女孩到後面的起居室喝檸檬汁和吃蛋糕，但那之後她們並沒有再來店裡。此後每到上學時間，西姆就會站在店門口，剛開始有阿姨帶她們，後來則是她們自己去學校。西姆清楚知道什麼時候站到門口能聽到雙胞胎恭敬地向他問好。

「古柴爾德先生，早安。」

「兩位斯坦霍普小姐早安啊！」

她們出落得愈發美麗，流露出浪漫詩意。

≁

露絲從起居室走到前面店裡，準備去買東西。

「我昨天見到艾德溫，我忘了告訴你，他來找你的。」

艾德溫．貝爾住在斯普勞森宅裡的一間公寓。西姆曾經很羨慕貝爾家住得離雙胞胎那麼近。然而那都過去了，女孩早已長大。十年了，說久也不久，但也已過了會看童書的年紀。

露絲彷彿看透他的想法，對著櫥窗的左側點了點頭。

「你應該進點別的書。」

「有什麼建議嗎？」

「家居類型、英國廣播公司出版品和裁縫書籍。」

「我會考慮。」

接著露絲便出門走到開了許多外來服飾店的大街上。西姆雖然看似接受露絲的提議，但他知道自己不會換掉這些童書。他們的生活就是如此沉重，也可以說是固執。突然西姆轉頭看到桌邊堆滿的書，他還要幫這些蘭波特出版社的書分類和標價……工作、工作、工作！

他很喜歡分類和標價，正是這份工作讓他願意接手父親的事業。競標對他來說是件麻煩事，因為他生性懦怯，不願冒險喊價。但將得標的書籍進行分類則如同淘金，經過仔細尋找，突現間眼角瞥見一絲金光，在這令人痛苦的競標過程後，發現自己得到了完好無損的溫斯坦利出版社首版《彩繪玻璃研究導論》！

這有發生過一次。

西姆在書桌前坐下，這時門突然打開，搖響門上掛的鈴鐺，是艾德溫來了，穿格子外套和黃色圍巾，特別引人注目。他仍打扮得像一九三零年代的大學生，只差沒穿牛津寬褲了。

「西姆！西姆！」

彷彿是一陣風，一種愛德華．托馬斯與喬治．伯洛交織的風拂過偉大的自然荒原，仍有著教養、文化和精神上的真誠。

「西姆！我的好朋友！我見到那個人了！」

艾德溫．貝爾大步走進書店，像女士側坐在馬鞍上一樣坐在桌子一角，並把手中的教科書和《薄伽梵歌》砰的一聲放在桌上。西姆靠向椅背，摘下眼鏡，對著因背光而看不清的那張急切的臉眨了眨眼。

「艾德溫，怎麼回事？」

「那個人……試觀此人……希望這麼說不會太冒犯神，你知道嗎，西姆，就是那個極為怪異的人……我……我實在太激動了！」

「你哪時候不激動了？」

「終於！我真心認為……耐心等待終會有結果。這麼多年過去……我知道你會說……」

「我沒有要說什麼！」

「你會說我誇大其詞，好吧，確實如此，我承認。」

「神智學、科學主義、聖雄……」

艾德溫稍微平靜了一些。

「艾德溫娜也差不多是這樣說。」

艾德溫與艾德溫娜的婚姻一定是從宇宙初始就安排好的，除了名字的巧合之外，他們還十分神似，除非對他們很熟悉，否則個別看到他們時，會覺得是同一個有異裝癖的人。除此之外，艾德溫的聲音比一般男生高，艾德溫娜的聲音則比一般女生低沉。西姆想起他以前打電話到他們家時，接電話的人聲音高亢，所以他說：「哈囉，艾德溫娜！」對方卻說：「西姆，我是艾德溫！」有次他聽到接電話的人聲音低沉，便說：「哈囉，艾德溫！」對方則說：「西姆，我是艾德溫娜。」當他們從斯普勞森宅走上大街時，都會戴著幾乎一樣的圍巾，穿著幾乎一樣的長大衣。比較明顯的差異是艾德溫娜的頭髮比艾德溫短一點，胸部也較有曲線。

「我認為艾德溫娜總是比你更有理智。」

「西姆，人們只有在想不出妻子還有什麼好說的時候才會這樣說。我稱之為小婦人症候群。」

電話響起。

「喂？是的，我們有，請稍等一下。這本書保存狀況很好。七鎊十。不好意思，應該是七鎊五十。我們有你的地址嗎？沒錯。好，我會的。」西姆掛上電話，把事情記在桌曆上，然後又坐回去，抬頭看著艾德溫。

「好啦？直說吧！」

艾德溫用手撫平後腦勺的頭髮，這動作和艾德溫娜一模一樣，畢竟他們是一起長大的。

「我說的是那個黑衣人。」

「我聽說過，黑衣人，還有白衣女子。」

艾德溫突然得意地笑出來。

「西姆，不是這樣的！你完全想錯了！你想的都是文學！」

「畢竟我是賣書的。」

「但我還沒告訴你……」

艾德溫靠在桌子的一側，目光熱切，張著嘴，短小的鼻子像是充滿熱情與期待地想尋找些什麼。西姆搖搖頭，雖然不耐煩但仍想表現出和善的態度。

「艾德溫，相信艾德溫娜的話。她的胸部比你大，噢，天哪，我怎麼會這麼說，我的意思是……」

然而話一出口，覆水難收。鎮上流傳著一些關於貝爾夫婦性生活的謠言，人人都有聽過，只是沒說出口。這時貝爾的臉就算背光也明顯漲得通紅，應該說他原本的激動情緒變成了憤怒？西姆跳了起來，一拳頭捶向桌子。

「啊，可惡、該死！艾德溫，我怎麼會這樣？我到底為什麼會說出這種話？」

貝爾這才把目光移開。

「你知道我們有一次差點就要提誹謗訴訟了。」

「是的，我知道，有聽說過。」

「聽誰說的？」

西姆含糊其辭。

「就大家嘛，你知道的。」

「西姆，我知道，我確實知道。」

接著西姆沉默片刻，並不是因為他無話可說，而是因為有太多話想說，但這些話都含有雙重意義，說出來很可能會被誤解。

最後他抬起頭來。

「別忘了我們已經是兩個老頭子，只剩下沒幾年時間。我們……不，是我變得有點內向、愚蠢，也許比我的本性更嚴重，但也不過如此，是吧？我總是放太多心思在那些無聊乏味的小事上，要做某件事，但又想東想西：看過報紙了嗎？電視上播了什麼？史蒂文過得如何？你付八十五便士我就郵寄給你，但絕對不要去深入探究。我六十七歲了。你……幾歲來著？六十三歲是吧。現在外面到處都有巴基斯坦人、黑人、中國人、白人、龐克和遊手好閒的人，還有……」

西姆停了下來，有些納悶自己為何要扯這麼遠。靠坐在桌子一角的艾德溫站起來，目光移向書架上的形上學。

「前幾天我教課教了好一段時間都沒發現自己拉鍊沒拉。」

西姆雙唇閉起，但還是嘆了幾口氣。艾德溫似乎沒有注意到，他正專心瀏覽著那排書，愈走愈遠。

「艾德溫，你不是要跟我說那個人的事。」

「是啊！」

「他是方濟會修士？聖雄？還是第一世達賴喇嘛的轉世，想在威爾斯建造布達拉宮？」

「你這是在揶揄我。」

「抱歉。」

「反正不會是達賴喇嘛，只會是一般喇嘛。」

「抱歉，抱歉。」

「達賴喇嘛還活著，所以不可能。」

「噢，是啊。」

「但後來我發現我這不是哭泣，而是流淚，因為哭泣這個詞有著一種孩童、嬰兒的感覺。我不是因為悲傷流淚，而是因為喜悅。」

「不因為悲傷。」

「不再悲傷了。」

「他叫什麼名字？我想先知道名字。」

「那你就錯了，親愛的朋友，這正是核心所在，沒有名字，抹去、無視那些名字。想想語言帶給我們以及我們帶給語言的混亂、騷動、喧嚣、荒謬、野蠻混亂……噢，該死，我開始講起道理了！」

「他想要擯除語言，並透過你接近兩個人，也就是你和我，因為我們的存在最依賴語言！看看這些書！」

「我看到了。」

「想想看你教課也多依賴語言。」

「那又怎樣！」

「你還不了解嗎？你曾經說過，失言比對罪惡更令人擔憂。現在正是你做出巨大犧牲的時候，讓我們的世界徹底擺脫文字紀錄、印刷品、廣播、電視、錄音、光碟……」

「不，不行。」

「天哪，西姆，你年紀比我大！你還剩多少時間？你還能等多久？我告訴你……」艾德溫誇張地比劃著，他的大衣因此敞開：「就是現在了！」

「奇怪的是，我不在乎自己還有多少壽命。當然，我不想死，而且我也還不會死，是吧？幸運的話，至少不是今天死。這天總會到來，但不是今天。今天是無限而瑣碎的。」

「你不冒險一試？」

西姆嘆了口氣。

「我預見了哲學界的復甦。」

「它從未死去。」

「那就說是復興吧。我們何須糾結這些字詞！」

「超驗哲學……」

這個詞就像對西姆扣下扳機，他乾脆不再聽了。巨輪與印度教的宇宙據說和物理學家所發現的宇宙相同。五蘊與化身、銀河系衰退、表象與幻相……艾德溫滔滔不絕，他說話愈來愈像赫胥黎不那麼成功的小說中的人物！此時西姆開始默默地重述自己獨特的主張。這一切都合理同時也不合理。我相信這一切，就像我相信那些沒有看見的事物，我相信宇宙在膨脹、我相信哈斯丁之戰，我相信耶穌的故事，我相信……這樣的相信觸動不了我，這是一種二流的信仰。我的信仰就是我，繁多而微小。

然後西姆回過神來聽到艾德溫的聲音，他抬頭看著他，點點頭，很多人都會這樣假裝自己有在聽，而且理解對方的意思，但其實根本沒有。艾德溫仍講個沒完這件事讓西姆驚訝於一個殘酷事實，人所相信的真實、深信不疑的事情，就是他自己，因為他感覺自己在思考，不斷感覺自己在思考，感覺到無盡的意識……

西姆發現自己又對艾德溫點點頭，艾德溫繼續說下去。

「所以你說說看，他怎麼知道我是尋道者？我身上有寫嗎？額頭上有什麼階級標記嗎？還是臉頰上有某種部落疤痕？撇開這些技術、天眼、預知力、第六感，還有占卜、算命、魔法力量……他就是知道！當我們一起走路時，我發現自己……這是重點……我發現他沒講話，而是……」

艾德溫停下來，看起來有些神祕。

「西姆，你肯定不會相信。他沒說話，而是我說了。」

「那當然！」

「不，不，不是我自己在說話！而是在替他發聲！不知為何我一直在替他找到想講的話，還完全不會詞窮……」

「你從來不會詞窮。我們兩人都像我母親所說的，口若懸河……」

「正是如此！他讓我口若懸河。然後……我們沿著碎石路走向還沒被砍掉的榆樹……那時雨下得激烈，而且刮大風……」

艾德溫停下來，從桌邊站起身。他把手深深地插進口袋裡，大衣就像窗簾拉上一樣。

「……我不僅說話。」

「也許你還唱了歌。」

「是啊，」艾德溫毫無幽默感地說，「正是如此！我所經歷的事情無法用言語來形容，而我當時確實經歷了。」這時一個黑人小男孩把臉貼在櫥窗玻璃上，發現店裡的內部陳設難以看透，於是就跑開了。西姆回頭看著艾德溫。

「我無法再假裝認同你的說法。艾德溫，我一直都受到社交禮儀的束縛，所以從來沒能當著你的面說出我的真實想法。」

「我想讓你一起來，我們去公園吧。」

「你安排了會面嗎？」

「他會在那裡。」

西姆用手捂住自己光禿的頭，然後惱怒地搖了搖頭。

「你也知道，我不能隨意離開書店。露絲出去買東西了，我在她回來之前都不能出去……」

店門口的鈴聲響起，是露絲回來了。艾德溫得意地看向西姆。

「你看？」

西姆又更火大了。

「這無足輕重！」

「這一切都環環相扣。露絲，早安。」

「艾德溫，早安。」

「親愛的，物價還在漲嗎？」

「漲幾分錢而已，沒什麼好擔心的。」

「我正在跟艾德溫說我不能離開書店。」

「可以啊，去吃點東西，我很樂意顧店。」

「親愛的西姆，你看吧？就是這麼不費吹灰之力！」

感覺被逼的西姆反而變得固執。

「我不想去！」

「親愛的，和艾德溫一起去吧，出門透透氣對身體有益。」

「沒有什麼益處，從來都沒有。」

「快出去。」

「真搞不懂為什麼我……露絲，如果格林漢書店的人來了，告訴他們我們還沒收集到吉朋[11]的全部書籍。《雜史》少一卷，但我們有完整且書況很好的《羅馬帝國衰亡史》。」

「那是第一版。」

「《羅馬帝國衰亡史》的價格已經談好，其他還可以議價。」

---

11 愛德華・吉朋（Edward Gibbon），英國歷史學家。

「我會記得。」

西姆穿戴好大衣、圍巾、羊毛手套和軟氈帽後，他們並肩走上大街。城鎮中心塔樓的鐘敲了十一下。艾德溫朝塔樓點點頭。

「我就是在那遇見他。」

西姆沒有回應，他們默默地經過城鎮中心，走過墓碑還沒有全部移走的墓園，然後是哈羅德．克里希納家、德瑟尼服飾店、巴托洛齊乾洗店、媽媽咪呀中餐外帶店。在桑德哈．辛格的雜貨店門口，辛格兄弟的其中一人正在與一名白人警察交談。

他們經過寺廟和新建的清真寺。自由俱樂部關閉進行翻修，所有牆面都是塗鴉，寫著「支持民族陣線」、「殺死混蛋弗倫特」。接著是福格斯通修鞋店。

艾德溫閃過一位錫克教婦女，她身穿華麗的服裝，部分被雨衣遮住。西姆跟著他走了大約十二碼，周圍有許多白人在等公車。艾德溫回頭說話。

「戰後變得不一樣了，不是嗎？以前倫敦的發展沒有蔓延到我們這裡，格林菲爾德還充滿鄉村綠意……」

「如果你睜一隻眼閉一隻眼，這裡就仍是一片鄉村綠地。龐森比是這裡的教區牧師。你說你在這裡遇見了那個人。」

「我本來想去看看史蒂文的木雕展，那個人也在這附近晃蕩。而這裡已經從城鎮中心呈放射狀發展……還有一個展覽，展出某個人拍攝的昆蟲照片……你應該知道我說的是誰，展覽很有趣。對了，小劇團正在排練沙特的作品……就是那個……在鏡頭裡……在北側附樓……」

「你是說用來存放聖禮禮器的北側耳堂？」

「西姆！你這個老頑固！你甚至不算是受領聖餐的教友！別忘了我們是多種族的社會，所有宗教皆為一體。」

「你去清真寺跟那些穆斯林說。」

「我有沒有聽錯？你變成民族陣線的人啦？」

「別亂說話了。那個人……」

「我在這裡遇到他……不，不是，洗禮盆應該在另一邊。他就站在西窗下，低頭凝視著古老的銘文。」

「墓誌銘。」

「你知道，我是教書的，這是我的飯碗，畢竟學校就是這樣。昨天遇到他之後，我突然想到我講莎士比亞的歷史劇時……天哪，這就是為什麼他不費心把那些東西印出來！他早就懂了，不是嗎？」

「《維諾斯與阿都尼斯》、《魯克麗絲失貞記》、《十四行詩》。」

「一個年輕男子。文字能害死人。這些是誰說的？」

「書本裡可以找到。」

「有時我們都沉默，安靜無聲。在一次沉默中我發現了一些事情。你看，這些呼嘯而過的飛機破壞了寂靜。而我知道，如果我們或者他能找到一個絕對安靜的地方……我想這就是他在城鎮中心的原因，他想尋求安靜，但當然是失望了。所以我們只交談了一下，應該都是我在說。你有沒有注意到我話很多，幾乎是為了說話而說話？我那時並沒有這樣。」

「你都在講你自己，而不是講他。」

「但這就是重點！有一段時間我……我還說原始語。」

「德文？」

「別成為……天啊，那些說拉丁文的老哲學家與神學家是多麼幸運啊！但我卻忘了。不，他們並沒那麼幸運，那是一種可以抹去的印刷文字。西姆，我說的是精神上的純潔語言，是天堂的語言。」

艾德溫無懼地側頭看去，臉發紅。西姆也感覺自己的臉發燙。

「我明白了，」他低聲說，「嗯……」

「你根本不明白，而且你覺得很尷尬。我也不明白，我也很尷尬……」

艾德溫再次將手伸進大衣口袋來遮住私處。他激動地說：「這不算什麼，是吧？非常失禮，是吧？有點像衛理教派，是吧？見不得光的東西，是吧？只是說方言而已。那一刻已經過去，我無法重新體驗。我只能去記住，但記憶什麼？都是雜亂無用的東西！我應該把它縫到外套的領子上，在這邊。現在我們都臉紅了，就像兩個頑皮的女學生被發現說髒話。一不做二不休。西姆，輪到你了，把它當成一種科學，你會感覺好一些。我將準確地描述那段記憶……我說了七個字，我說了短短一句話，而我看到它在我面前是個發光的聖潔形狀。噢，我忘了，我們要講求科學，對吧？發光說得過去，而聖潔？當時那種感動讓人聯想到宗教用語中的「聖潔」一詞。那種光不屬於這個世界。你想嘲笑我就笑吧。」

「我沒有要笑你。」

他們安靜地走了一會兒，艾德溫既防衛又心有所疑地把頭轉向一邊，於是他的肩膀撞上一個矮小的歐亞混血，這時安靜內向的艾德溫突然變得很會做人。

「很抱歉……是我的錯……你還好嗎……噢，我真是太不小心了！你有沒有怎麼樣？非常感謝你！再會。是的，再會！」

然後艾德溫又恢復原來的防衛心態，他們走路時他回頭看了西姆一眼。

「我就不信你沒有要笑我。」

「你是說了什麼話？」

令西姆驚訝的是，艾德溫從脖子一路紅到臉龐和低矮的前額，最後沒入他粗硬但灰白的頭髮。艾德溫吞了一口口水，圍巾後面的喉結也隨之上下移動。他不自在地輕咳一聲。

「我不記得了。」

「你……」

「我只記得我講了七個字，還有那個形狀。之前還不明確，但現在已經清楚明瞭……唉……」

「你真像安妮．貝森[12]。」

「就是這樣！這就是差別所在！我完成這件事，或者說事情就這麼發生了……那些提出真知灼見的人，他們的哲學、宗教和準則可能正是我們在尋找的，而在某種啟發下，未來會是如何……差別就在這裡！這就是未來！西姆，我沒必要解釋，我沒有在尋找什麼，但我卻發現了它，就在公園裡，我坐在他旁邊，是他給了我。」

「我懂了。」

「我當時有點萎靡不振，你懂那種感覺吧，我真的很沮喪。」

「是我不好，抱歉，我太無禮。」

「一切都水到渠成。我想他不會反對有人隨身攜帶書寫而非印刷的文字，他自己也有抄

12 安妮．貝森（Annie Besant）是英國著名社運領導者，一生領導眾多運動，如現世運動、社會主義運動、工會運動、神智學運動及印度自治爭取運動等。

寫一些東西……」

「你說真的嗎？」

「就是會寫下一些東西只給自己看……西姆，我想起來了，他拿走我的書。」

「什麼書？」

「一本平裝書，沒什麼要緊。他拿著這本書去公共廁所，但當他回來時……並沒有把書還給我。」

「你忘了吧，就像你忘了自己講的那七個字。」

「不過他還做了一件事。他拿起一個火柴盒和一塊石頭，然後非常小心地將火柴盒和石頭疊在椅子扶手上。」

「他說了什麼？」

「他的嘴不是用來說話的。天哪，我在說什麼？就是這樣！不是用來說話的！」

「火柴盒和石頭是怎麼回事？」

「我不知道。它們也許還在那裡，也許倒掉了，我沒看。」

「我們倆都瘋了。」

「他當然會說話，我很確定有聽到他說『是的』，他一定說了。我心裡很確定他還說了別的話。對了，他說了很多關於『守密』的事。」

「什麼守密？」

「我不是跟你說過了？那是另一件事。不再重現話語。所有事物都沒有永久不變的名稱，所以不能讓任何人知道。」

西姆在人行道上停下來，所以艾德溫也只好停下來轉向他。

「聽著，艾德溫，這已經是胡說八道了！這是共濟會的那套、內圈門徒什麼的，是種陰謀……你不明白嗎？他自己會不懂嗎？你可以在大街或市場高談闊論；你可以用擴音器大聲宣揚，但沒有人會理你！飛機仍會飛過，車輛依然會經過，無論是要去購物的路人、警察，還是穿著時髦新潮的少男少女，都沒有人會注意到你。他們會以為你是在幫超市宣傳優惠。我們就是這麼無足輕重，你剛說什麼……守密？我這輩子從來沒聽過這麼蠢的話！」

「不過……你看，我已經把你帶到公園門口了。」

「我們來把這件事了結吧。」

他們站在大門內幾碼處，艾德溫則踮著腳四處張望。成群結隊的孩子到處玩耍。公園管理員站在距離公共廁所幾公尺遠的地方，陰鬱地看著孩子們跑進跑出。

艾德溫驚愕地在身後發現了那個人，西姆也轉過身來，不自覺地直視著那個人的臉。他的外表有點像準備粉墨登場的演員，頭戴一頂黑色的寬邊帽子，身穿一件黑色的長外套。他的手插在口袋裡，就和艾德溫一樣。因為西姆跟那個人一樣高，所以他們剛好四目相對，他發現那個人的臉很奇怪，右臉的顏色比一般歐洲人要深，但又沒有印度人或巴基斯坦人那麼深，而且他絕對不是黑人，因為他和艾德溫一樣有白人的面貌特徵。而他的左臉則是令人不解。西姆想了一下，覺得像是在灰濛濛的日子拿著一面鏡子投射出微弱光線，讓左邊臉的顏色淺了一些，這邊的眼睛比右邊的小，而西姆後來也看出顏色較淺並不是因為光線反射，而是因為皮膚不同。這個人的左臉在許多年前進行過皮膚移植，這也許就是為什麼艾德溫說他的嘴不是用來說話的，因為移植的皮膚讓他嘴巴左側張不太開，左眼也幾乎是閉著，或許他這隻眼睛不是用來看東西的。黑帽子下有一縷烏黑的髮絲垂落，左邊較長的黑髮中似乎有個深紫紅色的突出物。西姆發現隱藏在髮絲之下的是一隻殘缺不全的耳朵，頓時覺得胃裡一陣翻騰，他知道這肯定與導致植皮的事件有關。西姆沒想到自己會看到這樣的景象，不由得皺起眉頭。他一直張著嘴，卻什麼也沒說。他能聽到艾德溫在他身邊熱切地說話，特別大聲刺耳，彷彿老師在訓話的口氣。但西姆並沒有注意聽艾德溫在說什麼，他只是盯著那個人半睜的眼睛和半閉的嘴，臉上收縮緊繃的皮膚看起來極為悲傷。也因為某種心理因素作祟，那個人就像是被勾勒出了輪廓，顯得非常顯眼。

西姆仍盯著那個人，感覺有些話從他心底升起，違背他的意志脫口而出：「我認為這一切都很荒謬。」

那個人的右眼似乎睜得更大了，淡淡眸光透著憤怒與悲傷。艾德溫回應道：「當然不會是你想的那樣！古柴爾德，如果你稍微思考一下，就會知道這不可能是你所期望的！」

一架飛機在他們上方呼嘯而過，聲音愈來愈大。同時，大街上也像被一整列聯結車入侵了一樣。西姆舉起一隻手摀住耳朵，與其說是想擋住噪音，倒不如說是一種抗議。西姆往旁邊看了一眼，艾德溫還在說話，他短小的鼻子抬起，臉頰發紅，就像是在唸誦讚美詩篇。

西姆只知道自己說了：「我們到底要讓自己陷入什麼境地？」

這時飛機已經飛過，聯結車也右轉上高速公路了。西姆回頭去看那個人，赫然發現那人已經走了。西姆腦子裡充滿各種猜測，其中大多數都很荒謬，而後他在十公尺外看到那個人正大步離去，雙手插在長外套口袋裡，艾德溫則緊隨其後。

他們三人就這樣沿著主要的碎石路排成一列。悲傷與憤怒，兩者混雜成為一種力量。話語又像瓶子裡的氣泡一樣沿著西姆的身體流向喉嚨，但話到嘴邊還是咽了下去。

我以為會是某種傳教士。

艾德溫彷彿心意相通，便放慢腳步與西姆並肩而行。

「我知道這不是任何人所期望的。你還好嗎？」

西姆不情願但又謹慎地說：「我……很感興趣。」

他們走近給孩子玩耍的遊樂場，那裡有鞦韆、蹺蹺板、小小的金屬旋轉平臺和溜滑梯。

當他們走向公園中心時，外面街道傳來的噪音減輕許多，這時火車駛過的轟鳴聲就像被環繞公園的樹木消音了一般。但每兩、三分鐘還是會有一架飛機轟隆隆飛過。

「那裡！你有沒有看到！」

艾德溫抓住古柴爾德的手腕，兩人停下腳步往前看。

「看到什麼？」

「那顆球！」

那個人並沒有放慢腳步，已經走得很前面。艾德溫再次拉住西姆的手腕。

「你一定注意到了！」

「注意到什麼……」

艾德溫像在對著特別遲鈍的學生說話一樣解釋道：「那個男孩踢的球穿透那個人的腳。」

「胡說，球是穿過雙腳之間。」

「真的是穿透他的腳！」

「那是視覺上的錯覺。我也看到了，是從雙腳之間穿過！艾德溫，別像個小孩，你接下來該不會還要說他飄浮起來了。」

「我確實看到了！」

「我也看到了，沒有穿透。」

「有。」

西姆突然大笑起來，過了不久艾德溫也露出笑容。

「抱歉，不過……顯然……」

「並沒有穿透，因為如果真是如此，艾德溫，那奇蹟就太微不足道了。會不會球打到他的腳反彈回去？還是正如我確信的那樣，球就這麼剛好從他雙腳之間通過？」

「你是在懷疑我親眼所見。」

「天哪！你沒見過魔術師嗎？他與眾不同、非同尋常，他讓我難堪，而你也一樣，但我不會把光的把戲或機率微乎極微的巧合當成超自然現象，或當作一種奇蹟，如果你比較喜歡這個詞。」

「我不知道該用什麼詞，這已經是不同維度的事。」

「你的說明還真科學。」

「就我幾分鐘，也許幾小時的觀察，他的生活充滿了這種現象。」

「那為什麼他沒有成為實驗對象？」

「因為他還有更重要的事情要做！」

「比真相更重要？」

「沒錯！」

「那是什麼事？」

「我怎麼知道？」

而這時那個人在碎石路旁的一張椅子前停了下來，西姆和艾德溫也在離那張椅子不遠處停下來，西姆有那麼片刻覺得自己非常愚蠢，他們顯然不像是在跟蹤一個人，而是像在跟蹤稀有的珍奇異獸，雖然人類無法與之交流，卻對牠們的行為、羽毛或毛皮很感興趣。這樣的行為很愚蠢，因為這個人不過是個身穿黑衣的白人，頭的一側在多年前嚴重受損，且沒有修復得很好。而漸漸看習慣的西姆也知道，這個人肯定對自己的人生遭遇感到十分惱怒。

艾德溫不再說話，他隨著那個人的目光看去，看到一群孩子在玩耍，其中大部分是小男孩，邊緣也有一兩個小女孩。那裡還有一個年紀看起來比西姆大的瘦老頭，應該是早晨公園裡最年長的人。這個身形瘦長、有點駝背的老人一頭白髮，穿著一套以前紳士才會穿的那種黑白相間高級西裝，還穿著棕色的鬆緊靴子，不過並沒有穿大衣。老人正一臉焦慮卻又傻氣地在和孩子們玩球，那是一顆五彩繽紛的大球，這個老傢伙，也許是老紳士，或者只是個很有活力的老頭把球丟給一個男孩，男孩又丟回來，然後他再丟給另一個男孩，就這樣和那些男孩丟來丟去，同時他也一直接近公共廁所，瘦削的臉上掛著焦慮而燦爛的笑容。

我看到了什麼？

西姆迅速轉身，卻不見公園管理員的蹤影。畢竟公園裡到處都是孩子，管理員一個人也分身乏術。艾德溫則看起來很憤怒。

這個老人年事雖高，但身手依然敏捷，他用力踢著球，一邊吃吃傻笑。球擊中那些男孩後彈起，彷彿老人有意要讓球彈飛，球在地上彈了幾下，剛好就落到那個黑衣人手上。老人笑著揮手等黑衣人把球丟回來，但他沒有動作。於是老人像貓一般快步跑到小路上，卻漸漸放慢速度，收起笑容，甚至不再喘氣，他微微彎腰觀察他們這些人。沒有人說什麼，孩子們也只是等待著。

老人稍微壓低下巴，從灰白的眉毛下抬起眼睛看著那個人。他是個乾淨的老人，即使西裝已磨損嚴重，還是相當乾淨整潔。從他說話也能感覺出他受過良好的教育。

「先生，這是我的球。」

眼看對方還是沒反應，老人再度焦慮地傻笑。

「這是青少年在玩的！」

黑衣人將球抱在胸前看著老人。西姆只看得到他未受損那邊的臉、眼睛和耳朵，面容端正、迷人且勻稱。

老人再次開口。

「如果你們是內政部的人，那我能向你們保證，這顆球是我的，我身後的那些小孩子也沒有受到傷害。說到底，你們沒有抓我的罪證，所以請把球給我後就離開吧。」

西姆說話了。

「我知道你！好幾年前……在我店裡！童書……」

老人瞪大眼睛。

「哦，原來是老熟人的聚會啊？你店裡？容我告訴你，先生，這年頭我們不欠帳，概不賒欠。我付了錢！真的付了！還付出了一生的代價。你不明白是吧？問問貝爾先生吧，是他帶你來的。但我已經付出代價了，所以你們也不能再糾纏。把球還給我！那是我買的！」

這時黑衣人的身體緩緩抽搐，胸前的球也跟著顫動。他開口道：「佩迪格里先生。」

老人盯著那張變形的臉，仔細地凝視，彷彿能看透左臉的白色皮膚，還把那扭曲的嘴巴和沒有被完全隱藏起來的左邊耳朵看遍了。老人變成怒目而視。

「馬帝．伍德拉夫，我認識你！你……好多年前，那個厚顏無恥的人……噢，我認識你！把球還給我！我已一無所有……都是你的錯！」

黑衣人再次抽搐，不過這次是帶著悲傷憤怒的情緒……

「我知道。」

「你們都聽到了！先生，你們是我的證人，得幫我作證！你們明白了吧？我一生就這樣碌碌無為，本來應該會是很美好的……」

「不。」黑衣人聲音低沉嘶啞地說了這個字。

那老人咆哮著說：「把球還我！把球還我！」

然而眼前這個人將球牢牢抱在胸前堅決不還，老人再次怒吼。他環顧四周，像被蜜蜂螫一般大叫起來，他看到孩子們已經跑走，加入別的小團體一起玩。老人大步走進空曠的草地喊道：「湯米！菲爾！安迪！」

黑衣人抱著球轉向西姆，非常莊重地用雙手將球交給他，西姆知道自己也必須同樣莊重地接下球，所以當他用雙手接過球時，他甚至還微微鞠躬。接著黑衣人轉身跟在老人身後走去，而且彷彿知道西姆和艾德溫會跟著他，他沒有回頭看，只是用手勢示意他們別跟上來。

兩人看著他穿過草地，消失在廁所後面。西姆轉向艾德溫。

「那是怎麼回事？」

「至少有些事很清楚，那老人的名字是佩迪格里。」

「我有說過吧？他過去曾在店裡順手牽羊，偷童書。」

「你有告發他嗎？」

「只是告誡他。我知道他是要拿童書當誘餌騙小孩子，這個老、老……」

「我們不該這樣評斷他人。」

「別裝清高。至少我們不會對孩子下手。」

「那個人已經去很久了。」

「就是去上廁所吧。」

「除非那老人對他怎麼樣。」

「真卑劣無恥。希望我們不會再見到他。」

「誰？」

「那個老傢伙……你說他叫什麼……佩蒂弗？」

「佩迪格里。」

「對，佩迪格里，這人真噁心。」

「也許我該去看看……」

「看什麼？」

「他可能在……」

艾德溫快步穿過草地走向廁所，而西姆則在原地等著，不僅感到愚蠢也感到噁心，彷彿受到手上那顆球玷汙了一般。他想著該怎麼辦，想起那儀容整潔的老人和他令人作嘔的慾望，一股厭惡感便油然而生。於是西姆轉而去想那些真正純潔甜美的事物，想到斯坦霍普家的女兒，她們是多麼的精緻又乖巧啊！看著她們成長是多麼令人高興。無論她們變得多麼成熟，都無法超越童年時那種真正仙女般的精緻，那是一種會讓人感動落淚的美麗。雖然她們後來沒有長成大家想像中的樣子，但那也是斯坦霍普的錯。蘇菲是這麼漂亮又有禮貌，早上都會跟他們夫婦倆問好。毫無疑問，斯坦霍普家的雙胞胎宛如格林菲爾德一道閃耀的光芒！

艾德溫回來了。

「他不見了，消失了。」

「他應該是走了吧，別說得那麼誇張，月桂樹那邊還有一個出入口可以離開公園。」

「他們倆都走了。」

「那這顆球該怎麼辦？」

「我想你最好先收著，我們應該還會再見到他。」

「我得回去了。」

他們沿著碎石路往回走，但還走不到五十公尺，艾德溫忽然停下腳步。

「就是這裡。」

「什麼？」

「你不記得了嗎？我在這裡看到奇蹟。」

「我又沒看到。」

不過艾德溫沒在聽，他張口結舌。

「西姆！這下我懂了，所有事情都是相互關聯的！我現在更了解那是怎麼回事了，他是刻意讓那顆球就這麼穿透過去，因為他知道那不是他在找的球！」

第十三章

露絲出現許多奇思異想，這對向來理性實際的她而言很不尋常。而現在她感冒發燒臥病在床，仍心繫著書店的情況。儘管西姆生怕無法同時顧好妻子和店面，但還是經常端熱飲上樓去給露絲喝。他每次上樓都會多待一下，因為露絲會有幻想。她躺在二三十年前生孩子的雙人床上，閉著眼睛，臉上布滿汗水，還不時喃喃自語。

「親愛的，妳說什麼？」

露絲嘟噥著。

「我又帶了一些熱飲，妳要不要坐起來喝一下？」

這次露絲說得異常清晰。

「他動了，我看到他。」

西姆心裡很難受，感覺心臟真的在痛。

「好啦，坐起來把這個喝了。」

「她用的是刀。」

「露絲！坐起來！」

露絲突然睜開眼睛盯著西姆的臉，然後她環顧臥室，望向天花板，飛機經過的聲音很大，感覺好像往上看就能看見飛機一般。她用手將自己撐著坐起來。

「好一點了嗎？」

她在床上瑟瑟發抖，西姆為她披了條披巾。她小口小口地啜飲，喝完後把杯子遞回給西姆，卻完全沒看他一眼。

「妳現在容光煥發，妳會好起來的。要不要我再幫妳量一下體溫？」

露絲搖搖頭。

「沒有必要。實在太吵了。哪裡是北邊？」

「為什麼這麼問？」

「我想知道，我必須知道。」

「妳是不是還不太清醒？」

「我想知道！」

「嗯……」

西姆思考著外面的路、大街和老橋，想像著縱橫交錯的運河、鐵路與高速公路，以及高空中的飛機航道。

「有點難辨認方向，太陽會在哪邊？」

「太陽一直在轉動，還有噪音也是！」

「我知道。」

露絲又躺回去，閉上眼睛。

「親愛的，再睡一下吧。」

「不！我不要睡。」

外面響起汽車喇叭聲，西姆從窗戶往外看，看見一輛大卡車正要駛上老橋，塞在後面的車子等得不耐煩了。

「過一會就安靜了。」

「去顧店吧。」

「有珊卓拉在。」

「如果我需要什麼，我會發出聲響的。」

「好吧，我還是別親妳了。」

西姆將食指放在唇前，然後再放到露絲的額頭，她露出笑容。

「快去。」

西姆輕手輕腳地下樓，穿過起居室走到書店。珊卓拉坐在桌前，面無表情地盯著書店的大櫥窗，只有她嚼著口香糖的下顎在動。她的頭髮和眉毛是黃棕色的，眉毛有用眉筆稍微畫過。她相當胖，牛仔褲顯得很緊繃。這份工作報酬不高，以這個時代的標準來看又很乏味，而且完全不需要什麼聰明才智，所以來應徵的只有三個人，西姆並不喜歡她，但露絲卻選中了她。西姆知道為什麼露絲會選擇這三人之中最沒有魅力的人，而他也只能同意她的決定。

「珊卓拉，借我坐一下我的椅子好嗎？」

珊卓拉聽不懂其中的諷刺。

「可以啊。」

她站起身。西姆坐下後，卻看到珊卓拉又走向他用來到上層書架取書的梯子，然後一屁股坐下。西姆惡狠狠地看她。

「珊卓拉，妳站著比較好吧，客人應該會想看到店員站著。」

「又沒有客人，一直都沒人上門。而且快到午餐時間了，也不會有人來。連個電話都沒有。」

確實如此，最近書店營業額少得可憐，要不是有那些古籍善本……

西姆陷入深深的自卑之中。沒什麼好指望珊卓拉了解這裡和超市或糖果店的差異，她本身應該也比較喜歡超市的工作環境，那裡充滿生機，有同事、談話、閒聊、燈光和噪音，甚至還會播放背景音樂。而這裡只有無聲的書籍，忠實地在書架上等待知音，無論是古版書還是平裝本，書中的文字幾個世紀以來都沒有改變。這是如此顯而易見的事，西姆常驚訝於自己這麼容易感到驚訝。有人說這種晦澀的驚訝感是智慧的開端，而問題在於驚訝的感覺不斷出現，但智慧並沒有隨之而來。我活著的時候感到驚訝，也帶著驚訝死去。

珊卓拉也許沒有意識到自己的重量，西姆看到她寬大的臀部肉溢出梯子，想著她可能月事來臨，於是就站起來。

「好吧，珊卓拉，妳可以坐我的椅子，不過有電話打來時妳就得起來。」

珊卓拉屁股離開梯子，漫步走向椅子，走動時大腿還會互相摩擦。她癱坐在椅子上，嘴巴仍像牛一樣嚼個不停。

「謝啦。」

「妳想要的話可以看書。」

她看向西姆，眼睛一眨不眨。

「看書要幹什麼？」

「妳看得懂書吧？」

「當然，你太太問過我了，你應該知道吧。」

愈來愈討厭了，我們得想辦法把她開除。找個巴基斯坦人或小伙子都行，不過這樣就得看緊一點。

不能這麼想！這是種族歧視。

那些人仍蜂擁而至。儘管沒有不好的意思，在我看來他們就是蜂擁而至。這並非我所想，而是我感受到的。幸好沒有人知道我感覺到什麼，感謝上帝。

這時有一位客人來了，他正打開門……叮！是斯坦霍普。西姆匆匆走上前，摩擦著雙手，表現出熱情迎接的模樣。

「斯坦霍普先生，早安！很高興見到你。最近好嗎？應該一切都好？」

斯坦霍普一向不去理會這些閒聊，他直接切入正題。

「西姆，我要列蒂的《西洋棋局》，一九三六年版，多少錢？」

西姆搖搖頭：「抱歉，斯坦霍普先生，我們沒有這本書。」

「賣掉了？什麼時候？」

「我們從來都沒有，不好意思。」

「有啊，你們有。」

「你可以自己找……」

「聰明的書店老闆都會知道自己店裡有什麼書。」

西姆笑著搖了搖頭：「斯坦霍普先生，你抓不到我毛病的，別忘了我從我父親還在時就在這裡了。」

斯坦霍普突然動作俐落地爬上梯子：「看吧，就在這裡啊。」

「天哪。」

「我就記得我好幾年前看過。這多少錢？」

西姆接過書，吹掉上面的灰塵，然後看著扉頁快速計算了一下。

「三鎊十，不對，是三鎊五十。」

斯坦霍普把手伸進口袋掏錢時，西姆忍不住說：「昨天我見到斯坦霍普小姐，她經過店門口……」

「誰……我女兒？那一定是蘇菲，無所事事的小蕩婦。」

「但她是如此迷人……她們都很迷人……」

「別這樣，你年紀也不小了。她們那一代一點也不迷人。錢給你。」

「先生，謝謝。她們一直都讓我們無比愉悅，天真、美麗又有禮貌……」

斯坦霍普咯咯笑了起來。

「天真？她們有一次想毒害我，我差點就被毒死了。她們把一些骯髒的東西放在我床邊的抽屜裡。一定是找到備用的房門鑰匙就開始密謀這些……令人生厭的女人！不知道她們是從哪裡找到那些髒東西的？」

「應該只是在惡作劇！她們對我們一直都很親切有禮。」

「也許你會在和艾德溫會面時見到她們。」

「見到她們？」

「你們不是在找一個安靜的地方？」

「是艾德溫想找。」

「就這樣吧。」

斯坦霍普向西姆點點頭，看了珊卓拉一眼後便開門出去。這時天花板上傳來一聲巨響，西姆急忙上樓，扶著露絲讓她吐出一些痰。露絲感覺好些後，她問西姆剛才在跟誰說話。

「斯坦霍普，他來找一本西洋棋書，還好我們有那本書。」

露絲的頭向左右搖動。

「做了個噩夢。」

「只是個夢，下次會是好夢的。」

她又慢慢入睡，呼吸平穩。西姆輕聲走下樓到書店。珊卓拉仍然坐著，但隨後門鈴又響了，這次是艾德溫。西姆誇張地發出噓聲要對方安靜點。

「露絲的情況很糟。她在樓上睡覺……」

艾德溫也很配合地壓低音量。

「親愛的西姆，她怎麼了？」

「只是感冒，有慢慢好轉，但你知道我們這年紀的人……她當然沒有我這麼老，不過還是……」

「我知道，年紀到了。我有新消息要告訴你。」

「要會面？」

「恐怕我們全都要去，不過也沒什麼好害怕的，被邀請的人很多。」

「在斯坦霍普家。」

「他告訴你了？」

「他剛才來過。」

西姆對斯坦霍普來過他的店感到有些自豪。畢竟斯坦霍普在棋界也是個名人，他有自己的專欄、廣播和表演。自從西洋棋成為新聞關注的焦點，還有鮑比．費雪逐漸受眾人矚目以來，西姆也不由得對斯坦霍普產生敬意。

「我很高興你沒有反對。」

「誰？我？反對斯坦霍普？」

「我總感覺你對他的態度有點……偏狹。」

西姆思索了一下。

「我想確實如此。畢竟我和他一樣一輩子生活在這裡，我們都是老格林菲爾德人了。以前有一些醜聞，就是他妻子離開他的時候，和女人的那些事。我這個人的觀念比較守舊古板，露絲也不喜歡他。而他那對雙胞胎女兒……我們都很高興能看著她們長大。他怎麼能忽視這麼迷人的女孩……讓她們長成……」

「你將能再感受到她們的魅力，不過是間接的。」

「不會吧！」

「你想不到吧？他說我們可以用她們的地方。」

「是個房間？」

「是庭院盡頭的馬廄，你有進去過嗎？」

「沒，沒有。」

「她們曾經住過那裡。我很高興可以遠離斯坦霍普，他當初也是想擺脫女兒，所以才讓她們去住那裡。你不知道嗎？」

「我不明白那裡有什麼特別的。」

「我知道那個地方，畢竟我也住在斯普勞森宅，不可能不知道吧？我們剛搬來這裡時，那兩個女孩還曾邀請我和我太太去馬廄喝茶，像辦家家酒一樣。不過她們很嚴肅！特別是托妮提出的問題！」

「我還是不明白……」

「你這個老頑固！」

西姆發出怨言。

「那個地方感覺很偏僻。我不明白為什麼我們不去用城鎮中心？這樣還能吸引比較多成員。」

「是因為那地方的特性。」

「女人味？」

艾德溫驚訝地看著他，西姆覺得自己臉發紅，連忙解釋。

「我記得我女兒上大學時，有一次我去她住的宿舍，整個宿舍全部都是女生，天哪，你絕對想不到空氣中瀰漫的香水味有多濃！我只是想說，如果那地方住過……」

「不是那回事，完全不是。」

「對不起。」

「不用道歉。」

「這種特性。」

艾德溫繞著中間一個書架轉了一圈，走回來時抬頭挺胸，笑容滿面。他張開雙臂。

「啊哈！」

「你感覺很沾沾自喜。」

「西姆，你去過城鎮中心嗎？」

「沒有。」

「那也沒關係，只是我在那裡遇見那個人……」

「我沒有你那麼印象深刻，連一半都沒有。艾德溫，你最好明白這點，我不是要質疑你……」

「聽著。」

「我在聽了，繼續說吧。」

「不！不是聽我說，聽就是了。」

西姆環顧四周，傾聽著。聽到交通產生的噪音，但沒什麼不尋常的。然後聽到城鎮中心的鐘聲，緊接著又聽到消防車駛過老橋時鳴著的警笛聲，還有一架飛機呼嘯而過、緩緩下降的聲音。艾德溫張開嘴想說話，但又閉上嘴，舉起一根手指。

西姆不只聽到，還感覺到腳下傳來微弱的振動，持續不斷，就像火車搖搖晃晃地穿過運河，穿越田野駛向中部地區一樣。

天花板上傳來敲擊聲響。

「等一下，我馬上回來。」

露絲去上廁所，要西姆在門外等她。西姆擔心她又精神失常，所以坐在閣樓的樓梯等。

他透過窗戶看到夫蘭克雷五金店堆放貨物的雜亂屋頂已遭拆除，不久就會有人帶鏈球機具來把整間老屋打掉，但其實沒有必要，這種老房子只要靠著就會倒塌。這時更多噪音傳來。

西姆回到店裡，看見艾德溫坐在桌子邊和珊卓拉聊天，他感到氣憤。

「珊卓拉，妳可以下班了。我知道還沒到打烊時間，但我來負責鎖門就好。」

珊卓拉雖然摸不著頭緒，也還是從桌子後面的掛鉤上拿了羊毛衫準備下班。

「再見。」

西姆看著她走出書店，艾德溫笑了出來。

「西姆，不會有什麼的，她對我沒興趣。」

「你……！」

「為何不呢？所有靈魂都是平等的。」

「是啊，我相信。」

確實如此，我相信我們都是平等的，這可說是一種第四流的信仰。

「繼續說你那個瘋狂的想法吧。」

「人們過去常在聖井旁建教堂，有時甚至建在聖井上。當時的人需要水，必須用桶子從地底下汲取，不像現在有水務局建設的水管。那時的水來自大地，狂野、原始且源源不絕。」

「還會有蟲子。」

「井水因為人們崇拜而變得神聖。你不覺得這種大地慷慨給予的無盡井水可以幫助我們修正過錯嗎？」

「也不是人人都幫。」

「水是神聖的，曾經是神聖的。」

「我還難以相信今天所聽到的。」

「就像那時的水，如今我們的混亂中也有些不可思議且必要的東西，就是安靜，珍貴而原始的寂靜。」

「可以裝雙層玻璃窗來隔音，科技總有辦法解決問題。」

「這就像是將狂野神聖的水裝在蓄水池，然後透過管線穩定輸水。不，我說的是不受控制、自然且必然會有的安靜。」

「你這幾天去過那裡嗎？」

「當然，斯坦霍普一提供那個地方給我們我就去了。爬上樓梯頂端，經過走道進入房間，可以透過小天窗看到那條平靜、未受破壞的運河，還能看到綠意盎然的庭院。西姆，那裡一片寂靜。我知道安靜的空間在那裡等著我們，等著他。他還沒注意到，我就幫他找到了。神聖的安靜在等著我們。」

「不可能。」

「怎麼不可能？那裡確實有種衰敗之感，周圍都是新的建設，而這個庭院深處與世隔絕的清靜之地就沐浴在陽光下，安靜得彷彿有個不再需要呼吸的人用雙手捧著。」

「那裡曾天真無邪，就像你說的辦家家酒，真可悲。」

「有什麼可悲的？」

「她們都長大了。艾德溫，那建築似乎有某種機關，可以把噪音反射出去。」

「連飛機的噪音也能反射？」

「為什麼不能！它的表面不知為何就能有這樣的效果，一定會有合理的解釋。」

「你才說那裡天真無邪。」

「我年邁的心被觸動了。」

「這麼說吧……」

「女孩們有留下什麼東西嗎？」

「傢俱幾乎都還在，如果是問這個的話。」

「真有趣。你覺得她們會感興趣嗎？我說那兩個女孩。」

「她們不在家。」

西姆本來要說他有看到蘇菲經過書店，但想想還是決定不說了。每當艾德溫聽到有人問起她們的事，他臉上都會流露出一絲好奇。就好像這些不如預期的事，這種奇妙、感性、愉快且深刻的聯想只存在於一個人的內心世界，但外人還是能看得出這個人在想什麼，就像讀一本書，不，應該是像看西姆．古柴爾德那一代人會看的連環漫畫。

因為他老了，覺得自己老了，他對自己和對世界都感到煩躁易怒，所以他違背了自己隱藏內心想法的習慣，揭露了連環漫畫的一小角。

「我曾經愛上她們。」

這令人錯愕。

「我的意思是……不是你想的那樣。她們以前很可愛，值得受愛護。我不知道……她們現在還是……那個深色頭髮的蘇菲，至少我上次見到她時還是這麼覺得。而那個美麗的托妮，她已經離開這裡了。」

「你這浪漫的老傢伙。」

「為人父母自然會想保護孩子。我敢肯定斯坦霍普並不關心她們，還有曾經那些女人……不過那都是很久以前的事了。我覺得她們沒有被好好照顧。你可別想成……」

「我沒有。噢……」

「不是那樣……」

「也是。」

「你懂我的意思就好。」

「那當然了。」

「我的孩子……我們的孩子年紀都比她們大得多。」

「是啊，我知道。」

「那麼可愛的兩個小女孩，我們又住在同一棟樓，會喜歡她們也是很自然的事。」

「當然。」

一陣漫長的沉默後，艾德溫首先開口。

「明天晚上看你方不方便，他晚上會出門。」

「要看露絲有沒有好一點。」

「她也會來嗎？」

「我的意思是，如果她有好一點我才能出門。那艾德溫娜呢？」

「噢，絕對不可能。你也知道艾德溫娜，她如果看到那個人，一定一下就受不了了，她太……」

「我知道，她太敏感了。真不知道她怎麼有辦法在醫院裡做救濟貧病的工作，她會看到許多難以承受的景象。」

「這是一種磨煉。但她後來有說還是要看情況，如果他是病人那就另當別論。你懂吧？」

「我懂。」

「下班後情況就不同了。」

「是啊。」

「當然如果有緊急狀況又是另一回事。」

「所以恐怕就只有我們三個人。能一起回憶往事的人不多了。」

「我明白。」

「也許艾德溫娜能來陪伴露絲。」

「你不知道艾德溫娜有多怕細菌。她像獅子一樣勇敢，但她特別討厭細菌。還不是病毒，就只是細菌。」

「是呀，我相信。細菌比病毒更髒，細菌裡可能有病毒，是吧？」

「反正她就是討厭細菌。」

「她不是委員會的成員，女人往往不是。艾德溫，你是嗎？我是。」

「我不懂你在說什麼。」

「天啊，就是不同的信仰標準。將委員會成員的數量乘以信仰標準的數量……」

「西姆，我還是沒聽懂。」

「分隔。舉例來說，我心中的委員會成員有人相信分隔，認為雖然夫蘭克雷五金店在牆的另一邊……或者說在這間店被拆以前都在牆的另一邊，而牆還是真實存在那裡，無法假裝它不存在。但也有人認為，嗯，該怎麼說呢？」

「也許能穿透分隔。」

「你是這樣想的?那就真的去試試吧，解開心中的疑惑。我知道……」

我知道一個人的心靈可以從床上起來，向前走，走下樓梯，經過門，沿著小徑到達馬廐，那裡因為有那兩個小女孩而明亮美好。但她們睡著了，而且即使她們的形象跳著愚蠢的阿拉伯舞，她們也還是睡著的。

「知道什麼?」

「不重要，就是個委員會成員。」

確實一切都是他的想像。

「分隔，我的委員會多數投票贊成維持分隔。」

一就是一，一切都將如此，而且永遠會是如此。

艾德溫看了一眼手錶。

「我得走了。我跟他聯絡好再告訴你時間。」

「晚一點比較好。」

「你那個委員會裡，有人討厭那兩個小女孩嗎?」

「一個多愁善感的老傢伙，我想他不會來的。」

西姆送艾德溫到店門外的街上，禮貌地對著他匆促的背影揮手道別。

一個多愁善感的老傢伙？

西姆暗自嘆了口氣。並不是個多愁善感的老傢伙，而是個難以掌控的成員。八點的時候，露絲已經能倚坐著看書，而西姆也吃了魚片、馬鈴薯和罐頭豌豆填飽肚子。他鎖上書店，走往斯普勞森宅。雖然天色還亮，但房屋右側斯坦霍普家的窗戶就已亮著燈。小鎮很安靜，只有酒館裡的自動點唱機攪擾著夏日夜晚的安寧。西姆心想，所謂的馬廄裡的安靜其實沒有必要，他們的小型會議——但只有三人不知能不能稱作是「會議」——也可以在街上舉行。正當他這麼想時，一架閃著紅光的直升機飛越古老的運河，彷彿要撞上一列正駛過高架鐵橋的火車。直升機和火車都遠離後，他最近變得敏銳的耳朵隱約聽到打字機的聲響從亮著燈的窗戶裡傳來，斯坦霍普仍忙碌於他的書、廣播或專欄。西姆走上兩級台階，來到玻璃門前並把門推開。他對這裡很熟悉，左邊是律師事務所和貝爾家，右邊是斯坦霍普家，大廳另一端有一扇門能通往庭院。對西姆來說，這真是一個荒唐浪漫的地方，他感受到也意識到其中的浪漫與荒謬。他和這兩個小女孩沒有任何關係，從來沒有過、也不敢奢望能有什麼關聯，全都只有她們很偶爾造訪書店時的那些幻想……

左邊的樓梯傳來咔噠聲。艾德溫出現了，這次他熱情地伸手摟住西姆的肩膀用力抱一抱。

「西姆，親愛的朋友，你來了！」

西姆覺得這種打招呼方式很蠢，便盡快掙脫他。

「他呢？」

「我在等他，我想他應該知道地點。我們先過去吧？」

艾德溫大步走到大廳的盡頭，打開通往庭院的門。

「你先請，我親愛的朋友。」

花園小徑兩旁長滿了植物、灌木和開滿花的小樹，這條小徑直通玫瑰色瓷磚的馬廄，馬廄屋頂上有古舊的天窗。西姆感到疑惑，這些事物多年來一直離他這麼近，他卻從來不知道。他原本張嘴想說這件事，但後來還是閉上了。

要走下六級台階才會到花園裡，每走一步都是不同的狀態，有一種漸漸麻木、靜音的感覺。曾在布拉瓦海岸游泳和浮潛過的西姆覺得這種感覺就像潛入水中，但不像水那樣，從水面上到下的瞬間過渡，打破完美的表面、邊界。這裡的邊界同樣不容置疑，但不太明顯。一步一步地走下，逐漸遠離格林菲爾德夜晚的喧囂，用麻木和靜音這樣的詞都不夠準確，沒有一個合適的字眼能形容這種感覺。這個凌亂荒廢的長方形花園像個池子，一個安靜的池子。西姆聞到香味，便停下腳步環顧四周，彷彿會有什麼效果在眼睛和耳朵顯現出來，但什麼也沒有，只見長得太大的果樹、繁茂的玫瑰花叢、甘菊、蕁麻、迷迭香、羽扇豆、柳蘭和毛地黃。他抬頭望向天空，一架飛機正飛越空中，但噪音竟然消失了，變得像滑翔機一樣優雅靜謐。他再次環顧四周，看到醉魚草、鐵線蓮和婆婆納，花園的芬芳沁入他的鼻腔。

艾德溫又伸手搭在西姆肩上。

「繼續走吧。」

「我們這小地方有這些植物真好啊，我都忘了還有花了。」

「格林菲爾德可是個鄉村小鎮！」

「現在追求的不同了。連想安靜都難！」

他們沿著花園小徑走到盡頭，那裡有個照不到陽光的區域，入口曾以兩道門鎖住，但這些門都已拆掉，現在只有對面那扇通往曳船道的小門。樓梯在他們的左手邊。

「從這裡上來。」

西姆跟著艾德溫走上樓後，站在那裡環顧四周。這個寓所有一張狹窄的床、一張古老的沙發、一張小桌子和幾張椅子。還有兩個櫥櫃，兩側都有通道可通往小小的臥室。臥室裡有天窗，從天窗望出去可以看到運河，也可以看到斯普勞森宅的主屋。

西姆沒有說話，只是站著。不是因為發現這裡空間狹小、木地板單薄或內牆的板材廉價，也不是因為看到二手家具破舊不堪、扶手椅堆滿東西或桌子汙跡斑斑，而是聞到某種氣味。想必是蘇菲最近來過這裡，空氣中瀰漫廉價而刺鼻的香水味，掩飾著食物的陳腐氣息，以及汗水的味道。牆上有一面鏡子，周圍是精緻的鍍金，鏡子下方的架子上擺放許多瓶瓶罐罐、用了一半的口紅、噴霧和蜜粉。天窗下一個低矮的衣櫃上，有個傾斜著咧嘴笑的巨大娃娃。中間一張桌子鋪的天鵝絨布邊緣飾有絨球，桌上卻放著一堆零碎雜物：緊身衣、一個手偶、一條需要清洗的褲子、一本女性雜誌和收音機的耳塞。牆上有曾經貼過圖畫和照片所留下的黏貼痕跡，還有瓷花和一些彩色的玫瑰花飾，上頭布滿了灰塵。

西姆心中二十年來的幻想像泡沫一樣破滅了。他告訴自己她們沒有得到妥善照顧，她們得自己想辦法長大，是啊，我在想什麼呢？而且她們沒有母親……真可憐！難怪……

艾德溫正小心翼翼地把桌上的東西移到天窗下的櫃子上。櫃子旁邊有一盞立燈。粉紅色的燈罩也有像桌布一樣的絨球。

「你覺得我們可以把窗戶打開嗎？」

西姆起初沒聽見艾德溫說話，他正沉浸在自己的悲傷情緒中，後來才轉身去看天窗是否能打開。多年來沒有人打開過它，曾有人著手粉刷窗框，不過並沒有完成。房間另一端天窗下的衣櫃也是如此，曾有人想把櫃子的門漆成粉紅色，但也是半途而廢。西姆透過天窗往外看，朦朧之中可見背後的房屋。

艾德溫在旁邊說道：「好好感受這安靜吧！」

西姆驚訝地看著艾德溫：「你難道不覺得……」

「覺得什麼？」

覺得悲傷。一定是這樣的，這裡讓人感覺悲傷、遭忽視。

「沒什麼。」

這時西姆透過天窗看到花園另一端房屋的玻璃門打開了，兩個男人走過來。他轉向艾德溫。

「糟了！」

「你知道會是這樣？」

「我知道是這地方沒錯，這是我們來參加辦家家酒喝茶的地方。」

「你早該告訴我的，艾德溫，如果我知道的話就不會來了。該死，我們抓到這個人在書店偷東西！你不知道他以前去了哪裡嗎？他去坐牢了，你也知道他坐牢的原因。該死！」

「別這麼激動。」

樓梯突然傳來說話聲。

「沒人會真正相信的。我不知道你要帶我去哪，我也不喜歡這樣。難道這是什麼陷阱？」

「可是，艾德溫……」

黑色的帽子和毀損的臉從樓梯出現，緊接著是公園那老人灰白的頭髮和消瘦的臉。老人痛苦不安地在樓梯上停下來。

「不行！馬帝，你不能這樣！這是什麼匿名戀童癖男子會議？三個已經治癒和一個有待治療的人？」

那個叫馬帝的人揪著老人的衣領。

「佩迪格里先生……」

「馬帝，你還是個大傻瓜！放開我，聽到沒？」

這真是荒謬，兩個怪異又醜陋的男人在樓梯上扭成一團。艾德溫則是在上面直跳腳。

「先生！先生！」

這齣鬧劇硬生生剝奪了原本的寧靜，西姆很想趕快離開這裡，然而樓梯被那兩人堵住了。老人為了掙脫折騰得精疲力盡，氣喘吁吁地說道：「說到我的狀況……我根本沒有問題……沒人能懂。你是精神科醫生嗎？我不想被治療……再見各位……」他還努力保持禮貌，向西姆和艾德溫鞠躬道別：「……告辭了……」

「艾德溫，看在上帝份上，我們離開這裡吧！這一切就是個錯誤，好愚蠢、好丟臉！」

「你們沒抓我的罪證……你們全都沒有……放開我，馬帝，不然我要訴諸法律了……」於是戴黑帽子的男人只好鬆手放開他。兩人站在樓梯上，就像站在水中的沐浴者，只可見水面上的部分身影。佩迪格里的臉剛好在馬帝的肩膀處，他往上便看到對方的耳朵，瞬間厭惡得渾身顫抖。

「你這醜陋的傢伙！」

馬帝的右臉慢慢變紅。他站在那裡，一動不動、一語不發。老人連忙轉身離去。他們聽到他的腳步踩過庭院卵石的聲音，看到他的身影出現在草木叢生的花園小徑上。他正匆匆離去，還邊走邊惡狠狠地回頭瞥了一眼天窗。西姆看到他的嘴唇在動，卻聽不到他說什麼，雖然這地方遭到褻瀆，但依然神奇地把他的話消音了。老人最後爬上樓梯，穿過大廳走到街上。

艾德溫說道：「他肯定以為我們是警察。」

馬帝的臉恢復成白色和棕色。他的黑色帽子歪了一點，耳朵變得非常明顯。馬帝彷彿知道西姆在看什麼，他脫下帽子整理頭髮，這時就能明顯看出他為何要戴著帽子。他仔細地撫平頭髮，再戴好帽子把頭髮壓住。

揭露真實的模樣似乎反而變得讓人比較可以忍受。當馬帝露出他的殘疾、他的畸形、他所謂的殘缺時，他不再是一個令人生畏的怪物，而就只是一個人。西姆還沒意識到自己心態轉變，便已不自覺地展現微小善意。他伸出了手。

「我是西姆．古柴爾德，你好。」

馬帝低頭看著那隻手，彷彿它是伸出來要被檢查，而不是要握手的。接著他抓住那隻手，翻過來看手心。這讓西姆感到有點不安，他也低頭去看自己的手掌是不是有什麼髒汙。後來他明白馬帝可能是在讀他的掌紋，所以他放鬆地站在那裡，還覺得很好玩。西姆看著自己蒼白且皺巴巴的手掌，這可以說是用最稀有或至少是最昂貴的裝訂材料精裝而成的書籍。然後他意識到自己的手讓時間停止了。這由光構成的手掌精美絕倫，精細地刻劃著超越藝術的踏實與絕對的健康。

西姆感到前所未有的震驚，他凝視著自己掌中巨大而神聖的世界。他的思緒回到小房間裡，那個怪異但不再令人生畏的人仍低頭盯著他的手，而艾德溫則在把椅子移到桌邊。

這安靜又骯髒的地方確實很神奇。

馬帝鬆開西姆的手，西姆也趕緊收回自己美麗且帶有啟示的手。艾德溫說話了，卻能感覺到他的話中有一絲嫉妒。

「掌紋看起來能長壽嗎？」

「艾德溫，別這樣。這不是……」

馬帝走到桌子的另一端坐下，那裡就成了會議主席的位子一般，艾德溫坐在他的右邊，西姆則坐到他左邊，桌子還有一個空位本來應該是佩迪格里會坐的。

馬帝閉上眼睛。

西姆隨意環視房間，有許多用來固定裝飾品的圖釘、一面十分破舊的鏡子。天窗下的床布滿毛球……那個綴著蕾絲邊的娃娃靠在櫃子角落的墊子坐著，還有幾張小馬的照片和一張年輕男子的相片，這人曾是流行歌手，如今卻已銷聲匿跡……

馬帝將雙手放在桌上，掌心向上。艾德溫低頭看了一眼，便用左手握住馬帝的右手，然後也伸出自己的右手。西姆雖然感到有些尷尬，但還是伸手握住艾德溫的手，然後把右手放在馬帝的左手上。他觸碰到的是一種結實而有彈性的物質，並不寬大，卻溫暖，不可思議的燙熱。

西姆內心不禁感到好笑，這個哲學學會有會議記錄、主席和會員，還煞有其事地找個聚會場地並請來嘉賓，最後卻是大家這樣手握著手？

過了一段時間，也許是一分鐘、十分鐘或半小時，西姆覺得想搔鼻子。他想著是否要把手拿開，殘忍地打破這個小圓圈，但最後決定不這麼做。畢竟這只是微小的犧牲，而在擺脫了抓癢的慾望後，他隨即發現其他人都感覺在好遙遠的地方，所以他們圍起的並不是個小圓圈，而是巨大無比的圓圈，比巨石陣、郡縣和國家都還要廣闊。

西姆又想搔抓鼻子了。他陷入兩難，一個是只有幾公分的鼻子，一個是像世界那麼大的圓圈，兩者的大小天差地遠，他必須跟鼻子拚了！癢的地方在鼻尖左側一小處，但那種搔癢感讓全身皮膚的每根神經都跟著一起發癢。他堅決抵抗搔癢感，感覺自己的右手被大力握住，左手也是緊緊握著，西姆呼吸急促地喘起氣來。他的臉因痛苦而扭曲，他使勁想把手抽回來，但雙手卻被緊緊握住。他所能做的就不斷擠弄自己的臉，設法用臉頰、嘴唇、舌頭或任何地方去搔到鼻尖的癢處。最後他靈光一閃，低頭用鼻子磨蹭木桌子，大大減輕了癢感。他把鼻子抵在木頭上，讓呼吸逐漸平緩下來。

艾德溫在他頭上說話。或許不是艾德溫，也不是說話，而是音樂、歌曲。這是單音符的歌，金光燦爛，從未有人唱過。僅僅靠人類的呼吸無法持續唱出西姆的手掌攤開在他面前時那擴展開來的音符，達到超越人類經驗的音域範圍，變成痛苦又超越痛苦，承受痛苦與快樂並將其摧毀，存在，成為。樂音停了一會兒，預示著即將發生的事。它開始、持續、停止。它是一個字。開始的那種爆炸性和生氣勃勃的狀態變化是子音，而由此產生的黃金境界則是萬古常存的母音，結尾的半母音也不是結束，因為不會結束，只會重新調整，好讓精神世界能再次隱藏起來，慢慢地從視線中消失，然而就像不願分離的戀人般，雖然難以說出會永遠愛著的承諾，但如果被問起都還是會再顯現。

馬帝鬆開西姆的手後，西姆把臉從木桌上抬起來，將雙手舉到眼前，他看到右手掌有點出汗，但一點也不髒，就和一般的手掌無異。這時艾德溫正在用紙巾擦臉，然後兩人不約而同地轉頭看向馬帝。他坐著，雙手張開放在桌上，低著頭，下巴抵在胸前，黑色帽子的帽檐遮住了他的臉。

一滴清澈的水從帽檐落下，滴落在桌面上。馬帝抬起頭，但西姆從他殘缺的那一邊臉看不出他是否有任何表情。

艾德溫說道：「謝謝你，感激不盡！願上帝保佑你。」

馬帝仔細端詳艾德溫，然後又看了看西姆。西姆這時能從他的臉看出他已精疲力盡。馬帝站起來，一言不發地走下樓梯。艾德溫猛然起身。

「馬帝！什麼時候？還有……」

艾德溫也快步下樓。西姆隱約聽見他在院子裡急促地問：「我們什麼時候能再聚會？」

「你確定嗎？在這裡？」

「你會帶佩迪格里來嗎？」

「你錢還夠嗎？」

不久便聽到通往曳船道的門傳來門閂的咔嗟聲，接著艾德溫走上樓梯。

西姆不情願地站起來，再次環顧四周那些照片和曾經貼有照片的地方，還有那個擺著娃娃的櫃子。他們一同離開，堅持禮讓對方先下樓梯，然後再並肩經過花園小徑，走上台階穿過大廳。斯坦霍普的書房仍傳來打字機的喀喀聲響。最後兩人來到街上，艾德溫停下來與西姆面對面。

艾德溫激動地說：「你們真是合作無間！」

「誰？」

「你和他……進入某種神祕知覺。」

「我和……他？」

「合作無間！就是這樣！」

「你在說什麼呀？」

「當你進入那種恍惚狀態時，我從你臉上看得出你的心靈在掙扎，然後你就超越了！」

「不是那樣的！」

「西姆！西姆！你們兩人就像能合奏出和諧樂音的樂器！」

「聽著，艾德溫……」

「你知道發生了什麼事，西姆，別謙虛，不用假裝謙虛……」

「當然發生了一些事，但是……」

「我們打破了阻礙，打破了分隔，不是嗎？」

西姆原本想否認，但又想到確實是他們三個人聚在一起時才發生這種事，於是他說：「也許我們辦到了。」

第十四章

一九七八年六月十二日

我親愛的朋友佩迪格里先生到了斯普勞森宅馬廄的樓梯，卻不願停留，他擔心我們會傷害他，而我不知道該怎麼辦。他離開後就剩下我和還在棄兒學校教書的貝爾先生，還有書店的古柴爾德先生。他們也許期待接收到一些話語。我們圍成一個圈，以防止邪靈侵擾，那個馬廄裡有許多綠色、紫色和黑色的邪靈。我盡我所能地阻擋祂們，祂們站在兩位先生身後張牙舞爪。我心想，如果我不在這裡，這兩位先生要怎麼辦。貝爾先生還說要給我錢，真搞不懂。而我像個孩子一樣為可憐的佩迪格里先生哭泣，他被自己所困，只看得到醜惡的事。我只能守護心中的孩子來寬恕佩迪格里。如果不是因為擔心佩迪格里先生，我會守護這個孩子幸福生活。我將一生服侍祂，只要我能治癒佩迪格里先生和我的靈魂面容，那會是我盼望的幸福。

一九七八年六月十三日

重大而可怕的事情正在發生。我以為只有我和以西結[13]能向那些看得見的人展示事物（例如火柴盒、荊棘、碎片，以及娶了個邪惡的女人等），我不能明說。

那個女人弄丟了訂婚戒指，她和體育老師馬斯特曼先生訂婚了，我聽說他很出名。大家都在學校裡到處幫忙找戒指。我告訴孩子們到榆樹下找找看，我自己也去那邊找。孩子們離開後她來了，問我是否找過榆樹底下，我說孩子們已經找過了，因為我不能騙她說我自己找過，但沒等我說完，她便說要自己去找找，然後就走了。她非常美麗且面帶微笑，我為自己有非分之想而狠狠捏了自己一下，接著繼續尋找戒指。我應該要再用力捏自己一下，然而抬頭一看，卻看到她讓那枚她說不見了的戒指掉落在地，然後假裝找到它，她舉起雙手歡呼，將戒指戴在左手並笑著向我走來。我說不出話來，呆立在那裡。她說我得跟大家說是我告訴她要去哪裡找，甚至應該跟馬斯特曼先生說是我找到的。我不知道該怎麼辦，我曾發誓只要不是邪惡的事，任何人要求我做什麼我都會做，但我不知道她的要求是否邪惡。我像那枚戒指一樣迷失。我問自己這是要傳遞什麼訊息，謊言會是一種訊息嗎？她微笑著撒了謊，她是透過行為而不是言語撒謊。她的話是事實但也不是事實，她沒找到戒指但也找到戒指。我不知道。

13 希伯來先知，舊約聖經以西結書之作者。

一九七八年六月十四日

一整天我都在想那枚戒指的事，想得出神。她是個可怕的女人，但她為什麼給我這個訊息？這是個挑戰。這意味著她不在乎珠寶是否遺失。我讀完經後便上床睡覺，如果這是對的，我願意獻上自己為祭。我不知道我是出現幻覺還是做夢。如果這是夢，也不是一般人會有的那種夢，誰有辦法每晚忍受這樣的事情，我想這也許就像聖經中的夢，法老一定為夢境所苦，所以想盡辦法召人來幫他解夢[14]。這不是一般的夢，也可能是個幻象，而我確實在場。我看到啟示錄中的女人，她身穿各色衣服，帶著耀眼榮光而來，因為我對斯坦霍普小姐有非分之想，所以她可以折磨我。然而我對她有遐想也不完全是我的錯，她做出那種假裝弄丟戒指的奇怪行為，我想了一整天才明白她其實知道如何傳達訊息，但啟示錄中的那個女人以斯坦霍普小姐的臉龐大笑，讓我痛苦地玷汙了自己，當我醒來時，我感到害怕又驚訝，因為自從在北領地遇到哈利．巴默以來，我就決定不能玷汙自己，這樣便不會感到害怕或羞愧。

一九七八年六月十五日

14 聖經故事中法老做了夢，卻無人能解，最後約瑟被提出牢為法老解夢，並指出該如何因應夢境所預告的饑荒。

這天沒有做夢，我整天工作時試著感到羞愧，但都辦不到。我發現我和其他人一樣有罪。我不能明說。我聆聽鳥鳴，聽牠們是否像笑翠鳥一樣嘲笑著我，但牠們並沒有。她到底是裝作光明的天使還是真的有善良的靈魂？我現在看得見天空，我的意思是能看得深入，看到那很淡的色彩。孩子們來了一下，我試著告訴他們讚美主能帶來喜樂之類的事，但我沒辦法，這就像是要把黑白變成彩色。有一點陽光照射到我和草地旁的一棵樹上。孩子們去上音樂課，我在這裡只聽得到一點，於是我放下工作跑去靠近音樂教室的車庫。樂音從留聲機流瀉而出，聽的時候會感覺看到了樹木、天空和那些天使般的孩子們，這是一個大型管弦樂團演奏的貝多芬交響曲，我不禁在音樂教室窗外的碎石地上跳起舞來。艾波比夫人看到我並走了過來，我站住不動。她像個天使長一樣笑著，大聲對我說這第七號交響曲太棒了，還說我不知道你喜歡音樂，我笑著大聲回說我本來也不知道。因為她笑起來就像天使長，所以我忍不住脫口而出說我是個男人，原本可能可以有個兒子。她覺得我說這些真不尋常，問了我還好嗎。我想起我的靜默誓言，但反正我已經與孩子們說話了，所以我像牧師一樣用右手劃十字祝福她。她一臉吃驚，趕緊走掉。這就是皮爾斯先生所說意想不到的事。

書寫過程中，我在字裡行間已表露出我所看到的大事。這不是神靈，也不是幻象或夢境，而是一個開端。我看到神的旨意，我希望有一天那個男孩會讀到這些文字。我知道他在未來幾年就會讀到，所以我把這些事都寫下來，雖然我一開始寫下所發生的事只是想證明我沒瘋（一九六五年五月十七日）。事實都在本子裡，而我心中的眼睛已被打開。凡不是聖靈直接帶入世界的良善，都必定是透過人的本性降臨。我看過這些聖靈，祂們又小又乾癟，有的臉和我一樣，有的跛足，有的殘缺不全，但背後都有如同旭日初升的靈魂，這景象令人無限歡欣。然後有個聲音對我說，是音樂磨損並折斷了琴弦。

一九七八年六月十七日

我必須述說昨晚我讀完經之後發生的美妙事情。我得寫快一點，因為等一下我要騎腳踏車到格林菲爾德，去見貝爾先生、古柴爾德先生和佩迪格里先生，我想這次佩迪格里先生會答應和我一起去。昨晚我向神靈傳遞出自己身體的溫度，祂們便輕輕地將我引領到祂們面前。戴著王冠的年長紅袍神靈和戴著冠冕的年長藍袍神靈已經等候在那裡，親切地迎接我。我感謝祂們對我的眷顧，並盼望這樣的友誼能持續下去。我特別感謝祂們這些年來消滅了我心中誘惑的根源，現在我已經知道那些誘惑都是小事。當我告訴祂們這件事時，祂們變得很光亮，讓我睜不開眼。祂們表示：「我們知道你對那人的美麗女兒的愛慕之意。」我向祂們詢問我看到斯坦霍普小姐假裝弄丟戒指，但我不明白這個訊息代表什麼。祂們表示：「這些我們都看不到。許多年前我們曾召喚她來，但她沒有來。」

我原本站在馬具室外仰望天空，但現在我回到房間坐在床邊。我親愛的孩子，要寫下接著發生的事很困難，因為它既奇異又偉大。神靈突然召我過去，祂們表示：現在我們已經回答你的問題，讓你訊息滿溢。上達天堂的呼喊聲會使你降下。現在有一個偉大的神靈將站在你所守護的孩子背後，而這就是你生命的目的。你要成為燔祭。現在我們要引你認識我們的一位朋友，我們會一起吃喝。

雖然我現在已經習慣祂們，也知道自己的屬靈名字，而且不會因為祂們召喚我而感到冷，但這個消息還是讓我如同置身天堂的下層，我又像之前（一九六五年五月十七日）一樣感到寒冷，渾身上下的毛髮都豎起來。而當我身上的溫度全都消失時，我看見祂們的朋友站在祂們中間。祂一身白衣，頭上有個光圈。紅袍神靈與藍袍神靈摘下並扔掉祂們的冠冕，我也摘下並扔掉我的冠冕。我對白袍神靈非常敬畏，但紅袍神靈表示：這就是會站在你守護的孩子身後的聖靈。那個孩子將把屬靈的語言帶入世界，國與國必說屬靈的話。聽到祂這麼說，我在祂們面前低下頭，喜悅的眼淚奪眶而出滴落在桌上。然後我仍低著頭，在我的小桌子旁的空間歡迎祂們。接著藍袍神靈表示：今天諸天萬界充滿喜悅，因為自亞伯拉罕時代以來，還沒有見過這樣的聚會。我提供祂們靈食與靈飲，祂們也接受了。這一切完成後，我十分渴望犧牲奉獻，便問祂們我應該做什麼以及祂們想要什麼。紅袍神靈表示：「我們什麼都不要，只想與你一起喜樂，因為你是我們的一員。由於你已相當資深，我們將與你分享智慧，不過那智慧仍在你的身體裡。」祂們並未展開那本大書來分享智慧，而是以一種最為美妙的儀式開始，但這不被容許描寫出來。

頭頂有光圈的白袍神靈一直都坐在我桌子對面，自從我第一次看到祂之後，我就不敢抬頭看祂的臉。後來因為那儀式的榮耀，也因為祂們說祂是祂們和我的朋友，我才敢舉目看祂的臉，這時祂口中吐出一把利劍，刺穿我的心臟，帶給我極大的痛苦，所以我暈了過去，栽倒在桌子上。等我醒來時，祂們已經離開了。

村裡教堂的鐘聲響起。馬帝從桌前站起身，將本子合上並收進抽屜裡。他急忙跑到馬具室，牽起靠在牆邊的腳踏車。他牽得氣喘吁吁，因為後胎沒氣了。他把腳踏車抬起來，走去水龍頭裝了一桶水，然後拉出內胎，泡在水中來找出破孔。

第十五章

露絲微笑著搖搖頭。西姆攤開雙手，無意中擺出祖父慣有的手勢。

「但我希望妳來！我想要妳來！妳以前從來不會拒絕跟我一起做傻事的！」

她什麼也沒說，仍微笑著。西姆則一隻手放在自己光禿的頭上。

「妳一直很欽佩斯坦霍普……」

「胡說！」

「哎呀……女人都……」

「我可不是一般女人……」

「但我真的希望妳能來。是不是因為時間太晚了？」

再次沉默。

「是因為佩迪格里？」

「你去吧，親愛的，玩得愉快。」

「那不是……」

「好吧，那祝你們會議圓滿成功。」

「艾德溫娜也會去。」

「她有說要去？」

「艾德溫會問她。」

「如果她有去，替我問候她。」

第一次會面一週後，那個奇怪的人今天傍晚終於又有空了。西姆試著找人來參加，卻被三個人拒絕，還有一個說可能會去但顯然並不想去。西姆悲傷地想，也許應該發個哲學學會解散的通知，刊載在《格林菲爾德在地報》的出生和死亡公告之間。當他到達斯普勞森宅的大廳時，都還在想著這個解散通知的措辭。艾德溫剛從他家下樓。

「露絲呢？」

「艾德溫娜呢？」

兩人陷入一陣沉默，最後西姆開口。

「佩迪格里。」

「我了解。」

「因為佩迪格里所以大家都不來，連露絲也不願意來。」

「是呀，沒錯，不然艾德溫娜應該會來的。」

「露絲也是。」

「艾德溫娜是很思想開明的人，但對佩迪格里……」

「露絲是我所認識最仁慈博愛的人，她真的很有憐憫之心。」

「是啊。你也知道他推走嬰兒車的事，這讓那些媽媽多麼心急如焚，是蓄意的心理折磨。艾德溫娜還曾憤憤不平地說，如果讓她當場逮到現行犯，她就要親手將他閹割。」

「她不是說現行犯吧！」

「她是說如果他侵犯小孩，把嬰兒車推走也算是侵犯。」

「我以為她的意思是……」

「不是，她不會談論這種事的。雖然她見多識廣，但有些事……」

「我記得當她說到閹割時，露絲也深表贊同。」

艾德溫看了一眼手錶。

「他們晚了點。我們先進去吧？」

「你先請。」

他們輕輕地走下台階，沿著花園小徑走到馬廄下面。艾德溫打開樓梯入口的燈，這時上方房間突然傳來一陣動靜。西姆原以為是佩迪格里，但走上樓後卻看到蘇菲，她站在床旁邊，感覺剛才還坐在床上，臉色蒼白，神情緊張。艾德溫立即反應過來。

「親愛的蘇菲，真高興見到妳！最近好嗎？怎麼不開燈？很抱歉打擾了，是妳父親說我們可以……」

那女孩把手放到後腦勺的卷髮上，然後又拿開。她穿著一件白色運動衫，前面印著「買我」的字樣。西姆認為在這件衣服底下，她什麼都沒穿……

「蘇菲，我們這就離開。你父親肯定是弄錯了。他說我們可以借用這裡開會，但這真蠢，妳當然不會想……」

接著三人就靜靜站著。房間裡只有一顆裸露的燈泡，燈光投射讓每個人鼻子下方產生陰影，連蘇菲也看起來巨大而可怕、黑眼圈很重，且鼻孔下形成像希特勒鬍子般的影子。運動衫、牛仔褲、拖鞋和某種帽子？那是一頂被她卷髮遮蓋住的針織帽。

蘇菲把目光從他們身上移開，看向床尾的塑膠購物袋。她再摸了摸自己的頭髮，舔了舔嘴唇，然後又看著艾德溫。

「開會？你說你們要開會……」

「親愛的，就是妳父親搞錯了。西姆，他是不是在愚弄我們？從現在的情況看來，他應該是騙了我們沒錯。蘇菲，既然妳在家，我們得去大廳攔截其他人。」

「噢！不必！我爸沒有搞錯。我正要走，所以才把燈關掉。你們可以隨意使用這裡。稍等一下……」

她迅速走去打開天窗下一盞有粉紅色燈罩的檯燈，並關掉那個裸露的燈泡，大家臉上可怕的陰影消失了，取而代之的是向上投射的玫瑰色光線，蘇菲也看起來紅光滿面。

「好了！我的天啊！那可怕的頂光！托妮以前常這麼說……很高興見到你們！你們的會議不只一次吧？請自便。」

「妳不帶妳那些購物袋嗎？」

「那些袋子？不用！我沒有要帶任何東西！今晚我不會去商店，太無聊了。我來把這些東西擱到一旁去，才不會妨礙到你們。」

西姆驚訝地看著她泛著紅光的笑臉，不敢相信這全是燈光所產生的效果。蘇菲非常興奮，眼裡閃著光，彷彿磷光一般，而且感覺她有打算做些什麼。西姆心中立刻跳出一個尋常無聊的結論：一定是性愛。她本來有約會，卻被他們打斷。她那種很有禮貌、善解人意的態度是……

這時艾德溫說話了。

「親愛的蘇菲，那就再見了。偶爾也讓我們知道妳的消息，好嗎？」

「噢，好啊，我會的。」

蘇菲背上肩背包，從他們身邊側身而過。

「請代我向貝爾太太問好，還有古柴爾德太太。」

女孩露出燦爛笑容，接著便下樓離開，留下玫瑰色的光芒，引人遐想卻又空虛失落。他們聽到通往曳船道的門打開又關上。西姆坐到桌邊的椅子上，環顧四周，清了清嗓子。

「我想這就像那種粉紅色燈光的妓院。」

「我可不知道。」

艾德溫也坐下，之後陷入一陣沉默。西姆看到另一側天窗下的紙箱裡裝滿了罐頭食品，上面還有一條繩子。

艾德溫也看到了。

「她一定是要去露營。希望我們沒……」

「當然不是。她有男人。事實上……」

「艾德溫娜曾看到她和兩個年輕男人在一起，我的意思是在不同時間。」

「我看過一個，對她來說太老了。」

「艾德溫娜說其中一個看起來好像已經與她互訂終身，另一個比較年輕，看起來更合適。艾德溫娜是世界上最不會說長道短的人，但她說她還是忍不住提到這些事。」

「真悲哀，我覺得這很悲哀。」

「西姆，你真是個高道德標準的老頭子！」

「我覺得悲哀因為我不年輕了，也沒有跟兩個年輕人在一起，應該是說兩個年輕女人。」

接著又是一陣沉默。西姆看了艾德溫一眼，發現那盞女性化的燈讓他顯得精緻且嘴角上揚。他覺得自己或許也是如此。他們就這樣面帶微笑地在這裡苦苦等待著那個人。

「他們遲到真久。」

艾德溫沒在聽他說話，而是講起別的事。

「現在大家都說『發生關係』。」

他迅速看了西姆一眼，這個用詞在燈光催化下感覺更強烈了些。

「我是指現在小孩子說到這些事……」

「會說『一夜情』。這是美國的講法嗎？」

「真令人難以置信，現在這些用語，甚至連在電視上也這樣講！」

再次陷入沉默，然後西姆說：「艾德溫，我們還需要一張椅子，我們有四個人。」

「上次不是有四張椅子，還有一張在哪？」

艾德溫站起身，找遍房間各個角落，彷彿那張椅子並沒有消失，只是變得沒那麼顯眼，如果仔細看就能看見。

「這曾經是她們的玩具櫃。我記得我和艾德溫娜來喝茶時，她們把所有娃娃都拿出來給我們看，還介紹那些娃娃的名字和故事。西姆，她們很有天賦，不僅聰明，還創意十足。不知道那些娃娃是否……」

艾德溫伸手打開那個櫃子。

「真奇怪！」

「把娃娃放在櫃子裡有什麼奇怪的？」

「是沒有，不過……」

第四張椅子在櫃子中央，面朝外。椅背和椅腳上綁著幾條長長的繩子，每條繩子末端都有燒熔收尾，讓它不會散開。

「哎呀！」

艾德溫關上櫃子，回到桌邊，將手按在桌上。

「西姆，拜託，我們得讓第四個人坐在床上。雖然這樣看起來不太像降神會，比較像當年的茶會。我跟你說過了對嗎？」

「是的。」

「只有天知道她那樣弄椅子和繩子是要做什麼。」

「艾德溫。」

「怎麼？」

「仔細聽著，我得在其他人來之前跟你說。我們偶然發現了一些東西，我們不該看到那張椅子的。」

「有什麼關係……」

「我告訴你，這和性有關。你不明白嗎？就是綁縛，那種私密、羞辱的性遊戲。」

「天哪！」

「我們能做的就是絕不向其他人透露這件事，也不能讓人看出異狀。想想當我們打開燈，她看到我們時是多麼驚訝，那時她應該是在黑暗中等待某人到來，或在準備什麼東西。她離開時一定心想著：上帝啊，希望他們千萬別打開那個櫃子……」

「天哪！」

「所以我們絕對不能……」

「我本來就不會……當然艾德溫娜除外！」

「我是說畢竟……要不是上帝的恩典……我們都是多虧上帝，我的意思是……」

「你的意思是什麼？」

「就是這個意思。」

隨後，玫瑰色的房間裡陷入長久的沉默。西姆根本無心去想這次會議或說是降神會，而是思考著人對環境的直覺理解，有人聲稱擁有這種直覺，也有人說這是不可能的。在這玫瑰色的燈光下，櫃子裡的木椅和纏繞在上面的人造纖維暴露出了祕密，讓人一目了然。這兩人就這樣透過想像力而非神祕力量，得知了他們無意知道也不該知道的事。那個對蘇菲來說太老的男人，還有妓院般的燈光……他對這一切的想像誘人而辛辣，甚至感覺聞到了氣味……

「願上帝保佑我們所有人。」

「對啊，所有人。」

又是一陣沉默。最後艾德溫有點不好意思地說：「他們遲到真久。」

「他沒來，佩迪格里就不會來。」

「佩迪格里沒來，他也不會來。」

「我們該怎麼辦？打電話去學校？」

「我們聯絡不上他的，我有預感他隨時會到。」

「真糟糕，他們應該先通知我們……」

「我們說好了。」

「等一個小時吧，如果還是沒來我們就走。」

艾德溫彎下腰脫掉鞋子，然後爬到床上盤腿坐著。他將雙臂貼近身體兩側，伸出手肘以下的部分，掌心向上，接著閉上眼睛深呼吸。

西姆則坐下來，心想原來這地方就是這樣，以前常會想像這個地方是什麼樣子，後來發現這裡出奇安靜，卻也有塵垢和臭味。現在又多了一種妓院的氛圍，包括那粉紅色的燈光和女性化的家居裝飾，還有那張私密變態的椅子。

西姆想著，最後我什麼都知道了。

雖然幻想破滅，但還是有某種悲傷的滿足感，甚至是令人顫慄的情慾。她們總會長大，失去可愛的童真。她們會像其他人一樣經歷風霜雪雨，必定也會享受美好時光、發生性行為或沉醉在綁縛的快感中。天堂只存在於我們的幼年時期。

艾德溫突然發出怪聲，猛地抬起頭。原來他靜坐冥想到睡著，然後被自己的鼾聲驚醒。由於艾德溫的鼾聲，西姆感覺到一股強烈的徒勞感襲來。他嘗試去想像一些深刻而有意義的心理劇、一些計謀或計策，能讓他們倆將佩迪格里從地獄中拯救出來。最後他不得不承認，自己不過就是個垂垂老矣的書店老闆罷了。

日子終究過得下去，只是變得平凡。什麼事也不會發生，就一如往常地生活在各種等級信仰之中，最後每天都過得漠然且無知。

時間來到九點鐘。

「艾德溫，他不會來了，我們走吧。」

並不是馬帝想要爽約。他慢條斯理地修補好輪胎後，便把腳踏車扛到車庫，這樣就可以用充氣泵快速將輪胎充飽氣，節省許多時間與精力。他想向弗倫奇先生說明來意卻找不到人。奇怪的是車庫門開著，他走進車庫，疑惑弗倫奇先生為什麼沒有開燈。當他走到車庫後面的辦公室門口時，一名男子偷偷繞過一輛汽車，用一把沉重的扳手狠狠重擊其後腦勺。馬帝瞬間失去知覺，甚至沒有感覺到自己倒下。那人把馬帝像麻布袋一樣拖進辦公室，推到桌子底下，然後繼續行動。他將一個沉甸甸的箱子放置在車庫牆邊，牆的另一面是庫房。不久之後炸彈爆炸，炸毀牆壁，水箱倒向庫房，打破鄰近的汽油箱，水流進燃燒的油箱，結果不但沒有撲滅火焰，水反而還下沉並讓汽油上浮。汽油燃起熊熊大火時，火警警報響了起來。

有幾個不屬於學校的人趁亂而入。蘇菲的計畫完美實現了。消防演習並沒有演練到要怎麼應對炸彈襲擊，現場一片混亂，大家都還無法相信自己剛剛聽到那猶如槍聲的巨大聲響。混亂中，一個裝扮成士兵的男人扛著一包重物往學校外面跑。那東西被用毯子裹著，小腳從毯子的一端伸出來踢來踢去。雖然那個人在碎石地上絆了一跤，但還是拚命跑向樹林暗處。然而熊熊火焰使他不得不繞道而行，當他繞道時卻發生了一件奇怪的事。火舌突然從車庫門口竄出且不斷盤旋，似乎是衝著那個人和他扛著的包裹而來。火焰仍在盤旋，發出猛烈燃燒的聲響，幾乎要將那個人吞噬，嚇得他把包裹扔在地上，一個男孩從毯子鑽出，尖叫著逃跑到其他人集合避難的地方。裝扮成士兵的男人瘋狂逃離火焰，叫喊著跑進樹叢裡。那怪物般的火焰搖曳、旋轉著，過了一會兒火勢減弱，又過了一段時間便熄滅了。

蘇菲離開馬廄後，沿著曳船道匆匆趕往老橋，然後走上大街。她跑到電話亭打了通電話，但一直沒人接聽。她離開電話亭跑回老橋，再到曳船道，只見馬廄的天窗還亮著玫瑰色的燈光，她像個孩子一樣跺腳。有一陣子蘇菲似乎亂了方寸，她朝綠色的門走了幾步又走開，走向水邊又離去。她再次跑向老橋，然後轉身站在那裡，雙手握拳舉起。在橋上路燈的刺眼強光下，蘇菲的臉色蒼白難看。接著她開始沿著曳船道跑，遠離城鎮與燈光。她從馬廄那邊離開，經過屋頂被拆除的夫蘭克雷五金店，然後跑過救濟院長長的圍牆。她步伐輕快地跑著，跑得氣喘吁吁，還不小心在曳船道的泥濘中滑倒。

她腦中有個聲音出現。

如果已經展開行動，他們應該正在緊要關頭。希望事情沒有發生，男孩們都熄燈就寢。蘇菲腦海裡浮現一張可能會在後天出現的海報畫面，上面寫著懸賞十億尋找失蹤男孩。不，不行，我們此時此刻的處境實在辦不到。

別像個孩子，想辦法表現得比自己的年紀更成熟。

樹籬裡傳來一聲巨響，蘇菲停下腳步，發現有東西在跳躍掙扎並發出吱吱聲。她看出那是一隻兔子，落入曳船道和樹林之間溝渠旁所設的陷阱裡。這隻兔子驚慌亂竄，不知道也沒有想知道自己是被什麼困住，只是拚命想重獲自由，卻也有可能因此死得更快。兔子的受難玷汙了那個夜晚，以怪誕駭人的誇張畫面表現出等待在那邊的陷阱的必然發展。蘇菲趕緊繼續往前走，皮膚上感覺到的寒意更勝疾走所產生的體熱。

一片光亮。

那是孩子們玩耍的地方。橡皮艇還拴在那裡，代表他們也許明天就會回來。我必須記住這點。女孩要是什麼樣子，然後是女人。家庭生活。爸爸在哪裡？在他的書房裡。媽媽呢？去上帝那裡還是去紐西蘭了，其實都差不多，是吧？船閘、橋和舊駁船都在山丘上，底下則閃著火光。

那是通往山頂的道路，兩旁都是樹叢。沒有人會從那條路下來，也不會有車，所以他不會從這裡來，尤其是還扛著一包東西。運河的河水會淹沒車子嗎？大家應該都心知肚明。如果我沿著那條路走，可以看到山谷和學校上方的坡地。但這麼做並不妥當，更明智的做法是留在這裡警告大家不要靠近，我應該留在這裡才對。

蘇菲向左轉進那條路上，走在樹叢中比走在曳船道上更花時間。空氣中似乎有什麼東西跟上她，掛在她的肩膀上，所以她盡可能地加快腳步。朦朧的月亮下樹影斑駁，兩種色調的雲霧與變化萬千的月色，讓蔓延到道路上的樹木枝幹間以及兩旁的坡地光影搖曳。

這時她停下腳步。

感到失去方向。你可以試著說服自己，一條直通學校上方天空的直線不是剛好在那裡，而巧合有可能處處可見——就像那個瘦高的金髮女同事所認為的巧合——這就能解釋為什麼那條線上有兩處完全不相連的火災。一處火勢較小、得以控制，而……

另一處則是山腰上一片玫瑰紅色的火海，就像玫瑰花瓣一樣不斷展開，進入另一個雲霧繚繞的角落，而這火紅的玫瑰也變得愈來愈明亮。他們說消防隊接獲通知後，消防車要十五分鐘才到得了學校所在的山谷，而且電話線被切斷了。不過天空中的火光肯定會引起注意，而且那所學校一定還有什麼他們破壞不了的通訊方式……

他會把男孩帶來這裡，再沿著運河和曳船道帶到馬廐……我們可以用那艘舊駁船，前端有櫃子，還有那老舊的廁所……

火光照亮整片山丘。蘇菲突然明白這是屬於她的火焰，她的傑作、宣言和功績，也是她的憤怒與勝利！這種感覺席捲她全身，她放聲大笑且欣喜若狂。對面山丘上顫動的火光彷彿在鬆動著什麼，讓整個世界變得衰弱，像蠟燭般融化。蘇菲這時了解了自己最後的憤怒是什麼，也知道自己的能耐。她閉上眼睛，腦海浮現一些畫面，她看到自己從舊駁船的一端沿著長長的通道往另一端爬行。雖然她閉著眼睛緊挨著樹幹，但雙手和身體不再感覺到樹皮的粗糙，而是感覺膝蓋摩擦著駁船凹凸不平的木地板，她聽到水流的聲音，也感覺手被浸濕，不知為何手中就握著傑瑞的軍用刀。前面那個廁所裡的櫃子傳來一種像兔子蹦跳的重擊聲。然後聲音停止了，就好像兔子嚇得不敢動一樣。也許牠聽到有什麼如水般緩慢接近。

「好！好！我來了！」

重擊聲又再出現。

蘇菲輕聲對著門說：「再等一下我就幫你打開。」

她把門打開後，首先看到的是橢圓形的舷窗，廁所馬桶上方還有一個白色的小箱子。這個箱子正猛烈滑動，蘇菲能聞到裡面散發出的尿味。男孩就在那裡，雙手被綁在背後，腳和膝蓋也被綁著。他被綁在廁所裡，繩子往兩側將他固定在船壁上，嘴巴被膠帶封住。他竭盡全力地掙扎，鼻子裡發出嗚嗚的聲音。蘇菲對這個坐在發臭廁所裡的孩子感到十分厭惡，實在太噁心了，一切都很怪異，這整件事是一種毀滅，而且是她的選擇。

或許應該帶把槍，不過用刀子感覺更好，好得多！

那男孩現在一動也不動，在平坦的石板上等著她。蘇菲用左手摸索他的內衣時他沒有動，但當她拉開他襯衫的前襟時，他又開始掙扎。不過傑瑞把繩結綁得很牢，他做得非常出色。男孩穿著襪子的腳只能微微往前踢，這真是太可愛了。這個討厭的小傢伙一定是正要做什麼事，所以他沒有穿著睡衣。蘇菲的手掃過他赤裸的身軀與肚臍，她摸到薄如紙的肋骨，感覺到中間偏左的地方撲通撲通地猛烈跳動著。接著蘇菲解開男孩的褲子，用手握住他濕漉漉的陰莖，他使勁掙扎並從鼻子發出哼聲。蘇菲把刀尖放在他皮膚上一處適當的位置，稍稍一推便刺了進去。男孩痛得抽搐、拚命掙扎，蘇菲則有點嚇到，於是她將刀子刺得更深，感覺到刀子接觸到不斷跳動的東西，同時男孩的身體劇烈抽搐，鼻子發出高亢的哀鳴。蘇菲狂亂地用力推進，裡面那跳動的東西抓住了刀子，她感覺手中的刀柄也隨之跳動。液體流得到處都是，男孩依然劇烈抽搐，蘇菲把刀拔出，讓其身體反應自由發揮，但最後都停了下來。男孩還是被綁著坐在那裡，鼻子流出的深色液體把嘴上的白色膠帶從中間一分為二。

蘇菲猛地驚醒過來，頭撞到了樹幹上。昆蟲發出嗡嗡的轟鳴聲，一道紅色火光沿著山腰盤旋，從頭頂飛過，然後飄盪向天際線，最後降落到大火所在地。蘇菲因模擬謀殺的想像而激動得渾身顫抖，接著她沿著樹叢走回舊駁船，覺得自己膝蓋發軟。她來到運河上的橋，一輛沒開車燈的車子顛簸地駛來，但她跑不動了，只能等著。車子停了下來，倒車、掉頭並準備離開。蘇菲笑著走上前去，要跟傑瑞解釋那些老人在馬廄裡的事，所以他們得用這艘船藏小孩，但駕駛座上卻是比爾。

「比爾？傑瑞在哪裡？小孩呢？」

「沒有該死的小孩。我本來抓到一個，但火焰朝我衝來，而且……蘇菲，一切都搞砸了，我們得趕緊逃走！」

蘇菲站在那裡注視著比爾的臉，他的臉一邊蒼白暗淡、一邊被火光照亮。

「小姐！蘇菲，拜託上車吧！我們沒時間……」

「傑瑞怎麼辦！」

「他沒事，他們抓了妳男朋友當人質……快上車吧……」

「他們？」

我知道是什麼時候變了，有跡可循，只是我不願相信。背叛。他們以為自己已經各取所需。

蘇菲心中爆發出的憤怒淹沒了她原本的勝利感，使她無法承受，於是她對著他們所有人尖叫、咒罵和吐口水。然後她跪倒在草叢中放聲哭喊，那裡沒有男孩，只有被所有人利用和愚弄的蘇菲。

「蘇菲！」

「滾開你這個蠢蛋！媽的！」

「我再問最後一次……」

「滾開！」

當蘇菲終於不再哭喊，才發現自己抓破了臉頰，手上還有扯下的頭髮，而且現在這裡什麼人都沒有，只有火光將滅的漆黑夜晚。淚水順著臉頰流下，洗去她臉上的血跡。

不久蘇菲便跪起來開始說話，就好像傑瑞在那裡一樣。

「沒有用的！這麼多年來，沒有人……你覺得她很棒，是嗎？男人一開始都會這樣。但那裡什麼也沒有，傑瑞，什麼都沒有。只有骨肉之軀，沒有別的，沒有人可以見面，沒有人能相處陪伴、彼此分享。只有想法。幻影。想法和空虛，十足的恐怖分子。」

蘇菲費力地站起身，瞥了一眼那艘舊駁船，那裡沒有男孩，也沒有屍體。她背起肩背包，心想不知道自己把臉弄成什麼樣了。她轉身沿著曳船道走回去，眼前一片漆黑，什麼也看不見。

「我早該知道的。我被利用了。他們沒有證據能證明我跟這件事有關。把那張椅子上的繩子拿掉。庭上，他說我們要去露營。我真是太愚蠢了，抱歉，我忍不住流淚。我想我未婚夫應該有涉案，他一直表現得很友善……我確定我父親與這件事無關。他要我們離開馬厩，說他另有用途。不，庭上，那是他去俄羅斯參加棋會之後的事。沒有，他從來沒說過。」

第十六章

當他們讓西姆走後門出去時，他推了推自己為避人耳目而戴的太陽眼鏡，這似乎已成為他生活中的習慣動作，他在這幾週的調查期間就換了三副眼鏡。西姆也會習慣性地放慢步伐，他知道走得匆忙反而容易引起注意，會有人大喊：「那是其中一人」、「是今天去作證的那個人」或「那就是古柴爾德」！他的名字好像對大眾而言特別有吸引力。

西姆沉穩地走小路到弗利特街，從而避開那些排隊人潮。一名路過的警察盯著他看，而即使戴著太陽眼鏡視線沒那麼明亮，西姆也能看出那個人用好笑和輕蔑的眼神看著他。

我可以去喝杯茶。

你以為離法院愈遠就愈不會被認出來？那就錯了！電視播放的畫面讓他們無論到哪裡都會有人認出，就是那個去作證的人，無所遁形。真正的毀滅、真正的公眾譴責並非善惡對錯，至少那些都還有尊嚴，而是做出愚蠢行為並且被大眾認為是個傻瓜……

最後我們會被證明無罪。但在那之前，我們都會受到嘲笑，而之後呢？

公車上有個女人說：你是其中一人！你也在那個馬廄裡對吧？然後還朝他吐口水，但沒有瞄準，一口唾沫噴在他那件混色大衣袖子上……我們什麼都沒做！那是一種祈禱儀式！

一家商店前擠滿了人。西姆總是不由自主地受這種改變時空關係的東西所吸引，於是他停下來站在後面。他左探右閃地避開遮擋視線的人群，便看到櫥窗裡至少有十五台電視螢幕正播放著相同的影像，最後他好不容易看清楚了高處一台小電視的畫面。

那是午間新聞綜合報導。有一個分割畫面，馬洛里法官和他的兩個助理占據了畫面底部三分之一，上面則是冒著濃煙的學校，這現在已經是很多人都看過的片段。雖然西姆沒有見過學校出事前威嚴尊貴的樣子，但他還是能看出那些從窗戶往下跳或被扔出去的孩子，都是皇室、王子或各國政商名流的小孩。此時上方的畫面變成在倫敦機場，托妮在那裡，她的頭髮很耀眼，還有曾經是托妮同謀的年輕退伍軍官（受傷的那個）。這退伍軍官舉槍對著那個與托妮雙胞胎妹妹有過婚約的舉重運動員——他也是共犯嗎？真令人難以置信，沒人知道誰做了什麼？一架飛機起飛，這時畫面又變了。西姆心裡隱隱作痛，他知道接下來要播放的是什麼。隱藏攝影鏡頭向下拍攝的小房間裡，有三個男人手牽手圍坐在桌邊。其中一人坐立難安，接著突然把頭放在桌上。坐在對面的男人則抬起頭，張開了嘴。

畫面切回到法院，所有人都在笑，包括法官、司法人員、媒體記者和那些不知為何要在那裡的人，還有幾個靠牆站著、看起來像是武裝部隊後備軍人的特勤人員也在笑。畫面又切換了，這次是房間裡三個男人的慢動作鏡頭。西姆看到畫面中自己忽然低下頭，艾德溫則是張著嘴。這時商店櫥窗前圍觀的人群也和法院那些人一樣笑了起來。

「不是這樣的！」

幸好沒有人聽到。他匆匆離去，無法再繼續看下去那些熱播的畫面，而且馬洛里法官還將這些證據說成是這起可怕事件中的一齣滑稽喜劇……

「古柴爾德先生，你說你沒有處於恍惚狀態？」

「是的，庭上。我只是想抓鼻子，但手被握住了。」

引起一陣哄堂大笑，笑聲持續了很久。

我自己也不相信，我無法相信我們是……無辜的。

我在街上聽到兩個女人在對話，其中一人說她覺得無風不起浪，另一人也點頭表示認同。後來她們看到了我，便趕緊住嘴。

尖峰時段地鐵裡喧鬧擁擠。西姆拉著車廂的吊環，低頭看著，卻發現自己肚子大到看不到腳。在車上沒有人認出他來，讓他得以稍微喘息。

西姆從地鐵站走到街上，感覺自己又變得容易受人指指點點。當然我們都有所牽連！我們當時就在那裡，不是嗎？

那個看起來像會計師的人其實來自特勤局之類的情報機關，就是這個人在房間裡裝了隱藏攝影機。他說他們已經監視她姊姊將近一年。是誰利用了誰？

我與這個事件無關，不過我還是有罪。我徒勞的慾望讓空氣凝滯，掩蓋掉真實世界的聲音。

我瘋了。

西姆走在大街上時感到痛苦而緊張，他知道即使是那些用布遮住下半臉的棕色皮膚婦女，也會在他經過時把布拉得更高並閃避眼神接觸，以避免被他汙染。

他到書店了。

連珊卓拉也盯著他看。她拖著臃腫身軀蹣跚走來，相當興奮激動地說：「我媽不希望我繼續來上班，但我說只要古柴爾德先生還要用我……」

珊卓拉特別想跟恐怖的事物扯上關係。

聽到旁邊傳來一陣急促的腳步聲，西姆放慢步伐並往旁邊看了一眼，原來是艾德溫，他昂著下巴，雙手插在大衣的口袋裡。他挨近西姆，然後兩人並肩向前走，人們紛紛走避。西姆轉進他停放貨車的地方，而原本應該走向斯普勞森宅的艾德溫也跟著他。西姆打開側門，艾德溫一聲不吭就跟了進去。

書店後面的起居室裡光線昏暗。西姆想著要不要把窗簾拉開，但最後決定不這麼做。

艾德溫壓低音量悄聲說：「露絲還好嗎？」

「『還好』是什麼意思？」

「艾德溫娜去她姊姊那裡住了。你有聽說斯坦霍普在哪裡嗎？」

「他們說在他的俱樂部，我不知道。」

「蘇菲上報紙了。」

「恐怖分子的雙胞胎妹妹說：『他偷走了我的心。』」

「我想你會搬家吧。」

「這裡會賣給購物中心的建商。」

「能賣到好價錢嗎？」

「噢，他們會把書店拆了，改建成購物中心的入口。他們是間大公司。」

「書要怎麼辦？」

「拍賣還可能賺到一點錢，趁我們現在很出名的時候快點賣掉！」

「我們是無辜的，有人也幫我們掛保證說：『我必須在此聲明，我認為這兩位先生是在不幸的巧合下被牽連進來。』」

「我們並不無辜。我們比有罪更慘，還成了笑話。我們竟然以為你有敏銳的洞察力。」

「校方想要我辭職，這不公平。」

西姆笑了。

「我想去找我女兒，盡快離開這裡。」

「加拿大？」

「放逐。」

「西姆，我想我應該寫本書來解釋這整個事件。」

「你之後就會有很多空閒時間寫了。」

「我會追查並盤問所有與這起可怕事件有關的人，想辦法找出真相。」

「他是對的。歷史就是廢話，是無足輕重的人所寫的沒有意義的東西。」

「阿卡西紀錄……」

「至少我不會再犯那種愚蠢錯誤了。沒有人會知道到底發生了什麼。太多事、太多人參雜其中，一連串事件蔓延擴展，承受不住自身重量而分崩離析。那兩個可愛的女孩……她們擁有全世界了，青春、美麗又聰明，卻還是人生沒有意義？呼喊著自由與正義！什麼自由？什麼正義？我的天啊！」

「我不明白這與她們的美貌有什麼關係。」

「她們被賦予珍貴的特質，但她們卻拒絕接受。這不僅是給她們，也是給我們所有人的。」

「聽著！」

「什麼？」

艾德溫舉起一隻手指。傳來一陣響動，有人正在打開書店的門。西姆趕緊站起來到書店去，看到佩迪格里進了書店，正要把門帶上。

「我們今天沒營業，再見。」

佩迪格里似乎不以為意。

「那門怎麼沒鎖？」

「應該要鎖的。」

「但是它沒鎖。」

「請離開。」

「古柴爾德，你沒有資格擺架子。噢，我知道那只是調查，不是審判。但我們都知道，不是嗎？你搶走了我的球。」

艾德溫站到西姆前面說：「是你告密的吧？就是你，對不對？」

「我不知道你在說什麼。」

「所以你才不肯留下來……」

「我離開是因為我不喜歡你們。」

「你是去打開攝影機！」

「艾德溫，這已經不重要了。那個特勤局的人……」

「我說了我要找出真相！」

「我要拿回我的球，就是你桌上那顆球。那是我買的。你們也知道馬帝真的很誠實。」

「等等，我們知道你為什麼要那顆球。難道你還想再進監獄？」

「我們都有可能進監獄，不是嗎？我怎麼知道我不是在跟兩個唆使女孩去做那些事的恐怖分子說話？沒錯，那兩個女孩都很壞！法官也認為你們是無辜的，但是英國民眾都還是覺得我們是一夥的，不是嗎？」

「不，西姆，讓我來……佩迪格里，你這個齷齪的老傢伙不應該存在這世界上，東西拿了就滾吧！」

佩迪格里發出一聲高亢哀鳴。

「你們以為我喜歡在公廁和公園裡遊蕩？我是渴望……我不想這樣，但我迫不得已！不只是因為想要感情，還有那一點觸碰……我花了六十年的時間才知道是什麼讓我與其他人不同。我有一種律動。也許你們記得，或者你們太年輕了所以不記得，據說所有上帝的孩子都有律動？我的是一種波動。你們不知道有那種波動是什麼感覺，對吧？你們以為我想進監獄嗎？然而時不時地，我能感覺到那種時刻不知不覺到來，拚命想克制自己卻還是情不自禁！感受結局、可怕的高潮、不斷反覆出現的災難……星期五可能想著：『我不會、我不會、我不會……』而到了星期六卻驚訝地發現自己還是忍不住摸弄男孩的褲襠……」

「天哪！」

「更糟的是，很多年前有一位醫生跟我說了我最終的下場，我會變得執迷、憂慮且衰老，無法再騷擾小孩。我是不是感覺已經瀕臨衰老了？」

「別再掙扎了，去醫院吧。」

「只有他們年輕人才會做這種事，去綁架孩子，而且不擔心有人因此喪命。想想那些年輕人、那個美麗的女孩原本有著大好前程！他們居心叵測地實施爆炸、綁架和劫持行動，相較之下我根本不算惡劣……她說什麼來著？我們知道我們是什麼樣的人，但不知道我們會變成什麼樣子。我喜歡這種性格。好啦，你們的好意和招待我真有領會，可惜我們不會在監獄裡見面，除非他們找到更多證據。」

他們沉默地看著佩迪格里披上大衣，把彩色的大球抱在胸前，邁著他古怪蹣跚的步伐從側門出去。幾分鐘後他經過書店櫥窗前，接著便不見身影。

西姆疲倦地在書桌前坐下。

「這種事怎麼會發生在我身上。」

「就是發生了。」

「真正難熬的是這沒有盡頭。他們會停止播放我們的影片嗎？」

「遲早會的。」

「播放時你能不看嗎？」

「沒辦法。我應該像你一樣不去看，我不會說像佩迪格里一樣。可是每個新聞時段、每個特別報導、每個廣播節目……」

西姆站起來走進起居室。電視裡的人聲音漸漸清晰，螢幕閃著亮光。艾德溫也站在門口看著電視，他們再次經歷這一切。學校的畫面出現了，鏡頭慢慢轉向被燒得殘破焦黑的校舍建築。然後又是托妮、傑瑞、曼斯菲爾德和庫爾茨押著他們的人質上飛機。接著依然是美麗而遙遠的托妮在非洲發表演說，用她那清亮悅耳的聲音歌頌著自由與正義……

西姆咒罵著她：「她瘋了！為什麼大家不這麼覺得？她又瘋又邪惡！」

「西姆，她根本不是人。我們得承認，不是所有人都有人性。」

「無論哪個人種，所有人都瘋了。我們對於超越分隔抱有幻想、妄想和困惑，我們都瘋了，被自己的感覺困住。」

「我們以為自己知道。」

「以為自己知道？這比原子彈更可怕。」

他們安靜下來看著新聞，然後同時驚呼道：「日記？馬帝的日記？什麼日記？」

「……已交給馬洛里法官。也許能為案情帶來曙光……」

西姆關掉電視。兩人相視而笑，能看到馬帝的消息，感覺就像還有機會與他會面。不知為何，西姆一想到馬帝的日記就感到振奮，一時之間非常高興。他不自覺地盯著自己的手掌，然後他明白了自己高興的原因。

身穿黑白相間老式西裝的佩迪格里把大衣掛在手臂上，雙手拿著球走向公園。他走得有點喘，並對自己這麼容易喘感到憤慨，因為他想到幾天前和古柴爾德先生、貝爾先生談話時，他主動提起年紀大了的事。年紀問題原本埋伏在某處，現已經跳出來與他如影隨形，讓他覺得比平常更無法應對自己的性癖。這種癖好依然存在，就是如此，無可否認，不然怎麼會在這個白天溫暖、夜晚會突然變冷的秋天還朝公園走去，儘管一小時前才說了絕望沮喪的話，此時雙腳仍不由自主地向前走……不、不、不，別再這樣，上帝啊！然而雙腳依然沒有停下，爬上長長的山坡來到那危險糟糕卻有如天堂般的公園，孩子們在那裡奔跑玩耍。在公園開著的鐵門前，他喘不喘似乎不那麼重要了。他知道有些事無庸置疑，像是自己今晚肯定會在警察局的牢房裡度過，而且會被投以連殺人犯都不會遭受到的鄙視眼光。他也知道自己向上帝發出的呼喊並沒有得到回應。這些事的重要性正逐漸減弱，被一種令人震顫的期待所掩蓋，這種隱藏不住的期待更讓他喘不過氣來。

佩迪格里不斷用力呼吸，他驚訝而悲傷地發現自己的腳再次把他帶往危險邊緣，進入大門走在碎石路上，雙腳自己找到男孩們大聲喊叫和玩耍的地方。再過半小時他們就會和媽媽一起回家。只要再半小時，我就又撐過了一天！

一陣風捲起落葉掠過他的腳，但他的腳並不理睬，仍走得飛快……

「等等！別走了！」

腳是自私的，不過身體還有理智，最後他在經過座椅時終於讓雙腳停下，他穿上大衣，然後一屁股坐到鐵椅子上。

「你們太過分了。」

亮皮靴子裡的那雙腳根本什麼也沒做，佩迪格里這才稍微回過神來，覺得難為情，且被籠罩在一團幻象之中。比腳更重要的心臟發出抗議。他撫著胸口，希望它不要跳一跳就發生什麼事。心臟需要的就是空氣，其他都不重要，當他察覺到心跳第一次變慢時，心想著……

真是死裡逃生啊！

很快地，他睜開了眼睛，並將那顆絢麗多彩的球調整一下形狀。有些男孩會從公園另一頭朝這邊走來，因為他們得經過這裡才到大門，所以他們會走這條路，然後看到這顆亮麗的球。如果他把球扔出去，他們一定會去撿回來給他。這個策略萬無一失，最糟也只是被取笑一下而已，但成功的話……

遮擋住太陽的雲朵緩緩飄開，太陽用許多金色的手抓住佩迪格里並溫暖著他。他驚訝地發現自己有多麼感激太陽的仁慈，而且距離孩子們到來還有一段時間。思考和決定既會令人感到興奮，也會令人疲憊不堪、歇斯底里或陷入危險。他覺得應該在開始行動前，讓自己的心臟休息一下，所以他窩在寬大的大衣裡，頭垂到胸前。太陽金色的雙手溫暖地撫摸著他，他感覺陽光就像波浪一般陣陣襲來。這當然是不可能的，但他很高興發現光是確實存在的東西，它本身就是一種元素，而且還能非常接近皮膚。他不禁張開眼睛看向四周，發現陽光不僅將一切浸透成金色，還把它們隱藏起來，他感覺自己就好像坐在一片光海中。他往左邊看去，什麼也沒看見，再看向右邊，毫不訝異地看到馬帝來了。他應該要覺得驚訝才對，因為馬帝已經死了。但馬帝卻在這裡，從大門進入公園，一如既往地穿得一身黑。他慢慢走向佩迪格里，佩迪格里發覺他的接近親切宜人，這個男孩並不像人們所想的那麼難看。他走在金光中，來到佩迪格里面前站在那裡低頭看著他。佩迪格里明白，他們身處在一個相互關聯且親密無間的公園，陽光照耀在皮膚上。

「馬帝，這都是你的錯。」

馬帝似乎也同意。這個男孩現在看起來其實還滿討人喜歡！

「所以我不會受訓誡，馬帝，我們就別再提這些了吧？」

馬帝不斷搖盪並抓住自己的帽子。佩迪格里發現正是這生動的風、奇妙的金光與溫暖，讓馬帝必須有節奏地移動才能停留在一個地方。有很長一段時間，佩迪格里覺得這樣的情景十分美好愉快，他不需要去思考其他事。但過了一段時間，佩迪格里又開始出現一些散亂的念頭。

他說出心裡的想法。

「我不想醒來後發現自己在裡面。這種事常發生。我年輕的時候，人們都說這叫窒息。」馬帝似乎也同意。然後無需言語，佩迪格里就知道馬帝確實同意了。這種確信無疑的喜悅讓佩迪格里流下淚來，這時他變得更有自信，而能肯定地說：「你是個奇怪的傢伙，馬帝，你一直都是。你總是突然出現。有時候我會想你是否真的存在。有時我則會想，你是否與一切事情都有關聯，還是你就是在這世上飄蕩？我想知道！」

接著又是一陣沉默，良久，佩迪格里才開口說道：「他們所說的這些東西，像是性、金錢、權力和知識一直纏著他們！他們都想要這些東西卻不自知。然而真正愛我的竟然是你，醜陋的小馬帝！我想擺脫但都擺脫不掉。馬帝，你是誰？這個街坊有這些魔鬼般的人，那個女孩和她那些男人、斯坦霍普、古柴爾德，還有貝爾和他可怕的妻子。我不像他們，雖然壞，但沒那麼壞，我從沒傷害任何人。他們以為我傷害了孩子，但我沒有，我傷害的是自己。我害怕自己活在這世上做的最後一件事，是叫一個孩子別把事情說出去……那是地獄啊，馬帝，那將是地獄……幫幫我！」

就在這時，佩迪格里發現自己不是在做夢。閃耀著金光的風這時發生了變化，先是往上飄移，然後向上旋轉，最後把馬帝捲上去。金光猛烈燃燒起來，佩迪格里驚恐地看著眼前這個人像在篝火裡一樣被吞噬、燒熔殆盡。那張臉不再是兩種色調，而是如火焰般的金色，到處都感覺有如孔雀羽毛上的眼斑，嘴角的微笑既慈愛又可怕。這個存在將佩迪格里拉過來，那恐怖的金色嘴唇讓他不禁大喊……

「為什麼？為什麼？」

那張臉靠近他，似乎在說話或唱歌，卻不是人類的語言。

自由。

胸前抱著球的佩迪格里知道了接下來會發生什麼，他痛苦地大聲喊叫。

「不！不！不！」

他把球抱得更緊，比皮膚上的金光還貼近身體，以逃避那雙向他伸來的大手。他能感覺到球在他的雙手之間驚恐地跳動，他緊抓住它，不斷尖叫。然而那雙手卻還是伸進他手中，拿走他緊抱在身上跳動的球，接著便消失了。

從另一個門過來的公園管理員看到佩迪格里垂著頭坐在那裡。他看到那顆球掉在老人腳邊不遠處，以為是老人把球扔出去才滾到了那裡。管理員覺得厭煩惱怒，他知道這個齷齪的老傢伙永遠無法治癒，於是在距離他還有二十碼時，開始尖刻地對他說話。

高寶書版集團
gobooks.com.tw

RR 030
黑暗昭昭
Darkness Visible
作　　者　威廉．高汀（William Golding）
譯　　者　馮郁庭
責任編輯　陳柔含
封面設計　黃馨儀
內頁排版　賴姵均
企　　劃　陳玟璇

發 行 人　朱凱蕾
出　　版　英屬維京群島商高寶國際有限公司台灣分公司
　　　　　Global Group Holdings, Ltd.
地　　址　台北市內湖區洲子街88號3樓
網　　址　gobooks.com.tw
電　　話　(02) 27992788
電　　郵　readers@gobooks.com.tw（讀者服務部）
傳　　真　出版部(02) 27990909　行銷部(02) 27993088
郵政劃撥　19394552
戶　　名　英屬維京群島商高寶國際有限公司台灣分公司
發　　行　希代多媒體書版股份有限公司/Printed in Taiwan
法律顧問　永然聯合法律事務所
初版日期　2024年11月

國家圖書館出版品預行編目(CIP)資料

黑暗昭昭/威廉.高汀(William Golding)著；馮郁庭譯. -- 初版. -- 臺北市：英屬維京群島商高寶國際有限公司臺灣分公司, 2024.11
面； 公分. --

譯自：Darkness visible

ISBN 978-626-402-112-8(平裝)

873.57　　113014934

GOBOOKS
& SITAK
GROUP©